Tex Rubinowitz, geboren 1961 in Hannover, lebt seit 1984 als Witzezeichner, Maler, Musiker und Schriftsteller in Wien. 2014 erhielt er den Bachmann-Preis, «ein Glücksfall», so Hubert Winkels. Ein Jahr später erschien bei Rowohlt «Irma», die *Süddeutsche Zeitung* urteilte: «Das Buch ist bestürzend gut.» Und die *Neue Zürcher Zeitung* schrieb: «Das hört sich reichlich obskur an, lotet aber nicht mehr und nicht weniger als die Grenzen der Literatur aus.»

«Sein neues Werk passt in unsere Zeit, changiert zwischen Wahrheit und Fake.» *3Sat*

«Es besteht kein Zweifel: Rubinowitz gehört zu den hellsichtigsten Schriftstellern seiner Generation.» *Rolling Stone*

«Die Handlung entwickelt einen unwahrscheinlichen Sog. Sie ist zudem so virtuos vertrackt, hyperbolisch und komisch, dass sie einen bei der Lektüre in den glucksenden Wahnsinn treibt. Er wird doch jetzt wohl nicht auch noch …? Doch, wird er.» *Falter*

«Ein waschechter Humorist mit Schlagseite ins Groteske und Anarchische.» *Deutschlandradio Kultur*

«Man kann locker davon absehen, dass das Buch auf krude Weise theoriefest ist und gewiss zur Illustration und Demonstration des Feuilleton-Fetischs ‹postfaktisch› taugt – sofern man sich vom Stofflichen packen lässt, das so viel zum Grinsen, Lachen und Staunen bietet, dass man enttäuscht ist, wenn es mal nichts zu lachen und zu staunen gibt. Wie Rubinowitz aus der hoffnungslosen Defensive verunsicherter Reflexionen eine überbordende Schreib-Offensive macht – wow, wow, wow!» *RBB Kulturradio*

Tex Rubinowitz

LASS MICH NICHT ALLEIN MIT IHR

ROMAN

Rowohlt Taschenbuch Verlag

Veröffentlicht im Rowohlt Taschenbuch Verlag,
Reinbek bei Hamburg, Juni 2018

Umschlaggestaltung any.way, Barbara Hanke/Cordula Schmidt,
nach einem Entwurf von Anzinger und Rasp, München
Satz aus der Adobe Garamond, InDesign bei
Pinkuin Satz und Datentechnik, Berlin
Druck und Bindung CPI books GmbH, Leck, Germany
ISBN 978 3 499 29059 6

Ich habe mir immer vorgestellt, dass die Einsamkeit der Sitz der Angst ist, dort lebt und atmet sie, und eine schwere Dunkelheit nistet sich in der Seele ein. Und während man selbst von der Einsamkeit verschlungen wird, macht der Rest der Welt einfach weiter.

TRACEY EMIN

DIE STOPP-START-METHODE

1.

Als ich etwa sieben Jahre alt war, hat man mir einen vermeintlichen Tumor aus dem Leib operiert. Ich kann mich noch sehr genau daran erinnern, wie ich im Krankenhaus lag, ein viel zu kleines Gitterbettchen, für Babys, weil nichts anderes frei war, ich musste mit angewinkelten Knien schlafen. An die Operation kann ich mich natürlich nicht mehr erinnern, aber meine Mutter hat dann viel später erzählt, dass das kein Tumor war, kein reines Gewebe, kein böser Matsch, nein, es war etwas mit einem Zahnrudiment und langen schwarzen Haaren. Die Ärzte schlossen daraus, dass meine Mutter, ohne dass sie es wusste, mit Zwillingen schwanger gewesen war und ich im Mutterleib meinen eigenen Zwilling verschluckt haben musste.

2.

Mein Lektor fragte mich, ob ich wisse, warum sich meine Bücher nicht verkaufen würden. Ich fragte ihn zurück, ob *er* es denn wisse. Er meinte, ja, aber er wolle es nur mal von mir wissen, ob ich da so eine Vermutung hätte. Ich könne es mir denken, sagte ich; Bücher verkauften sich nun mal nicht mehr so gut, das sei doch allgemein bekannt, es gebe keine nachwachsende Lesergeneration. Er meinte, der eigentliche Grund sei aber ein anderer. Wenn er es mal etwas direkt sagen dürfe: Ich hätte nichts zu erzählen. Ich würde dem bisschen von mir Erlebten und Nacherzählten vertrauen und glauben, das reiche schon, bisschen Stuck ranklatschen da und dort, mehr ist da nicht, und am Ende soll dann der Stuck die ausbleibende Geschichte ersetzen.

Das Problem war, dass ich bereits nichts mehr nachzuerzählen hatte, mit meinem Latein am Ende war, das meiste war auserzählt, *ich* war auserzählt, was sollte ich denn jetzt noch erfinden, und vor allem, wie? Und was interessiert mich überhaupt? Sex? Verbrechen? Alkohol? Die SVA-Formel, zu der mir nichts anderes einfällt als die Sozialversicherungsanstalt der gewerblichen Wirtschaft, die SVA, der ich monatlich Unsummen in den Rachen warf, ohne je nennenswert krank zu werden, Summen, mit denen sich andere Arme, Beine und Köpfe reparieren lassen. Von MEINEM GELD, das ich nicht verdiene, «verdiene» in jeder Hinsicht.

«Sie immer mit Ihren Formeln, SVA, soso. Wie hieß die Formel in Ihrem letzten Buch? SDGA, was war das noch mal? *Sich den Gegebenheiten anpassen?* Glauben Sie, dass nur Sex, Verbrechen und Alkohol vorzukommen brauchen, und die Geschichte beginnt zu rollen? Ich muss nicht lange recherchieren und kann Ihnen aus dem Stand Beispiele nennen, bei denen das nicht funktioniert. Sie können auf der anderen Seite ein Buch über Äpfel schreiben, und das wird gekauft wie verrückt, gibt ja grad ein gutes Beispiel dafür.»

Äpfel? Ich glaube in «Altes Land», das Buch, das er offenbar meint und das seit zwei Jahren auf den oberen Rängen der Bestsellerlisten festgenagelt ist, geht es um Kirschen, aber ich korrigierte ihn nicht. Kirschen, ich soll also ein Buch über Kirschen schreiben, weil es vielleicht gerade Mode ist, irgendwas rural Gefärbtes, warum nicht gleich über Rüben? Der Rübenmörder. Immer wenn er Rüben aß. Kohlrübe, gedeihe.

Das wird nichts, aber er hatte recht, ich hatte wirklich nichts zu sagen, weil ich ja auch nichts erlebt hatte und noch weniger erlebe. Wie auch, ich mache ja nichts. Aus dem Vor-sich-hin-Brüten-in-der-ungelüfteten-Stube entsteht nichts Nennenswertes; nichts Deprimierenderes als ein Vakuum, und wenn darüber hinaus noch etwas entstünde, wäre das so unglaubwürdig, dass jeder Leser schnell ausgestiegen wäre, wie aus einem Bus, der in die falsche Richtung fährt. Mir ein Rätsel, wie ich 2014 diesen Literaturpreis bekommen konnte, den Charles Barsotti Award for Short Fiction (BASF). In den Zeitungen hieß es hinterher, der Jahrgang sei eben ein schlechter gewesen und ich von den Schlechten noch der Beste, dass ich mir darauf aber nichts einbilden dürfe, dass mir der Preis «passiert» sei, auch wenn er mir eigentlich nicht zustünde, IMMER muss ich mich dafür rechtfertigen, ein Preis der ewigen Rechtfertigungen, das ist für mich der Preis des Preises. Das wäre doch mal eine Marktlücke, konsequent Preise zu vergeben, die die Preisträger blamieren.

Und damit das dann mal ein Ende hatte, fing ich die Sache mit dem Klauen an, ich klaute mir einfach für mein letztes Buch «Virna» alles Mögliche aus dem Internet, etwa von der einfachsten, zugänglichsten Quelle, aus Wikipedia, ich schrieb da einfach ab, und dann war ich plötzlich der Dieb, der Plagiator. Aber es war ja beabsichtigt, durch die Schande war ich die Bürde des Preises und der ewigen Zurechtweisungen los, der Fokus war verschoben, ich konnte wieder normal atmen. Das Pikante indes, nein, das Schöne an diesen Plagiatsvorwürfen war aber nicht nur, dass ich einerseits die fraglichen Stellen (es ging um Spatzen als Standvögel und um einen Gitarristen, der stets mit einem über den Kopf gestülpten Eimer auftritt) höchstpersönlich in die Wikipedia geschrieben (kleine Prokrastinationsmaßnahme, bei Stillstand immer mal ein bisschen bei Wikipedia rumschrauben) ich mich also gewissermaßen selbst bestohlen hatte, sondern dass andererseits auch der Plagiatsvorwurf von mir selbst kam. Ich hatte in der FAZ unter Pseudonym einen Text über «Virna» platziert, aber keine normale Rezension, keine inhaltliche Kritik, sondern das Buch sozusagen buchhalterisch pinzettiert und gescannt, oder zumindest so getan, als hätte ich es nach eindeutig erkennbaren Plagiatsstellen gescannt. Das war dann ein kleiner Aufreger im Sommer 2015. Ich hatte mich an mir selbst bedient und mich selbst daraufhin angezeigt, um davon abzulenken, dass ich einen Preis gewonnen hatte, von dem behauptet wird, dass er mir nicht zustünde: Wie soll auf so einem wackligen Fundament überhaupt noch etwas Neues, etwas Inspirierendes gedeihen? Und was? Eine Kohlrübe?

Als ich dann in der Folge in einem Interview der ‹Süddeutschen Zeitung› darauf angesprochen wurde, entschuldigte ich diese plagiierenden Passagen dann als Sollbruchstellen, der Roman habe als riskant kriminelle Variante einer konkreten Poesie im Geiste des Fluxus brechen, alles habe kaputtgehen sollen, damit der Fluss des Erzählens wieder zu fließen anfangen könne. Die inkriminierten faktenbasierten Stellen hatten auch gar nichts mit der Geschichte zu tun, die standen da im Text einfach nur so rum. Diese Taktik nennt sich die Stopp-Start-Methode, das kommt aus der Urologie, sie zählt zu den effektivsten Wegen, einem vorzeitigen Samenerguss vorzubeugen. Ich spielte sowohl in der Inkognito-Selbstbezichtigung als auch in dem Interview die Rolle des geheimen Literatur-Urologen. Aber das begriff natürlich weder der Mann von der SZ, der aber zumindest freundlicherweise so tat, als verstünde er, noch sonst jemand, das war so konstruiert und *falsch* und diente dem Verkauf von «Virna» am Ende auch nicht wesentlich. Fluxus war schon immer eine misstrauisch beäugte Randkunst, einzig und allein, weil Fluxus ja nichts will: das möglichst Absichtslose und Bedeutungsarme in ständiger Bewegung, ein Seufzer hier, eine Spur auf dünnem Eise da, nichts anderes war das, was ich hinterließ, und dann auch immer noch mit dem Stigma des müffelnden Plagiats. Abgelaufene Kunst eben, auch noch zum Selbstzweck. Nichts zu erzählen haben und das Nichtvorhandene mit glitschigen Gehirnkapriolen verbrämen, um sein zerknülltes Ego zu retten; kein Wunder, dass da niemand mehr folgen kann oder mag. Insofern hatte mein Lektor recht.

3.

Vor gut einem Jahr bekam ich vom Österreichischen Kulturinstitut in London eine Art Aufenthaltsstipendium, einen Monat konnte ich im Institut wohnen, ich hatte dafür nichts weiter zu tun, als am Ende einen kleinen Text abzuliefern. Das wäre, dachte ich, vielleicht meine Rettung, mal wegkommen, aus dem eigenen Mustopf, in eine andere Umgebung, vielleicht würde mir ja etwas einfallen, vielleicht könnte ich in der Fremde etwas aus mir rausschaufeln, oder die Fremde würde etwas aus mir rausschaufeln.

Ich war zuletzt vor etwa dreißig Jahren in London gewesen, ich hätte nicht mal sagen können, ob sich die Stadt verändert hat, dreißig Jahre in Absenz lässt diese Frage gar nicht mehr zu. Ich kann über London nichts mehr sagen, weshalb ich mir vornahm, herzukommen, um festzustellen, dass ich die Stadt eigentlich auch gar nicht brauche. Und wenn mir die Stadt dann doch gefiele, könnte ich ja immer noch etwas Positives schreiben, aber ich bezweifelte, dass mir das gelingen würde, ich bin zu alt, um noch mal eine Euphorie zu entwickeln, die vor dreißig Jahren vielleicht noch leicht erzeugbar gewesen sein mag.

Das Kulturinstitut befindet sich im Stadtteil Knightsbridge, ein vollkommen versiegeltes, aseptisches Viertel, das es einem schon mal leicht macht, London nicht zu mögen, eine Stadt, deren Bewohner ständig klagen, sie sei so hart zu ihnen.

Weshalb die Londoner auch gleichzeitig erschöpft und nervös sind, und extrem laut, ich verstehe nicht, warum alle so schreien müssen, man bekommt Kopfschmerzen, weil man seine eigenen Gedanken nicht denken kann und die Formulierung der Gedanken nicht hören kann, es ist alles so mühsam. Jemand im Institut meinte, die Stadt sei antsy, ameisig, das trifft es aber nicht, das meint kribbelig, elektrisiert und wäre ja etwas Interessantes, kribbelig ist hier aber gar nichts, auch wenn sich London oder die Londoner gerne so sähen, es ist nur gärender Stress hier, und der muss kompensiert werden durch aggressive Lärmfolter, und dann sickern Stress, Druck und Krach, gebunden mit Bier, Schweiß, Tränen und Kotze, in die Teppichböden, woran sich Milliarden Milben ihre Mägen verderben. Vielleicht schreien die Briten so, weil sie irrigerweise glauben, dass diese überall ausliegenden unappetitlichen Teppichböden auch noch das ganze Meinungszeug und die vulgären Witze und die hohlen Phrasen schlucken und nichts davon mehr übrig bleibt, und morgen schon ist ganz London an seinem Krach gänzlich erstickt, und niemand kann sich mehr an die Bewohner erinnern, vor allem sie selbst nicht.

Ich saß in meinem Monat in London jeden Tag im unspektakulären Royal Oak Pub in der Tabard Street 44, Stadtteil Newington, und versuchte meinen Auftragstext zu schreiben. Ich hatte über dieses Pub schon einmal geschrieben, in «Virna», aber das war erfunden, ich hatte das Lokal damals einfach blind ausgesucht, als Platzhalter, für irgendein vermilbtes Lokal unter Abertausenden in London. Im Buch war ich mit der titelgebenden Virna in der Stadt, um mich von ihr zu trennen, das war aber reine Fiktion, in Wirklichkeit war ich mit ihr in der Sowjetunion gewesen, genauer gesagt in Bratsk. Ich hatte sie dort kennengelernt, als ich mit der Transsibirischen Eisenbahn im strengen Winter 85 durch Sibirien nach Peking fuhr. In Bratsk musste ich aussteigen, weil mir im Zug jemand meine Schuhe gestohlen hatte. Ich verdächtigte den sinistren Nordkoreaner aus dem Nebenabteil, konnte es aber nicht beweisen, weil er plötzlich verschwunden war, auch konnte ich ja nicht in Socken nach Peking. Die Bahnpolizistin war eben Virna. Auch wenn eine Anzeige gegen einen unbekannten Langfinger sinnlos war, half sie mir neue Schuhe zu kaufen, sie empfahl mir Filzstiefel. Wir verbrachten einen schönen Abend in einer stark verräucherten Kneipe namens Безоар Сфера (Bezoarkugel), und sie wollte alles über London wissen, das war so eine Art Traumstadt von ihr, unerreichbar. Ich konstruierte ihr irgendwas zusammen, alles, was sie hören wollte, so gut kannte ich die Stadt ja auch nicht, und ein Bestandteil meines Berichts war eben ein erfundenes Royal Oak Pub, und sie sagte immer wieder, gut, dann stellen wir uns jetzt eben vor, wir sitzen im Royal Oak Pub, beschreib mir alles, wie bewegt man sich dort, wie gestikulieren Briten, wie viel Frauen kommen auf wie viel Männer, wie kommuniziert man worüber, wer sitzt dort und wo und wie, wie sind die anderen Gäste? Sie küsste mich, inmitten einer ihrer vielen Fragen, so unvermittelt und heftig, es war wie ein Kussraub oder als ob sie mich zum Schweigen bringen wollte. Jetzt wüsste sie genug über das Pub und London, sagte sie dann. Mir blieb der Atem weg, und mit ihm die Antworten, sie rammte mir unterm Tisch ihren Polizeifilzstiefel in den Schritt, ich versuchte in meiner Verwirrung und weil der Kellner ein bisschen wie Jürgen Prochnow aussah, noch irgendwas über «Dune» zu erzählen, den neusten Film von David Lynch, in dem Jürgen Prochnow mitspielte und der mich so begeistert hatte, kurz vor meiner Abreise, ein bisschen über den Inhalt, das Spice und die Sandwürmer, ich sagte, ich würde gerne mit ihr so einen Sandwurm mit Klopfen anlocken und dann zureiten. Sie kannte Lynchs Filme nicht, nur seinen Comicstrip «The Angriest Dog in the World», den ihr ihr Bruder, der als Zuhälter in Los Angeles lebte, aus der Zeitung ausschnitt und wöchentlich nach Bratsk schickte, damit sie Englisch lernte, was für eine gute Art, eine Fremdsprache zu lernen. Sie verstand zwar den Strip meistens nicht, aber sie hätte über diesen zornigen Hund tatsächlich Englisch lernen können.

Irgendwann musste sie aufs Klo, und sie fragte mich, ob ich mitkäme, nur zuschauen, nichts sonst, keine Hintergedanken. Ich ging mit. Sie schien es zu genießen, für mich zu pissen, oder genoss, dass ich es genoss, aber ich genoss es nicht wirklich oder vielleicht nicht so, wie sie es sich erhoffte, es war nur, nun ja, *interessant*, das ganze Damentoiletten-Prozedere, das mehr von einem Ritual hat und sich vom männlich sorglosen, ja spielerischen (Namen in den Schnee schreiben) Pisspragmatismus doch sehr unterscheidet.

Als die Bezoarkugel schloss, nahm sie mich mit zu sich nach Hause, in eine deprimierend monotone Plattenbausiedlung, in der viele Fenster nicht mal Scheiben hatten, sondern nur Zeitungspapier, bei minus 30 Grad, das muss man sich mal vorstellen. Eine Fensteröffnung war sogar mit einem Ölgemälde abgedeckt, auf dem ein Fenster abgebildet war, aus dem eine pausbäckige und dickarmige Kolchosearbeiterin im bunten Sommerkleid mit einer Sichel winkte, als wollte sie die Luft schneiden.

Ich weiß von der Nacht nur noch, dass Virna eine sogenannte Schlupfwarze hatte, auf der linken Brust, und auf allen zehn Zehen schwarze Haare, sie sahen ein bisschen aus wie Fliegen. Am nächsten Tag brachte sie mich und meine

Filzstiefel wieder zum Zug. Sie küsste mich nicht, sie sagte, sie würde gerne, aber Uniformierten sei das in der Sowjetunion verboten. Ich sah sie nie wieder.

Und jetzt saß ich endlich im richtigen und einzigen Royal Oak Pub, aber eigentlich nur, um sicherzugehen, dass ich nicht wirklich hier saß, und auch wirklich noch nie hier war, und in gewisser Weise war ich immer noch nicht hier, weil der Krach ja gar keine physische wie psychische Materialisation zuließ.

Dennoch war das Lokal ganz nett, sie verkauften sogar Enteneier, nicht mal gekochte, sondern rohe, wie mir der Wirt auf Nachfrage sagte, manchmal verkaufen sie auch Marmelade, ich war allerdings zu schwach zu fragen, nach welchen zyklischen Gesetzen diese Angebote funktionieren. Bücher verkauften sie übrigens auch, Eier, Bücher, Marmelade, vielleicht war das ein Code oder ein zu lösendes Rätsel, eine Lotterie, was kommt als Nächstes? Hufeisen? Wer es errät, gewinnt ein Pferd?

Auch in dieser Idylle inmitten des galoppierenden Krachs gelang es mir nicht, etwas zu schreiben, es funktionierte einfach nicht. Jeden Morgen ging ich in den nahe dem Institut gelegenen Hyde Park, zum Schwimmen in der Serpentine, das war meine Londoner Routine, und sie war so ekelhaft. Ich machte das unbewusst ganz sicher, um mich zu bestrafen, das Wasser des Teichs ist unfassbar dreckig, ja ölig, man bekam zur klebrigen Haut auch noch einen Juckreiz, das Wasser war flach, beim Kraulen berührte man mit den Fingerspitzen den Boden, der mit strähnig grauen Wassergräsern bewachsen war, am Grund sah ich zwischen den Gewächsen Gerümpel, alte Farbeimer, eine Flosse und eine Wäschespinne. Das Ufer war vollgeschissen von den großen

Gänseherden, die hier überall rumwatschelten, im Wasser schwamm man mit Hunden. Das einzig Sympathische war, dass mit mir regelmäßig ein Mann schwamm, der nur ein Bein hatte, seine Prothese legte er stets am Ufer ab, er wusste sicher, dass er jeden damit erschreckte. Vielleicht wollte er sich für den Verlust des Beins an der Gesellschaft rächen.

Als mein Monat zu Ende ging, hatte ich außer einem hartnäckigen Juckreiz nichts vorzuweisen. Ich sagte den Leuten im Institut, dass alles ganz toll gewesen und ich dankbar sei, ihnen aber jetzt noch nichts geben könne, ich würde das von Wien aus machen und ihnen dann schicken. Ich hatte vor, das einfach verplätschern zu lassen, bis sich kein Mensch mehr daran erinnerte, dass ich noch etwas abliefern musste. Und dann kommt der nächste Stipendiat, und ich bin niemals dort gewesen.

Aber dann folgte nach etwa einem halben Jahr vom Institut eine Mail. Ich bekam gleich ein schlechtes Gewissen, doch in der Mail stand, sie dankten recht schön für den Text. Sie fänden diese Perspektive «spannend», dass ich mich sozusagen selbst durch einen anderen beobachte. Ob es recht sei, den Text auf die Homepage des Instituts zu stellen? Ich schrieb verdattert zurück, ja, ist gut, sollen sie nur machen. Diese Sorge war ich also los, ohne zu wissen, woher dieser Text plötzlich kam.

Sie fragten, wie sie ihn denn kennzeichnen sollten, denn er sei ja augenscheinlich so angelegt, als stamme er nicht von mir. Was solle drunter stehen? In Vertretung Tex Rubinowitz? Auftragstext Rubinowitz? Armand Rubinowitz? Wer ist überhaupt dieser Armand im Text? Ob ich dazu vielleicht etwas sagen möchte? Ich antwortete, ich kenne keinen Armand und es sei mir egal, wie sie das kennzeichnen, sie könnten selbst entscheiden, was sie für richtig erachteten. Danach hörte ich nie wieder etwas von ihnen, und auf der Homepage erschien auch kein Text.

4.

Tex wollte mal einen Tag alleine sein, nur für sich die Stadt erkunden, und ich verstehe das. Ich hatte zwar zu tun an diesem Tag, wir waren gerade im Stress mit einem sehr großen Kunden, wir lebten praktisch von ihm, Ford. Die größten Kunden sind meist die konservativsten, sie können sich nichts wirklich Originelles leisten, sie zahlen viel dafür, möglichst unsichtbar zu sein, paradox, aber es ist eben so. Der Ford Sierra bekam serienmäßig eine doppelt obenliegende Nockenwelle eingebaut, und das sollte ich nun beschreiben. Aber ich konnte nicht, es ging nicht, ich wusste nicht mal, wie man doppelt oben liegt und was Nocken überhaupt sind. Ich musste mal raus, ich verließ das Büro und dachte, ich folge Tex ein bisschen auf Abstand, wie ein Detektiv, vielleicht inspiriert mich das, nicht unbedingt für die Nockenwellen, einfach irgendwie frei werden, indem ich mir von ihm die Stadt zeigen ließ, die ich schon so gut zu kennen glaubte, sozusagen mit stellvertretenden Augen das sehen, was ich schon lange nicht mehr sehe.

Rund um das Österreichische Kulturinstitut ist nicht die beste Gegend für eine kleine Verfolgung im Geheimen, man kann sich nicht in Menschenmengen verstecken, weil es keine gibt, es gibt keine Bänke, der einzige Park in der Nähe ist klein und abgeschlossen, Schlüssel haben nur die Anrainer. Er tut so, als sei es ein öffentlicher Raum, aber es ist nur eine Simulation, denn ein Park ist ja kein Park, wenn keiner drin ist. Ich lehnte entfernt am Zaun und wartete, dass Tex aus der Tür des Instituts tritt. Um nicht zu deutlich erkennen zu lassen, dass ich hier auf jemand wartete, stöberte ich ein bisschen in meinem kleinen Telefon. Bei Facebook sah ich eine dieser dummen automatisch generierten Aufgaben:

> «Lieber Armand, Facebook möchte dich auf eine kleine Reise in die Vergangenheit schicken. Hier ist ein Foto, das du heute vor genau vier Jahren gepostet hast, erinnerst du dich? Schau dir an, was du in dieser Zeit noch so gemacht hast.»

Das Foto zeigt eine an irgendeiner Hauswand befestigte blaue Plakette, auf ihr stand:

Luke Howard
1772 – 1864
Namensgeber der Wolken
Lebte und starb hier

Ich konnte mich an die Aufnahme erinnern. Ich saß beim Fotografieren auf dem Oberdeck eines Busses, und das Schild hing an einem desolaten Gebäude, dessen Fenster mit weißen Platten zugenagelt waren. Ich konnte mich nicht daran erinnern, warum ich in dem Bus saß und wohin ich fuhr, aber an das Schild konnte ich mich erinnern, ganz besonders natürlich, weil ich es fotografiert hatte und weil ich so fasziniert war von Luke Howards Titel: Namensgeber der Wolken, ephemerer und lieblicher als etwas, was sonst so auf diesen Plaketten steht.

Weil Tex nicht aus dem Institut kam, suchte ich mit meinem Telefon die Adresse der Plakette. Bruce Grove Nr. 7 in

Tottenham. Zufälligerweise war ich gestern in Tottenham gewesen. Konnte Facebook das wissen? Hatte es deshalb das Foto aus dem Haufen rausgesucht, und nicht wegen diesem von verblödeten Robotern konstruierten Vierjahreserinnerungsspielchen, hatte es mich beobachtet und den Moment gewählt, um mich mit schnöden Koinzidenzen zu zermürben? Ich hasse Koinzidenzen und will, dass sie irgendwann mal aufhören, einen zu belästigen und so zu tun, als wären sie etwas, wofür wir dankbar sein müssen. Kleine Lottogewinne der Erschöpften, das sind Koinzidenzen.

Ich googelte ein bisschen etwas über Luke Howard, den Namensgeber der Wolken. Britischer Chemiker und Amateur-Meteorologe. Zwischen 1818 und 1820 veröffentlichte er regelmäßig über das Klima von London. Das war die Zeit, in der er den Wolken ihre Namen gab, weil sie offenbar bis dahin keine hatten. Cumulus, Stratus, Cirrus, Cirrostratus, Cirrocumulus. Ein Gedicht aus klumpigen Zischlauten.

Plötzlich kam Tex auf mich zu. Ich erstarrte und war schon darauf gefasst, dass ich mir jetzt eine Geschichte würde ausdenken müssen. Er nahm aber keine Notiz von mir. Ich war in mein Handy vertieft, tat also beschäftigt, tauchte mit gesenktem Kopf in den Wolken ab, und er ging ganz knapp geradewegs an mir vorüber, seine Schulter war eine Schulter von meiner entfernt. Ich verstaute mein Telefon in der Tasche und begann ihm zu folgen, darauf bedacht, nicht zu flink und ihm nicht zu nahe zu sein, mein Herz schlug jetzt schneller, hoffentlich hörte er mich nicht.

Tex ging, ohne zu hetzen, inspizierte neugierig seine Umgebung, bewegte sich aber auch irgendwie zielgerichtet. Er sah an den Gebäudefassaden hoch, an denen er vorbeikam, aber nie zu lange, es war ein fließendes Observieren. Ich ging ein paar Meter hinter ihm, mein Tempo war sein Tempo, nach einiger Zeit fühlte ich mich weniger wie ein ihn verfolgender Schatten, sondern eher anonym wie eine Filmkamera. Ich war eine Kamerafahrt, wenn ich nach unten geschaut hätte, während da keine Schuhe gewesen, sondern Schienen.

Tex hatte ein neutrales, graues T-Shirt an. Ich wollte mehr über ihn erfahren und versuchte es über seinen Gang, seine Schultern, die Haut um den Hals, da konnte man ja lesen, wie so einer ist. Das T-Shirt schlotterte fahl um seine resignativen Schultern, die Frisur konnte sich nicht entscheiden, was sie sein sollte, nur die Hose war eine Hose, die sprach gar nicht.

An einer Kreuzung stoppte er und drückte auf den Ampelknopf, er wartete auf Grün, wenn ich jetzt weiterging, würde ich ihn einholen, wenn ich stehen bliebe, wäre das unlogisch und noch auffälliger, also tauchte ich wieder in meinem Telefon ab.

Luke Howard, der Namensgeber der Wolken, hat einen starken Einfluss auf Goethe gehabt, der dem britischen Chemiker ein Gedicht widmete. In dieser kleinen Ampelphase hatte ich das Gedicht schnell gefunden, und versuchte es gleich auswendig zu lernen.

Er aber, Howard, gibt mit reinem Sinn
Uns neuer Lehre herrlichsten Gewinn.
Was sich nicht halten, nicht erreichen läßt,
Er faßt es an, er hält zuerst es fest;
Bestimmt das Unbestimmte, schränkt es ein,
Benennt es treffend! – Sei die Ehre dein! –
Wie Streife steigt, sich ballt, zerflattert, fällt,
Erinnre dankbar deiner sich die Welt.

Tex war verschwunden, ich hatte mich wohl zu lange mit dem Gedicht beschäftigt. Ich blickte von meinem Handy rüber zum Hyde Park, sah keine Spur von ihm, er war wohl im Park. Ich hatte ihn verloren, blöd, das wäre leicht vermeidbar gewesen. Ich ging durch das Tor des Parks, über den Sandstreifen für die sinnlosen Pferde, und suchte alles ab nach dem Mann mit dem grauen T-Shirt. Ich lief weiter Richtung Serpentine, vorbei an im Gras liegenden Familien, die sich in der englischen Sonne zu sonnen versuchten. Eine Gruppe spielte Frisbee, sie warfen ihre giftgrüne Scheibe zwischen den Sonnenden und deren Sonne. Ein kleiner Junge und zwei etwas ältere Mädchen standen beieinander, der Junge hielt einen langen Stock in der Hand, die Mädchen fragten, was er damit vorhabe, der Junge antwortete: «Vielleicht setzt sich ja ein reicher Vogel drauf.»

Ich war erleichtert, als ich Tex dann doch sah. Er schwamm im Wasser auf mich zu, kraulend; statt der normalen hatte er eine Schwimmbrille an und eine gelbe Badekappe aus Stoff auf dem Kopf. Wieder war ich überzeugt, dass er mich bemerkt haben musste, aber als er am Rand war, drehte er um und schwamm davon. Am Ufer lag ein Bein, da hatte wohl einer seine Prothese vergessen, oder jemand hatte sie einem Einbeinigen gestohlen, was ich in seiner Niederträchtigkeit plötzlich gut fand.

Um mich ein bisschen auszuruhen und um eine gute Beobachtungsposition auf den Schwimmer zu haben, setzte ich mich auf eine Bank. Etwas weiter entfernt von mir war eine Gruppe mit vier Leuten, zwei Paare augenscheinlich, sie waren aber noch in Hörweite, und ich lauschte ihrem Gespräch, während ich Tex bei seinen monoton geschaufelten Bahnen zusah.

Eine Frau hatte ihren Kopf auf dem Schoß eines Mannes abgelegt, als sei er ihr zu schwer geworden. Sie sei, wie sie erzählte, im Begriff zu kündigen. Sie erzählte, dass sie ihren Job satthätte, morgen würde sie ins Büro des Chefs gehen und einfach sagen, sie könne das nicht mehr ernst nehmen hier, diese Arbeit könne man nur ironisch machen, und es sei ihr egal, was er darauf sagen werde. Die andere Frau meinte, das sei eine richtige Entscheidung, und reichte ihr ein Würstchen im Schlafrock.

Über mir ballten sich ein paar Wolken, die einfach nur aussahen und vielleicht uninterpretiert aussehen wollten wie normale Wolken. Tex schwamm weiterhin seine Bahnen, mal atmete er links, mal rechts, mal nach dem zweiten, mal nach dem vierten Schlag, eine Ordnung war nicht zu erkennen. Ich ließ ihn nicht aus den Augen, er war leicht zu orten mit seiner gelben Badekappe, ein leuchtender Punkt, erst wurde er kleiner, dann wieder größer, so als ob jemand in Zeitlupe Tennis auf der Oberfläche des Wassers spielen würde.

Die Frau neben mir sah ihren Mann an, vermutlich war es ihr Freund, und sagte, sie sei müde von London, sie seien schon viel zu lange hier. Der zweite Mann gab ihr recht, auch er wolle weg. Alles sei zu teuer, es sei schwer, sich über Wasser zu halten. Die ganzen schönen Galerien, sagte die Frau halb verzweifelt, und sie habe nicht mal Zeit, sie zu besuchen. Aber jetzt, beruhigte sie der Mann, wo der Sommer nun mal angekommen sei, werde es doch alles etwas leichter, und man könne sich häufiger in den Parks treffen.

Ich versuchte mich zu erinnern, was ich eigentlich vor vier Jahren, im Sommer 2013, so gemacht hatte und wohin ich wollte, als ich das Foto der Plakette vom Bus aus machte. Ich konnte mich zwar an das vernagelte Gebäude erinnern, an sonst aber nichts, so als sei auch alles andere außerhalb der Plakette vernagelt gewesen. Es wird ein Tag wie dieser gewesen sein. Und die Wolken werden nicht anders ausgesehen haben als heute.

Mir fiel auf, dass die Gruppe neben mir verstummt war. Ich drehte mich etwas um, um es nicht wie Starren aussehen zu lassen, und sah, wie die Frau, die eben noch auf dem Schoß des Mannes lag, seine Hose öffnete und seinen Schwanz rausholte. Sie nahm ihn in den Mund, während die andere Frau zusah. Der andere Mann legte seine Arme um die beobachtende Frau, seine Hände auf ihren Brüsten, unter ihrer Bluse. Niemandem sonst in diesem Park schien das aufzufallen, die Leute mit dem Frisbee spielten ungerührt mit ihrer trostlosen Scheibe. Aus der Ferne hätten sie sowieso nichts sehen können, was die vier da trieben.

Der zweite Mann knetete weiter die Brüste der Frau, seine Hände bewegten sich weiter nach unten, zwischen ihre Beine, er schob ihr den Rock hoch und spreizte mit Daumen und kleinem Finger wie mit einer Zange ihre Schenkel, während er immer zu dem anderen Paar schaute. So wie der Mann, mit der Frau im Schoß zusah, wie der andere Mann die andere Frau berührte, ihre Blicke waren verbunden wie schnell zwischen ihnen gewobene, kommunizierende Spinnenfäden, mal oben, mal unten, mal zwischen Mann und Mann, mal zwischen Frau und Frau, und das alles auch noch von mir aus dem Augenwinkel beobachtet, sozusagen als Protokollant der Blicke. Der Mann schob ihren Unterhosensaum zur Seite und tauchte zwei Finger in sie, zog diese heraus und führte sie zu den Lippen der Frau, wie aus einem Honigtopf. Sie leckte sie ab und schob sie seufzend wieder nach unten.

Tex kam aus dem Wasser, die Sonne glitzerte auf seiner

Haut. Ich fühlte mich wieder wie eine Kamera und zoomte ihn heran, um ihn besser sehen zu können. Das Licht war grell und spiegelte sich auf der Wasseroberfläche, es war schwer, irgendetwas zu erkennen, es war wie ein überbelichteter Film. Aber was ich sah, war, dass das Bein offenbar fortgegangen war, es war nicht mehr da.

5.

London war lange vorbei, auch London als vertane Chance. Ich fuhr ratlos hin und kam noch ratloser zurück, na, toll.

Wer hatte diesen Text geschrieben? Ich jedenfalls nicht. Was soll das, wer foppt mich hier und warum, und warum sagt er das nicht, warum gibt er sich als mich aus und löst das dann nicht auf und schreibt dann einen Text, in dem ich beobachtet werde, warum gibt er (oder sie?) sich nicht zu erkennen, beobachtet mich wer, folgt mir jemand? WARUM? Vielleicht sollte ich mich Armand nennen und Drehbücher für Pornos schreiben.

Es war der Zeitpunkt gekommen, den ich immer vor mir hergeschoben hatte, jetzt war er da, der Punkt, an dem mir nichts mehr gelang, an dem mir alles so schwerfiel, dass ich offenbar niemals ankommen würde. Ich war sprachlos. Dass mir nichts mehr gelang, ist rückblickend betrachtet, dann allerdings doch etwas, das mir gelang, die Erkenntnis ist ja immerhin schon mal etwas, nichts ist besser als gar nichts, eine Art Lamento der Einsicht, manche können darauf etwas bauen, einen Neustart vielleicht, noch mal kurz einatmen, dann los, ich allerdings nicht, mir schnürte es die Kehle vor Ratlosigkeit. Warum mir nichts mehr gelang, liegt in den Dingen verborgen, aber ich fand den Grund nicht, die Ursache und die Wirkung wollten nicht mehr zusammenkommen. Es war zwar etwas da, das ich von allen Seiten betrachten konnte, aber es schaute, wie mir schien, nur ratlos und etwas blöde zurück, egal was, alles eigentlich, alles, was ich gemacht hatte und noch mache, alles, was ICH JETZT IN DIESEM MOMENT MACHE, Essen, Schlafen, Sehen (ratloses und vermutlich dabei töricht aussehendes Ins-Nichts-Starren, warum nicht auch noch ein hübsch dekorativ von der geöffneten, rissigen Unterlippe baumelnder Speichelfaden?), die arme, von sich selbst versklavte Seele auslüften, wenn ich aufwache, bin ich erschöpft und verkatert, ich muss dafür nicht mal vorher etwas getrunken haben, es ist so, als hätte ich mich im Traum betrunken oder der Traum oder das Unterbewusste hätte mich abgefüllt. Schlaf zögerte ich deshalb hinaus, so lange es ging, ich aß auch nichts mehr, also im Sinne von kultiviertem Speisen als Sozialtechnik, ich schlang in größter Hast, ich würgte das Zeug panisch runter, irgendwas, nur um nicht mit dem Essen als Tätigkeit und dem Essen als Materie konfrontiert zu werden, wie auf der Flucht, langsames Essen hätte mich natürlich nicht direkt umgebracht, aber ich wäre sofort eingeschlafen, aus purer Langeweile.

Ich kann über so was nichts schreiben, ich kann das meinem Lektor ja gar nicht zeigen, der lacht mich doch aus. Einmal meinte er, wenn ich nichts zu erzählen hätte, dann könne er auch nicht mehr viel für mich tun, mir höchstens empfehlen, das Beste daraus zu machen. Ob man diese Leere nicht «umwidmen» könne, auffüllen mit Ideen, davon hätte ich doch noch welche, alleine diese Wikipedia-Aktion, ich hätte damals alles nur noch schlimmer gemacht, niemand hätte verstanden, was da wirklich vorgefallen war und dass das alles Rollen von mir waren, witzig habe er das nicht gefunden, *niemand* habe das witzig gefunden, aber zumindest hätte ich offenbar ein Talent, auf mich aufmerksam zu machen. *Könnte man daraus nicht etwas kneten?* Seine Worte. Wirklich wahr. Kneten? Einen Golem? Ein Buch wie ein

Golem, zuerst etwas über Kirschen und jetzt einen Golem, na, ich weiß nicht.

Das Dumme an meinem jetzigen, gelähmten Zustand ist Folgendes: Sobald ich etwas angeschaut habe, auch im übertragenen Sinn, mich also mit etwas beschäftigt habe, schaut es nur zurück, blöde, wie ich vorhin beschrieb, weigert sich indessen standhaft, mir etwas zu geben oder auch nur wegzugehen. Die Ratlosigkeit wird unsterblich, oder weniger pathetisch: wird zu einem Gelee, in dem ich eingeschlossen bin, immer unbeweglicher und immer sehnsuchtsloser. Weshalb nicht ich, sondern etwas in mir Dinge macht, über die ich mich wundere. Wo die jetzt plötzlich herkommen! Wie kommt der Teil von mir darauf, dieses und jenes zu machen?

Eine Liste zu erstellen, das ist immer die erste Beruhigungsaufgabe, zu der ich einem kaputten Patienten raten würde, wenn ich Psychotherapeut wäre: Machen Sie eine Liste, strukturieren Sie das Häufchen Asche, das Sie für Leben halten, und wenn Sie sich dann einen schönen Aschehaufen zusammengelogen haben, pusten Sie ihn einfach weg, und so schaue ich zu meiner Beruhigung jetzt stumpfsinnig und manisch wie ein lückenstalkender Odontologe ABBA-Videos an, weil ABBA zwar nicht mein Leben ist, ich aber ohne ABBA nicht leben könnte. Ich versuche eine Ordnung in das zu bringen, was ich da sehe, schreibe die Songs zusammen, in denen Agnetha ein Diastema, und solche, in denen sie kein Diastema mehr hat.

Mit Diastema: Bang-A-Boomerang. When I Kissed the Teacher. Take a Chance On Me. Mamma Mia. Ring Ring. So Long. SOS.

Ohne Diastema: Knowing Me Knowing You. Summer Night City. One Of Us Is Crying. When All Is Said And Done. Gimme Gimme Gimme. Voulez Vous. Angel Eyes. Move On. Elaine. Eagle.

Gut, also in späteren Jahren war das Diastema weg, andersrum wär's ja auch eigenartig oder noch eigenartiger, allerdings hat sie zwischen ihren unteren Schneidezähnen immer noch eins. Warum verschwand dann oben die Lücke und ab wann genau, zwischen welchen musikalischen Phasen (der unschuldig stiebenden Bubblegum-Phase, der erwachsenen Phillysound-Phase oder der resignativen Eurotrash-Phase am Ende)? Und diese lückenhafte wie lückenlose Liste steht jetzt lose hier neben mir und schaut mich an, was soll sie jetzt, was soll ich jetzt mit ihr, was will sie von mir? Sie ist unvollständig, man könnte leicht googeln, wann genau sie ihre Zähne regulieren ließ und warum, man kann auch noch mehr Lieder hinzufügen. Warum sind nur die in der scheinwillkürlichen Liste, die einem gefallen, spielt das eine Rolle, ergibt sich dadurch eine höhere Wahrheit? Oder ist das aggressiver Interpretationsschlamm, mit dem ich mich selbst hypnotisiere? Ich weiß, dass es das ist, aber mache es dennoch, die billige Lust am Selbstbetrug. Man könnte einen Wikipediatext darüber schreiben, man könnte ihn ohne Quellenangabe zitieren, dann könnte man sich selbst anzeigen oder zur Abwechslung sich mal nicht rechtfertigen, sondern stattdessen sich fragen, wo man während des *ABBA-Fiebers in Australien* war und was man selbst für eine Krankheit hatte. Showaddywaddy-Scharlach in Salzgitter? Und schon wäre man wieder in der verhassten, stabreimschleudernden Witzelidiotengruppe, wie immer, *wenn alles gesagt und getan ist.*

Ich kann mich noch genau daran erinnern, dass mir meine Mutter, als ich so etwa dreizehn war, verboten hat, ABBA zu hören, ich musste es heimlich tun. Sie spürte, dass diese Musik eine perfide Droge war, die meinen fragilen Geist lähmen und zermalmen wollte, die vorhatte, meine weiche Seele mit etwas schnell Aushärtendem zu impfen, und ist nicht etwa «Summer Night City» ein schamlos stampfender und dampfender Sexbeat, und was ist Fridas gehauchtes *Ahaaaa* in «Knowing Me Knowing You» anderes als ein finaler Orgasmusstoßseufzer, bevor sie den Mann kaltstellt? Wie soll ein Dreizehnjähriger das interpretieren? Mit Mickey-Maus-Argumenten? Sind doch nur lustige Piepsstimmen? Sind sie eben nicht, ABBA ist nicht lustig, ABBA ist galaktischer Giftmüll, ein Virus aus dem All, irgendwann haben das Wissenschaftler sogar mal glaubwürdig beweisen können, dass die vier Außerirdische sind, The Visitors, gekommen, um uns Sex und Tod und in Zuckerwatte verpackten Schmerz zu bringen. Viele meiner Generation sah ich auf dieses klebrige Fliegenpapier treten und nicht mehr davon loskommen (Honey Honey), aber mich hat es, wie ich mir einbilde, immun gemacht gegen andere Versprechungen der supermanierierten Art. Es kann aber auch sein, dass die ABBA-Hörerei darüber hinaus noch den einen oder anderen Fimmel gezeitigt hat, zu denen ich aber stehe.

Gut möglich, dass ich, durch die seifige Perfidität ABBAs angeregt, zu jener Zeit begann, gleichsam in Trance Busfensterscheiben abzulecken, hinter denen Leute saßen, und dann deren entsetzte Gesichter zu fotografieren, wobei ich eigentlich den Abdruck meines Unterbewusstseins in *meinem* Gesicht fotografieren wollte. Und während ich von meiner Kapitulation vor mir selbst verschluckt werde, fährt der Bus einfach weiter. Auf den entwickelten Fotos sehe ich dann immerhin später, dass sich mein Gesicht über das der Busgäste gelegt hat, ich mich über ihnen spiegele, sie mich durch mich anschauen. Das waren noch die analogen Zeiten mit den Dosenfilmen, jetzt kann ich nicht mehr fotografieren, geht nicht, weil es viel zu schnell geht, ein Foto ist nichts mehr wert.

Nichts von dem, was ich aufschreibe, wird wahr, nur weil ich es aufschreibe, es bleibt ein statisches Rauschen, das, was es vorher auch schon war, nur ohne mich als Zeugen. Und all das, was ich nicht aufgeschrieben habe und nie aufschreiben werde, bedeutet nicht automatisch, dass es nicht geschehen ist. Alles, was mir passiert, passiert mir ohne mein Zutun, trotzdem passiert nichts ohne mich, auch wenn ich es vielleicht nicht mitbekomme, es passiert sowieso, weil es eben passiert und ich meistens der schimmerloseste Zeuge bin, mit dem geringsten Anteil, also stimmen die Vorwürfe anlässlich des Literaturpreises («ist ihm nur passiert») auch nur zum Teil. Jemand hat mir mal gesagt, ich dürfe nichts einatmen, was ich nicht sehen kann. Ich habe das am Anfang nicht richtig verstanden, ich dachte, ich dürfe nichts einatmen, was ich *sehen* kann, aber das ist ja sowieso klar, wer will schon Spatzen einatmen, das Gefährliche ist eben das, was wir nicht sehen. Zu erzählen habe ich trotzdem nichts. Und immer noch nichts. Also ist das, was ich so einatme, auch vollkommen irrelevant. Ich muss mal wieder was für Wikipedia schreiben. Und dann irgendwas kopieren.

6.

Neulich erreichte mich eine Freundschaftsanfrage über Facebook. Ich bekomme oft solche Anfragen, und ich kann mir vorstellen, dass nicht wenige Geschichten so beginnen. Normalerweise ignoriere ich diese Anfragen, ich brauche keine Freunde, aber diese war interessant. Ich benutze Facebook so gut wie nie, schaue da selten rein, und wenn, dann nur oberflächlich, ich nehme das nicht so wichtig, da warten halt so ein paar Idioten, damit man sie anspricht oder abholt. Ich kenne mich auch nicht so aus, es besteht offenbar die Möglichkeit, dass bestimmte Nachrichten via Facebook an die normale E-Mail-Adresse geschickt werden, das hat vielleicht mit einem Prioritätsalgorithmus zu tun, ist mir im Grunde auch egal, es wäre mir egal, ich würde das ignorieren und ungeöffnet löschen, wenn diese Anfrage nicht so eigenartig gewesen wäre, sie kam nämlich von mir selbst.

Wie soll das gehen? Wie kann ich mich mit mir selbst befreunden wollen? Zunächst dachte ich, da hat jemand mein Facebookkonto gehackt. Mit der Anfrage kam auch eine Nachricht, in der stand: «Wenn du sterben solltest, bevor du aufwachst, bist du näher dran, als du denkst.» Klingt ja ganz logisch; auch wenn man im Schlaf bekanntlich nicht denkt, sondern ES für einen denkt, und man auch nicht eigentlich stirbt, sondern ES einem das abnimmt, könnte der Satz von mir sein, und ist er offenbar auch, aber vielleicht ist das ein Scherz, irgendwer will mich foppen. Habe ich Feinde? Habe ich jemanden enttäuscht? Ich bin in einem Alter, in dem ich schnell vergesse und mich oft frage, unbewusst, muss ich mir den oder das jetzt noch merken, muss ich mir diesen Anblick oder diese Person gefallen lassen, oder muss ich diesem Anblick oder dieser Person den Gefallen machen, mich mit ihm / mit ihr auseinanderzusetzen? Muss ich wissen, dass Blut ein kaum wahrnehmbares Geräusch macht, wenn es aus einer Wunde tritt? Und es hat auch damit zu tun, dass manche Botschaften bei mir immer länger brauchen, um «anzukommen», es ist so eine Art verzögerte Wahrnehmung, und umgekehrt verlassen mich Informationen, immer unbemerkt und geräuschloser als Blut, meistens die wichtigen, die unwichtigen bleiben und bilden einen Klumpen albernen Wissens, der mir niemals nützlich sein wird, außer, wie gesagt, zur trügerischen Selbsthypnose, was eigentlich auch reicht, wenn man nur dumm genug ist. Mit ABBA geht das übrigens ganz gut, kann ich empfehlen.

Was ist eigentlich aus mir geworden, und wann ist das aus mir geworden, was aus mir geworden ist? Ich kann nicht mal genau sagen, was es ist, ein Haufen Weinerlichkeit, der sich selbst Freundschaftsanfragen schickt, Motto «Zusammen ist man besser allein»? Ein Spruch aus einem alten Glückskeks, so weit ist es also gekommen, abgelegte Motti wie eine Rettungsweste anziehen, um nicht unterzugehen. Aber die Weste ist aus Blei.

7.

Sie hatten im Wald einen Kopf gefunden. Einen menschlichen, er war auch eher bereits zum Schädel gedorrt, viel war nicht mehr dran, ein paar Haarbüschel, ledrige Haut. Gefunden hatte ihn der übliche Spaziergänger, im Jogginganzug, und auch eigentlich nicht er, sondern sein Hund (Golden Retriever). Es wurde aber niemand vermisst, und weder Zahnstellungs- noch Zahnfüllungstopographie ergab eine Deckungsgleichheit mit katalogisierten Gebissen (intern: Beißerchen) aus den gut vernetzten Datenbanken der Ermittler.

Sie bauten den Kopf nach, Fleisch aus Plastilin, geschminkt, so wie er hätte aussehen können, ein Mann, weder alt noch jung, und dann setzten sie das in die Zeitung: Wer kennt diesen Mann? Hinweise kamen, mehrere sogar, alle verwiesen sie auf Adam Skrlov, jemanden in der Nachbarschaft der Hinweisgeber. Der lebte aber noch. Ein scheuer Ausländer rätselhafter Herkunft, führte mit seiner Frau Barbora (Skrlova) das bekannte unauffällige Leben in einer unauffälligen Wohngegend und wirkte einfach insgesamt, nun ja unauffällig, war aber dann doch überrascht, dass sein Kopf im Wald gelegen sei. Nein, auch einen Zwillingsbruder habe er nicht, muss wohl ein Doppelgänger gewesen sein, und dann ging es erst richtig los.

Der Lektor fand das schon mal ganz gut, also den *Plotkeim*. Bauen Sie darauf mal schön eine ganze Geschichte, packen

Sie Fleisch drum rum oder Plastilin, wie Sie es nennen wollen. Und das würde mir auch gar nicht schwerfallen, dachte ich, aber je mehr ich mich damit beschäftigte, desto mehr entglitt mir der Stoff. Ich wusste nicht, wohin, es gab Abertausende Möglichkeiten, das Problem beim Geschichtenkonstruieren ist ja nicht das Erfinden, sondern das Entscheiden. Wo soll es langgehen? Nach jeder neuen Entscheidung warten wieder tausend neue Entscheidungen, Möglichkeiten, zweigen Wege ab, überall hängen lose Fäden raus, wie eine Stickerei von hinten sieht das alles aus oder meinetwegen wie ein Käsebrot von unten, schaut ja auch niemand drunter beim Essen, oder ein Kühlschrank oder ein Kaufhaus von hinten, da hängen zwar keine Fäden raus, aber es gibt sich auch keiner Mühe, da irgendwas zu verzieren oder zu verkleiden, aber das funktioniert ja alles, selbst die Stickerei funktioniert, sie sieht nur hinten so verworren aus, so wie unsere Seelen, nein, das ist alles zu albern. Bei meiner Geschichte mit dem Kopf im Wald gab es noch gar nichts, da war nichts, das Einzige, was ich hatte, war irgendwie Mitleid mit Adam und Barbora. Eigentlich hatte ich Mitleid mit *mir*, Adam und Barbora sollten mich vertreten, sie sollten mich erklären, nein, *mir* erklären, was da gerade schiefläuft bei mir.

Ich war fünfundfünfzig Jahre alt, ein unfassbar dummes Alter, das dümmste, das man kriegen kann, überflüssig wie ein Grützbeutel, kann man ja niemandem erzählen, man sitzt bloß in irgendeinem Warteraum rum, wartet, dass man aufgerufen wird, dass einem einer sagt, jetzt ist Feierabend. Ich brütete vor mich hin, so als würde ich mich selbst verdauen, mein eigener Kopf: nichts als ein pochender Knorpel, unproduktiv und gefüllt mit wimmerndem, ichlosem Denkschleim. Und mein Gesicht spannte. Warum spannte mein

Gesicht? Seit ein paar Jahren, ungefähr seit Mitte vierzig, fiel mir das auf, na ja, der übliche Verrat der Hülle am Inhalt, graue Haare, Fett, das nicht mehr ablaufen kann, Ohrenhaare, die offenbar mit den Nasenhaaren zu korrespondieren beabsichtigen, aber die sind ja noch ganz lustig, trockene, schuppige Echsenhaut, dann gehen mir die Haupthaare aus, das heißt, ihre Produktionsstätten veröden, werden aufgegeben, jemand Zuständiger ist unentschuldigt weggegangen, andauernd juckt mein Kopf, es juckt, ich kratze, als wollten die Haare raus, können aber nicht, sie haben resigniert, sind zu schwach, schaffen es einfach nicht mehr, sich durch die Schädeldecke zu bohren, dann interessanterweise Schwangerschaftsstreifen am Arsch, wo die wohl herkommen mögen, aber sie sind WIRKLICH da, Arschgeburt, da haben wir's, da kommt das her, selbst die ausgeleierte Prostata, wie das labbrige Zeug, das dem Truthahn am Schnabel hängt, diesem Unglücksvogel, so stellt man sich das vor, mürbe gewordener Saum einer Unterhose, und jetzt auch noch dieses Spannen des Kopfes, ein merkwürdiges Toben im Gesicht, als ob da unsichtbare Kriege stattfänden. Truthahn gegen die Schöpfung vermutlich.

Ich kann mit meinem Kopf ja einiges, vielleicht ist das das Problem, ich habe da geheime Muskeln, und ich dachte immer, jeder Mensch ist so ausgestattet, aber ich habe offenbar mehr, alleine am und im Kopf drei Muskeln mehr, einen unterm linken Auge, ein Strang, der das Unterlid zur Nasenwurzel hinziehen kann, dadurch klappt das Oberlid runter, es entsteht eine kleidsame Ptosis, zwei Nackenmuskelstränge, die die gesamte Kopfhaut nach hinten ziehen können, das strafft das Gesicht, und innen dieses praktische Werkzeug, Kontraktionen um den Eingang der eustachischen Röhre, wenn ich die kontrahiere, entspannen sie das Trommelfell, es wird schlaff wie das Fell einer Pauke im Regen; wenn dann unappetitliche Schallwellen auf mich einschwappen, gelangen sie nur gedämpft ins Innenohr, ich kann mich mittels Muskelkraft so gut wie taub machen.

Ich habe sonst kein Problem mit meinem Körper, selbst Unproportionalitäten, Defekte, Krankheiten und Lächerlichkeiten akzeptierte ich, jetzt noch mehr als früher, als ich jung war, in der Jugend schämt man sich für genetischen Beifang, weil da andere Maßstäbe gelten, man muss kämpfen, rangeln, nagen, balzen, sich nach oben beißen, aber jetzt waren mir meine dünnen Beine, an die ein paar traurige Hammerzehen geschraubt sind, egal, nein, ich liebte sie sogar, nicht aus Mitleid, sondern weil wir ja alle zusammen diesen Haufen Materie, diesen Knochensack am buchstäblichen Laufen halten. Es ist jetzt sinnlos, einen von uns auszuklammern, zu stigmatisieren oder zu problematisieren, aber trotzdem: Der Kopf machte mir Sorgen, mehr und mehr, es wurde immer schlimmer. Mit dem Inhalt hatte ich schon lange abgeschlossen, da war nie viel, auch das muss man akzeptieren, es kommt auch nicht mehr viel dazu, ein paar Instinkte sind allenfalls da, Halbwissen wie bei vielen, nur bei mir noch weniger, mich aber machte die Kapsel *um* dieses Zeug wahnsinnig, nein, nicht direkt wahnsinnig, es war eher eine Mischung aus Faszination und Angst, wo das denn noch hinführen soll, ausgerechnet in Zeiten, in denen man ebendiesen Kopf im Wald fand, das heißt ich ihn fand, für den Lektor, das ist jetzt keine konstruierte Parallelität, sondern so ist das nun mal, da haben sich eben zwei Köpfe gefunden, oder mein Unterich oder was auch immer flüstert mir ein, leg da mal einen Kopf in den Wald, und der Kopf wird dich finden.

Die Instinkte, von denen ich vorhin sprach, auf die bin ich allerdings sehr stolz, ich bin nicht stolz auf mein Aussehen, man muss das akzeptieren, mein Aussehen ist inzwischen angekommen, aber den Instinkt, den schätze ich schon sehr, ich weiß nämlich mehr als andere, ich habe so eine Art Geheimwissen. Ich weiß immer, was man zum Beispiel *nicht* macht oder machen kann, und *was* man macht. Etwa, um echt zu sein, eine Persönlichkeit, um nicht unterzugehen, um erhobenen Hauptes dazustehen. Ich habe einen besseren Geschmack als *sie*, und weil ich einen besseren Geschmack habe, kann ich das auch ohne weiteres so behaupten, so einfach ist das, man kann mich nicht auf die Knie zwingen, auf die geistigen Knie natürlich, weil die noch schneller bluten, wenn man auf ihnen herumrutscht, ich kann mich anbiedern, ich kann lügen, ich bin falsch, ich bin ein mieser Plagiator, ein gemeiner Dieb, voller Hass, Neid und Wut, vollgepumpt mit Gicht und Gastritis und einer ungesunden Stabreimsucht. Aber ich bin gerecht, ich bin so gerecht und habe so viel Empathie, dass ich Sodbrennen davon bekomme, immer mal wieder, wirklich wahr, kein Wort gelogen, Gefühle entstehen im Erdgeschoss, der ganze Mageninhalt wird zu Säure zusammengepresst, eben durch den unbedingten Willen zur Gerechtigkeit, natürlich verknäult mit der Wut auf die Ungerechtigkeit, und die restliche Magensäure zischt dann nach oben.

Was das Wichtigste ist, und das mag jetzt kokett klingen, es ist aber so, es ist, ich habe Stil. Instinktiven Stil, ich weiß mehr und habe mehr als die Idioten, die ihr ganzes Leben jeden Tag darauf warten, sich abends mit ihren Zigaretten zu besaufen oder sich von ihren Kindern quälen lassen, vor allem von den ungeborenen, oder meinetwegen Sex auf Bäumen haben, oder mit Bäumen, und dann irgendwas davon faseln, dass man einmal im Leben Verantwortung für irgendwas übernehmen müsse, dieses Selbstbetrugsmantra junger, überforderter Eltern. Ich habe nur eine einzige Verantwortung, und zwar ausschließlich mir allein gegenüber, und die zwingt mir keiner auf, ich mach mich doch nicht zum Büttel meiner selbst, so viel Egoismusschlacke ist immerhin noch vorhanden, bevor ich endgültig verpufft bin.

Aber was habe ich von all meinen Wunderinstinkten? Nichts hab ich davon, davon hab ich, dass sich mein Kopf spannt und mein Magen ballt, genau das hab ich davon, und das dauernde Sodbrennen. Wenn ich morgens aufwache, muss ich rülpsen. Es ist kein fröhliches, zufriedenes Rülpsen, ich spüre was in der unteren Speiseröhre, das aber nicht hochkann. Dann pumpe ich eine Ladung Luft runter, schlucke also zusätzlich Luft, die dockt an das an, was da unten lauert, und gemeinsam kommt das Zeug hoch, sauer natürlich, so ist das. Tagsüber rülpse ich, nicht diese zufriedenen und ankumpelnden Bierrülpser der Babys (Bäuerchen), leise und gemein zischt das raus. Und ich nage mir die Mundhöhle weg, egal wo, an den Innenlippen, in den Backen, am Rand der ruhelosen Zunge, auf die ich mir auch dauernd beiße, weil sie immer falsch liegt, ich kann *nichts* essen, ohne dass ich mir auf die Zunge beiße, und ich nehme das persönlich, als Kritik an meinem restlichen Ich. Überall hängen tote, blutleere Fleischfetzen herum, die ganze Mundhöhle samt Zunge ist fransig wie ein Mopp, der Gaumen wie ein Vorhang fast – das ist jetzt nicht so dramatisch, wie es vielleicht klingt, dass ich mich von innen aufesse, da sind auch nur diese vielen kleine Fransen, wie an einer stockfleckigen Tischdecke, die nicht weiter stören würden, wenn nicht diese dauernde Aktivität im Mundraum wäre. Luft wird geschluckt, und die Kiefer mahlen immerzu, die Zähne, mit komplett freigelegten Hälsen, sind in ständiger Bewegung, wie kleine Lebewesen, wahrscheinlich von Plaque angetrieben, und natürlich wird dabei ständig Speichel, also Benzin produziert, ein hyperaktiver Transitraum, voll mit niederträchtigen Mikroben beladene Transportfahrzeuge aus Spucke, und diese dauernde Aktivität da in meinem Mund, mit dem obszön heruntergezogenen Zahnfleisch, und die ständige Gefahr sich auf die Zunge zu beißen, ist wohl auch der Grund, warum ich kaum was esse, ich vergesse das einfach, gibt ja auch keinen Grund, was ist denn Essen? Orale Befriedigung, Belohnungen, Gier, Depressionen, Einsamkeit, Kompensationen, meinetwegen Appetit, aus echtem Hunger isst doch kaum noch wer, zumindest hier bei uns nicht. Bei mir ist das Schlingen, dieses unappetitliche «Genießen» beherrsche ich nicht, und dann kommt das, was kommen muss, der sogenannte Globuseffekt. Ach, das hängt ja alles zusammen, und ich will mich nicht beschweren, soll auch meine Defekte wenn nicht ehren, so doch lieben, Globuseffekt heißt es, wenn man zu ersticken glaubt, wenn man einen Klumpen im Hals hat, einen eingebildeten, und es geht weder nach oben noch nach unten, man kann würgen und schlucken, aber da ist nichts, und man glaubt, man erstickt, aber selbst das finde ich amüsant, vielleicht ist es eine Taktik des Unterichs, Panik verlachen, auf keinen Fall ernst nehmen, sonst verklumpt es sich zu Krebs, aus Angst schießen einem die Tränen in die Augen, die Leute schauen einen an, was hat der denn? Hat der eine Fischgräte im Hals? Aber da ist ja nichts, nicht mal geschluckte Luft, da ist nur Einbildung, ein globusgroßer Klumpen davon, daher der Name, es ist, als verschlänge man vor Gier seinen eigenen Kopf.

Aber womit ich gar nicht zurechtkomme, was ebenfalls das Gesicht spannt, das sind meine Nebenhöhlen, Katakomben unter den Augen, die sind dermaßen empfindlich, dass jedes Unwohlsein, jeder Stress dort registriert und wie in einem Kropf zwischengelagert wird, sie gehen dann weit auf, kalte Luft strömt rein, bringt meine Augen zum Überlaufen, sie tränen, meine Nebenhöhlen sind das für mich, was die Fühler für die Schnecken sind, unerträglich, alles geht da durch, muss da durch. Wenn es ganz schlimm kommt, ist das mitunter der einzige Ort, an dem ich überhaupt noch stattfinde. Probleme dringen in meinen Körper über die Nebenhöhlen, ein Wartezimmer für das ganze Elend der Welt und der Leute, die dieses Elend produzieren.

Ich sehe mich ja Gott sei Dank sehr selten, muss mich ja nicht sehen, und wenn ich in den Spiegel schau, sehe ich nicht mich, sondern eine Summe aus disparaten und autarken Teilen, die nicht unbedingt zusammengehören und auch nicht zwangsläufig mich ergeben müssen, also weder mein Ich noch mein Unterich. Wenn ich diese Versammlung ansehe, ist das Gesicht auch ganz entspannt, so als würden jetzt mal die Teile analysiert, aber wenn ich gehe, gehe ich wahrscheinlich grimassierend, eine Fratze der Anspannung, ein Gesicht wie eine geballte Faust. Einerseits schützt mich mein Instinkt vor Resignation, ich bin tapfer, ich bin stark, und auf der anderen Seite diese angespannte, mahlende, verzerrte Fresse eines Clowns im Zustand kompletter Zerrüttung.

Das Telefon klingelt. Ich hasse es zu telefonieren, ich bekomme immer einen fürchterlichen Schreck, ich habe Angst, schwitze, Herz klopft, Ohr wird heiß und Arm gefühllos, ich denke immer, ich habe was ausgefressen, dann stelle ich mich automatisch taub, siehe oben, eustachische Röhre.

Diesmal hebe ich aber ab, es ist der Lektor. Ob ich denn inzwischen weitergekommen wäre, ob ich ihm mal die ersten Teile der Geschichte schicken könne? Ja, bin ich, ich schick Ihnen morgen etwas. Was soll ich ihm schicken? Ich hab ja nicht wirklich etwas, ich hab gerade mal Adam und Barbora, zwei Ertrinkende des Daseins, bei denen nicht mal sicher ist, ob es wirklich zwei Personen sind. Vielleicht wäre das zu billig, vielleicht ist das nur eine gequälte rastlose Seele, die die Hölle schon auf Erden durchwandert und um Erlösung winselt. Ach scheiße.

Als ich heute Morgen aufwachte, fühlte ich mich wie der erste Satz in einem Roman. Der erste Satz ist immer der pathetischste, peinlichste. Manche Lektoren sagen ja, die ersten zehn Zeilen müssten sie packen, da wird entschieden, ob der Rest folgen kann, aber ich verstehe das nicht. Wenn das alle wissen, geben sich doch die Autoren gerade bei den ersten zehn Zeilen ganz besonders Mühe, es ist ihr Wurm am Haken, halt so ein Lockangebot. Möglicherweise ist diese Behauptung nur eine falsche Fährte: Glaubt ja nicht, dass wir nur die ersten Zeilen oder den ersten Satz lesen, vielleicht entscheidet sich ja alles im *letzten* Satz?

Wie dem auch sei, als ich heute Morgen aufwachte, fühlte ich mich wie ein erster Satz, nicht gesprochen, sondern hochgewürgt wie angedauter Fisch aus dem Hals eines Kormorans. Mein erster Satz war: O nein.

8.

Ich wachte auf, obwohl ich nicht mal geschlafen hatte; nicht mal schlafen müssen, um aufzuwachen, so ist das inzwischen. Ich wachte auf, und alles war mit einem Schmierfilm überzogen, so wie damals, als ich aus der Serpentine kam. Alles um mich, an mir und auf mir war schmierig, ich hatte wohl etwas eingeatmet, was ich nicht kannte und nicht hätte einatmen sollen, und so war dann wohl mein saures Restleben unbemerkt in diesen schmierigen Aggregatzustand übergegangen. In meiner bewegungslosen Schmierstarre war ich gerade mal fähig, im Internet folgenden Satz zu finden, den ich in seiner banalen Erklärungslust gleich wieder verwünschte, der zeigte, dass man mit Geheimnissen besser leben kann als mit der skelettierten Realität, das ist wie mit abgekratztem Schorf, den kann man auch nicht wieder ankleben: «Agnetha said herself that she didn't have any work done and it is quite plausible that her wisdom teeth closed the gap.»

Mein «O nein» bezog sich aber nicht ursächlich auf die verschwundene Zahnlücke, sondern kam mit meinem dreckigen Zustand. Mir dämmerte, dass ich wohl in der Nacht noch meinem Lektor das Kapitel mit dem Kopf geschickt hatte, einschließlich dem Mäander mit den Instinkten und dem Globuseffekt. In seiner Antwortmail schrieb er: «Herr Rubinowitz, als ich Ihnen sagte, dass Sie nichts zu erzählen hätten, war das ja nicht als persönliche Kritik gemeint, eher als Feststellung. Es ist ja so, dass die wenigsten etwas erzählen können, ich ja auch nicht, und dass unterhaltende Spannung nicht mit irgendwelchen abgetrennten Köpfen herbeizuzwingen ist; es kann, muss aber nicht, wie gesagt, auch um Kirschen gehen. Es kommt nicht auf das *Wie* an, sondern auf das *Was* in Verbindung mit dem *Wie*. Und bei Ihnen sehe ich nur das *Wie*, wenn Sie verstehen, was ich meine.»

Verstand ich nicht.

«Auch möchte ich Sie bitten, Ihnen sogar dringend nahelegen, mich nicht zu häufig zu instrumentalisieren, sozusagen als zweite Sprechstimme. Das ist eine allzu bequeme Technik, das machen Regisseure; wenn sie etwas nicht abbilden können, lassen sie die Hauptfigur aus dem Off erzählen, das kann man aber nicht dauernd machen, etwas Ähnliches hatten Sie ja bereits in ‹Virna›, da wollte ich Ihnen das schon rausstreichen, aber Sie wollten es ja drinbehalten, also haben wir es dringelassen. Ich kann ja nur empfehlen, das letzte Wort haben Sie, aber jetzt würde ich diese *Masche* mal so langsam ad acta legen, was meinen Sie? Am Ende könnten Leichtgläubige denken, dass ich da und dort über meine lektorische Kompetenz hinaus beteiligt war.»

Das war's dann also mit meinem Kopf, den konnte ich jetzt wohl vergessen. Was ich erzählen wollte, war in sich zusammengesackt wie ein alter Luftballon, ich konnte jetzt auf meinem Schmierfilm zurück zum Anfang surfen.

Der Anfang ist ja immer ein Gerangel zwischen Lust und Zweifel, wenn man etwas beginnen möchte, ich will das, aber kann ich es? Man darf keinen von beiden Gefallen die Oberhand lassen, man sollte eine Balance halten, Größenwahn und Mutlosigkeit ruhig spielen oder gegeneinander kämpfen lassen, der *eine* Zustand ändert sich ja sowieso ununterbrochen, wenn man eine Vision hat, wenn man weiß, dass man ganz nahe dran an etwas ist, ohne wirklich genau zu wissen, woran, dann muss das nicht bedeuten, dass diese Vision nicht bereits vor ihrer Formulierung verröchelt ist. Es ist etwas da.

Ich schrieb dem Lektor, ich würde den Text jetzt so lassen, mit ihm als zweiter Sprechstimme. Um die Rückweisung seines Ratschlags irgendwie witzig zu verpacken, sagte ich ihm, er sei entlassen, er könne sich seine Papiere abholen. In Wirklichkeit hatte ich noch weniger Ahnung als je zuvor, ich brauchte ein Gegenüber. Ich hatte es auch mal mit einem Psychotherapeuten versucht, den wollte der Lektor ebenfalls rausstreichen, er hatte offenbar ein echtes Problem mit diesen zweiten Stimmen. Ich kenne mich ja nicht so gut aus in der Literaturgeschichte, vielleicht hatte diese Technik einen schlechteren Ruf, als mir bewusst war.

Ich ging zurück ins Bett, legte mich hin, machte die Augen zu, gut, fangen wir noch mal an, ich wachte noch mal auf, oder tat so, diesmal wachte ich in einem Doppelbett auf, und neben mir lag – ich.

Was für ein beschissener Traum. Ich machte die Augen zu und dachte, dass es ein Fehler gewesen war, dem Lektor eine Abfuhr zu verpassen, aber als ich die Augen wieder öffnete, war ich immer noch da. Wer hat hier wen zuerst bemerkt? Dem gehört die Realität. Fällt jemand durch Anwesenheit auf oder eher noch durch Abwesenheit, ab wann ist Abwesenheit die bessere Anwesenheit? Abwesenheit als Kapital. Ein brennendes Bett, ein Bett aus Steinen, alles viel einfacher zu verstehen als die Frage, wer jetzt hier abwesender ist und darauf wartet, von wem was zuerst kommt, eine Geste, eine Idee, ein Wort.

Es kam aber nichts, wenn ich, egal welches Ich von uns beiden, nicht mal wusste, wo ich überhaupt war.

Obwohl es vielleicht stimmt, dass das, was ich erzähle, schwach wie Hühnerbrühe ist, fällt es mir doch relativ leicht, Pointen zu finden, also bisher tat es das, weil die meisten Pointen so verdammt vorhersehbar sind, nur hier und jetzt unter meiner Decke aus Schmiere fiel mir das mit einem Mal nicht mehr so leicht. Wo war die rettende Pointe denn jetzt? Oder wollte mich die Pointe testen? Die Geschichte konstruiert sich aus sich heraus und wirft sich mir hier ins prokrustische Bett. Wenn man vom Traum zurückgelassen wird, ist man tot. War ich gestorben, bevor ich aufgewacht war? Allein, dass ich diesen Gedanken dachte, war wohl zittriges Indiz für eine irgendwie geartete Präsenz, von wem auch immer, vielleicht nur vom Schmierfilm auf mir.

Ich hob einen Arm, eine Art schwaches Grüßen. Der Typ vom anderen Ufer des Bettes, also ich, hob ebenfalls den Arm, nicht nach mir, sondern gleichzeitig mit mir. Kraftlos fielen unsere Arme zusammen, resigniert, was soll's? Ich erwog zu masturbieren und mich selbst dabei zu beobachten, und wer zuerst sprudelt, ist der, der sich den anderen nur einbildet, aber ich war so niedergeschmettert, dass auch das nichts half und sowieso nicht ging und ich auch nicht wusste, ob dieses x-fach erprobte Schmerzmittel überhaupt noch wirken würde. Ich bezweifelte es und ließ es sein. Man kann sich keine gute Geschichte oder Lösung zusammenwichsen.

IRMA

1.

Ich habe mal daran gedacht, unter anderem Namen mein eigenes Buch, also das einzige, das ich geschrieben habe, «Virna», einfach zu kopieren, nur anders, natürlich, also so variiert, dass es nicht als Plagiat enttarnt werden kann. Jeder denkt, das kommt mir doch bekannt vor, wo habe ich das schon mal gelesen? Die Aufgabe ist eben, es abzuschreiben, ohne es *dezidiert* abzuschreiben. Es gibt ja genug Autoren, die schreiben ein und dasselbe Buch wieder und immer wieder. Das ist sozusagen die normative Kraft der faktischen Absprache mit ihren Lesern, und den wenigsten gelingt, wenn sie einmal ihre Formel gefunden haben, der komplette Stilwechsel. Warum auch ein Pferd im Galopp neu satteln?

Was mir vorschwebt, ist das Gegenteil: der Stilwechsel mit

Methoden der Wiederholung. Aber vielleicht ist das ja auch zu prätentiös gedacht, vor allem, wenn man so wenig verkauft wie ich, das ist doch albern, bleib doch mal bescheiden, mach doch ERST MAL WAS RICHTIG, dein Pferd ist auch kein Pferd, sondern nur eine Pardelkatze.

Ich habe das trotzdem meinem Lektor vorgeschlagen, also dieses «Konzept», was er davon hielte, wenn man «Virna» noch mal schriebe, und er fragte lapidar:

«Man?»

Und auf mein: «Wie *man*?» schrieb er:

«Wie soll ich das verstehen, dieses *man* in ‹kann man noch mal schreiben›. Sind *man* Sie, und Sie zieren sich noch, oder zweifeln Sie sich selbst an? Wenn Sie sich auf diese Art einer Aufgabe nähern, haben Sie schon verloren. Ich sage Ihnen eines: Wir sind kein Verlag für experimentelle Literatur, die es darauf anlegt, sich sukzessive selbst zu dematerialisieren, das ist nun einmal nicht unsere Priorität, wenn Sie verstehen, was ich meine.»

Natürlich verstand ich ihn, aber auf der anderen Seite auch wieder nicht. Sollte ein Verlag seine Autoren nicht wie schützenswerte Pflanzen betreuen, hegen, wilde Triebe kupieren. Sie unterstützen, ihnen auch mal ein Bier bringen, tolerant bei all ihren auch noch so zweifelhaften Ideen sein? Und widersprach seine Zurückweisung nicht dem, was er früher einmal gesagt hatte: Ich würde automatisch schlecht, wenn ich gefallen wolle, also das machte, was die Leute erwarteten, und ich sei am besten, wenn ich ich bliebe? Ich glaube, er nannte das sogar «authentisch», ein Wort bei dem ich reflexartig den Drang verspüre, nichtauthentisch zu werden. Das wäre dann *meine* Form der Authentizität.

«Durch Ihre Gefallsucht kompensieren Sie ein Defizit, und

immer wenn Sie auf Wirkung schreiben, sind Sie schlecht. Wenn Ihnen aber alles egal ist, wenn Sie impulsiv schreiben, bleiben Sie Sie, also schreiben Sie bitte unkorrumpiert und ohne Rücksicht auf Auffahrunfälle. Sie sollten aber darauf achten, dass Sie Ihr eigenes Leben nicht nur historisieren, anstatt es, meinetwegen, zu erfinden, dadurch fühlt sich die Welt für Sie größer und schöner an, und es verändert sich, wie es sich für Sie anfühlt, in ebendieser Welt zu sein, und nicht in der, in der nur gut klingt, was gut klingen darf. Sie sollten den Beweis zu erbringen versuchen, dass Sie sind, was Sie können. Denken Sie mal drüber nach.»

Mein Argument, wenn ich in «Virna» *authentisch* gewesen sei, wie er es verstand, dann könne ich doch beim Gegenbuch in *meiner* Form der von ihm angemahnten Authentizität schreiben, also eine Art subversiv affirmatives Buch produzieren, das dann seine Leser schon fände, mehr als die Handvoll von «Virna», also dieses Argument ließ ich lieber stecken, ich saß ja sowieso am (wie sagt man?) vom Wirt entferntesten Ende des Tresens.

Außerdem: Die Diagnose, ich hätte nichts zu erzählen, saß, und zwar immer noch, aber leider in diesem Fall nicht am vom Wirt entferntesten Ende des Tresens. So dachte ich, und ich dachte: Könnte ich nicht Redensartenerfinder werden? Der Tresenslogan ist doch ganz gut, den gibt's noch nicht, und mit den Büchern wird das ja offenbar nichts mehr. Und ich dachte, wenn ich schon nichts mehr zu verlieren habe, verliert sich's zukünftig eben leichter, und ich dachte an die Gegenschmerztheorie, ich kannte das ja, weil ich das selbst entwickelt habe, sogar einen eigenen Wikipediaartikel habe ich darüber geschrieben, «Methode Gegenschmerz», keine Ahnung, ob das bei der Psyche auch geht. Ich habe die Methode an einem physischen Beispiel festgemacht, ein paar neurologische Termini gefälscht mit den dazugehörigen erfundenen Ärzten (Dr. George Throckmorton) und Hyperlinks, die ins Nichts führen, und die Methode geht so: Angenommen, jemandem fällt ein Amboss auf den Fuß, dann muss man mit einem Hammer auf den anderen Fuß schlagen. So tun zwar beide Füße weh, aber doppeltes Leid wird nicht größer, sondern spaltet sich auf in zwei miteinander konkurrierende Schmerzempfindungen, wodurch sich die individuelle Exklusivität des einen minimiert, also der Schmerz verringert sich in beiden Füßen. Aber könnte ich das?

«Was?», frage ich mich selbst in der Rolle des Lektors, der sich in Wirklichkeit schon lange verabschiedet hatte.

«Haben Sie mir nicht zugehört?»

«Nein, ich war nur kurz abgelenkt, hab den Faden verloren, das ist ja eigentlich Ihr Konzept, dieses vorsätzliche Abschweifen, offenbar, weil Sie selbst nicht so recht wissen, was Sie eigentlich sagen wollen, als würden Sie Ihren Ideen misstrauen, und am Ende misstrauen Sie sich selbst oder zweifeln sich selbst an. Nur geht das schlecht, es gibt Sie ja, Sie können nicht von sich ablenken, wenn man Sie sieht. Jede Rolle, die Sie spielen, ist ja von Ihnen abhängig, sie hängt also an Ihren Fäden, also sind es immer Sie, ich spreche jetzt nicht von Oberflächenreizen wie Mord oder Masturbation (ächz, ein Stabreim, ich will die eigentlich möglichst vermeiden, aber immer kommen sie an, wie Bazillen), ich spreche von der Syntax, aus der man Sie lesen kann, das ist wie ein genetischer Algorithmus, ein Fingerabdruck. Das Werk kann nicht von Schöpfer getrennt werden, wenn es einmal rausgeschickt ist, und da können Sie es auch noch, so gut es geht, zu anonymisieren versuchen, es reicht, dass

SIE wissen, dass es von IHNEN ist. Ein Geheimnis bleibt nur eins, wenn es gedacht, aber nicht ausposaunt oder auch nur -gehaucht wird. Das ist wie eine Glühbirne: Wenn Sie die einmal angeknipst haben, kann man das Licht auch nicht mehr zurückholen, so müssen Sie das mal sehen. Ich kann Ihnen nur empfehlen, nie zu vergessen, dass Ihr Spiegelbild anderen egal ist.»

Sprach ich zu mir selbst, ich sieze mich in Selbstgesprächen, wie erbärmlich, das kann ich nicht einmal meinem Lektor zeigen, der verachtet mich doch. Anderseits auch gut, das Selbstplagiat, dass ich «Virna» noch mal schreibe, das war wohl nichts, diese Idee hatte sich also erledigt, erstickt an sich selbst, also nicht ich, sondern nur die autokannibalistische Idee, die sowieso niemand kapieren würde, nicht nur nicht kapieren, sie würde auch niemanden INTERESSIEREN. Ich bin der schwache Hirte, dem kein Tier folgen mag, wenn er zur Müllhalde geht auf der Suche nach Verwertbarem.

Die Formel, von wem auch immer sie ist: «Ich schreibe, also bin ich», sie stimmt insofern, als man sich dadurch aufgegeben hat, also alle Geheimnisse fahren lässt. Okay, vielen gefällt das ja möglicherweise, die wollen das so, aber ich bin keiner von denen, und ich bin es dann doch, ich bin mein eigener wertloser Nachzehrer geworden, der seine Gedanken, den verbliebenen Schleim aus seiner Denkniere schlürft, als sei es ein buntes Getränk aus einer Kokosnuss, und währenddessen versucht irgendwas Relevantes aus abgebrannten Streichhölzern nachzubauen, aber DA IST NICHTS UND DA WAR NICHTS. Es ist mir so was von egal, was ich mache und noch vorhabe, ich kann nichts mehr regeln, nichts vorbestimmen, weil die Paranoia und die Geister das ja bereits getan haben. Meine Biographie haben jetzt andere in ihren Händchen, sollen die mich führen, ich kenne sie nicht, aber es ist mir egal, welcher Bus da kommt. Ich verdiene eigentlich, in Ruhe gelassen zu werden, und mich, wenn ich dann und wann meinem inneren schwächlichen Ich Busfensterscheiben anzulecken gestatte, dafür von ein paar ratlosen Idioten bemitleiden zu lassen; ist okay, Ihr wart ja die hinter den Scheiben.

Und dann las ich die Geschichte von dem Mann, den sie im Kleiderschrank einer abgehalfterten Seriendarstellerin namens Anja Kruse gefunden hatten. Wie ein Paket verschnürt, er hatte sich wohl selbst stranguliert, vermutlich ein Unfall bei einer autoerotischen Praxis. Ich kannte ihn sogar, hatte mit ihm eine Zeitlang bei der Okay-Film gearbeitet, einer Film- und Fernsehfirma in Wien.

Ich war da in der Voltenabteilung. Wenn Filme irgendwie «hingen», nichts mehr weiterging, dann kam ich und kam mit meiner Lösung. Keine Ahnung, was er dort tat, wie hieß er noch gleich? Ich glaube Abdul.

2.

Ich hatte mit Abdul nicht viel zu tun. Wir arbeiteten ja von zu Hause aus, kamen ins Büro immer nur zu Sitzungen, und ich schrieb für eine andere Abteilung. Ich wusste nur, dass es da diesen Typen gibt, Abdul eben, man meinte ja auch, der nennt sich nur so, der heißt eigentlich ganz anders. Ich wusste, dass er in der Entwicklung arbeitete, also Exposés schrieb, die dann wieder durch andere Gremien gingen. Es war mitunter ein langer Weg bis zur Realisation, und ein mühsamer, nur etwa fünf Prozent der Ideen wurden finalisiert, weshalb in der Regel Drehbuchautoren auch nicht festangestellt sind (sind ja Künstler, kann man nicht an die Kandare nehmen), sondern selbständig bei verschiedenen Produzenten einreichen. Insofern war unsere Festanstellung ungewöhnlich. Wir verdienten nicht viel, waren aber versichert, also diesen Stress immerhin los. Andererseits ersparte sich der Produzent horrende Summen für gelungene Exposés (Joe Eszterhas bekam für seine zwei Seiten zu «Basic Instinct» drei Millionen Dollar, das ist die Marke, an der sich alle orientieren).

Ich hab Abdul mal bei einer Weihnachtsfeier von Okay-Film kennengelernt, wir sprachen nicht wirklich darüber, was der jeweils andere so macht in der Firma, wir sprachen über das damals schier undenkbare Großereignis, das dann plötzlich doch stattfand, die Reunion von ABBA, zwölf Auftritte im Madison Square Garden in New York. Wir spekulierten darüber, ob wir hingehen würden, was es uns brächte, Fans waren wir beide, das war klar, das versteht sich von selbst, im Gegenteil, unverständlich ist, wie man *nicht* vom ABBA-Konzept umgehauen sein kann, wie einen diese grelle eklektizistische Künstlichkeit mit den schrillen Stimmen kaltlassen kann, alles klingt wie «verchromte Sprühsahne», wie Abdul ganz treffend meinte. Natürlich konnten wir uns die horrend teuren Tickets nicht leisten, die sowieso in Minutenschnelle verkauft waren, also erübrigte sich eigentlich die Frage, ob man hingegangen wäre, wir waren uns aber einig, dass wir das nicht gemacht hätten, weil die dort Hingehenden nicht *wegen* ABBA hingingen, sondern *weil* man dort hinging, der Eventpöbel dort also unter sich blieb, wer will denn mit so was schunkelnd zusammengequetscht «Mamma Mia» zu singen gezwungen sein?

Viel interessanter fanden Abdul und ich bei unserem kleinen Weihnachtsfeiersmalltalk, dass zu allem prachtvollen Überfluss auf ausdrücklichen Wunsch von ausgerechnet Agnetha (nicht mal von Björn oder Benny, von denen man das doch eher erwartet hätte) als Vorgruppen die Cocteau Twins und Prefab Sprout gebucht waren. Beide Bands lagen in Scherben, deretwegen hätte uns das sogar noch mehr interessiert, weil auch hier Reunionen bisher undenkbar waren. Im Falle von Prefab Sprout gab es ja nicht mal eine Band, das war schon immer mehr oder weniger das Einmannunternehmen des Visionärs Paddy McAloon gewesen. Und die Cocteau Twins waren schon seit zwanzig Jahren unkittbar zerrüttet, aber die Kraft von ABBA, beziehungsweise der Anruf von Agnetha hatte offenbar auch hier metaphysischen Kitt erzeugt (Geld spielte sicher auch eine Rolle, aber eher sekundär bei dieser Sternenkollision, so muss man das sagen). Dann sprachen Abdul und ich über den hochgradig genialen Exzentriker Paddy McAloon: temporär blind und taub, die

Hände in Handschuhen, Psoriasiskraftwerke, ganz schrecklich, vielleicht ein Preis seiner Genialität, wir kamen, das ist wohl unvermeidlich bei solchen Gesprächen, auf die Top 5 unserer Prefab-Sprout-Platten. Meine waren natürlich:

1. *Swoon*
2. *Andromeda Heights*
3. *Gunman*
4. *Crimson Red*
5. *Jordan*

Abdul meinte nur, es sei in meiner Liste von absurder Halsstarrigkeit, dass die zweite LP, *Steve McQueen*, nicht drauf sei, er würde das Redneck-Musical *Gunman* rausschmeißen oder mehr nach hinten schieben und *Steve McQueen* an erster Stelle sehen, im Übrigen sei er einverstanden. Mir war aber *Steve McQueen* zu, na ja, gefällig und kalkuliert, glatt und schön (von Thomas Dolby produziert, einem besseren Klingeltonkomponisten), nach dem Debüt, dem kubistischen Popmanifest *Swoon*, von dem ich initiiert wurde, war das für mich eine Enttäuschung, und ist es noch, auch wenn hier vielleicht unreflektierter Distinktionssultanismus waltet, und dann wurden wir plötzlich ganz stumm vor fassungsloser Ehrfurcht und durchflutet von einer okkulten Wärmequelle, als auf dieser schnöden Weihnachtsfeier im Hintergrund, wirklich wahr, im Radio leise «The List of Impossible Things» von Paddy lief («If your voice is all shot, it's still the best one you've got. You're a work of art that's broken»).

Kein Mensch außer uns bekam das mit, immer diese nichtbestellten Zeilen und Zufälle. Jetzt waren wir eben auf diese Liste geraten und fühlten uns in diesem Moment sehr wohl, sehr verstanden vom Zufall, aber bei mir kam eine Melancholie dazu, das hab ich immer, ich denke dann, das Lied kann das Gefühl, das es transportiert, nicht länger als drei Minuten halten, dann kommt DJ Ötzi oder, noch schlimmer, der schauderhafte Udo Lindenberg und zertrümmert alles. Vielleicht ging's Abdul ja auch so. Trotz dieser vermutlich relativ ähnlichen Schwingungen habe ich Abdul danach nie wiedergesehen. Jetzt war es zu spät, und ich bereute, dass ich seine Freundschaftsanfrage bei Facebook nicht angenommen hatte, die er mir noch in derselben Nacht nach der Weihnachtsfeier schickte.

Ich tat es nachträglich, und das ist ein eigenartiges Gefühl, sich mit einem Toten zu befreunden. Nun konnte ich, niemand löscht die Konten der Toten, in seinen Fotoalben stöbern, und das Seltsame war, dass wir uns offenbar doch häufiger begegnet sein mussten, es gab ein paar Gruppenfotos, auf denen sowohl er als auch ich markiert waren, er ist mir nicht aufgefallen, weil ich ihn nicht zuordnen konnte, außerdem hatte er das bekannte Dutzendgesicht. Er musste mich wohl kennen. Er hatte 194 Freunde. Ich schrieb in seine Statuszeile:

«Hallo, Freunde von Abdul, ich bin, wie vermutlich ihr alle, tief bestürzt über den Tod unseres gemeinsamen Freundes, ich kannte ihn kaum, es ging nicht über ein paar gemeinsame Interessen hinaus, aber ich würde ihn gerne nachträglich mehr verstehen, auch seinen finalen Schritt. Wenn ihr wollt, könnt ihr mir eine PN schicken, euch mit mir austauschen, wie ihr zu ihm gestanden seid. Ich danke euch, Tex Rubinowitz.»

Ich bekam darauf nicht viel zurück, nur fünf Likes und vier Antworten, drei banale, aber eine war interessant. Sie kam von einer gewissen Irma, die schrieb, sie sei mit Abdul zusammen gewesen, das sei nicht ganz leicht gewesen, sie habe ihn in «Össelreich» (wie sie schrieb), in Wien kennengelernt, genauer: im U4, einer Disco im Keller eines Parkhauses, in der auch ich häufiger war. Ich machte dort für den DJ Werner Geier immer mittwochs «das Licht», das heißt, ich stand bei ihm in der Kanzel und drückte im Takt auf verschiedene Knöpfe, die dann irgendwelche Spots rotieren ließen. Ich machte das ja auch nicht, weil mir das eine Mission war, sondern weil ich auf diesem Weg gratis ins U4 kam, Werners Bier trinken konnte, er trank nichts, und man irgendeine lächerliche Macht hatte, sozusagen die Puppen tanzen lassen konnte. Ich fragte Irma, wann sie denn immer bevorzugt ins U4 gegangen seien, und sie sagte, sie sei nur ein einziges Mal dort gewesen, an einem Mittwoch, ha, als ob ich's geahnt hätte. Nachdem sie Abdul kennengelernt hatte, war sie nie wieder dort gewesen, er hingegen regelmäßig mittwochs. Es kann gar nicht sein, dass ich ihn nie gesehen habe, aber wie sollte ich von seinen aktuellen Bildern auf schemenhafte Personen rückschließen, die ich vor dreißig Jahren im Stroboskopgeflacker gesehen haben könnte.

Im U4 fanden auch immer wieder Konzerte statt, Divine, Nico, Sade, Suicide, Prince, Nirvana und, man mag es kaum glauben, Der Schnakenkönig. Sogar ich bin einmal dort im Keller aufgetreten, mit einem Freund, Hans-Werner sein Name, er hat sechs Finger an jeder Hand, er sagte immer, seine Mutter habe ihn gedrängt, sich die zwei irregulären Finger amputieren zu lassen, sie selbst hat sich das nicht getraut, als er noch klein war, sie meinte, das solle jeder Mensch selbst entscheiden dürfen, wenn er mündig genug sei, aber er hat es nie gemacht, Hans-Werner meinte immer, wir haben alle irgendwas zu viel und irgendwas zu wenig, irgendwo wird das ausgeglichen, er wisse allerdings noch nicht, was die zwei Finger bei ihm kompensieren und wozu ihm die zwei Sonderfinger nützen können, aber eines Tages werde er es herausfinden, und darauf könne er sich ein ganzes Leben lang freuen. Beneidenswertes Konzept der Demut.

Wir traten aber nicht als anatomische Freaks auf, der, der seinen Bruder verschluckt hat, und der mit den zwölf Fingern, sondern trugen als Duo Biff & Bert grauenvolle Lyrik vor, um die Discomeute so lange zu piesacken, bis sie uns verprügelt, eine seltsame masochistische Attitüde als Happening verbrämt, wenn man Anfang zwanzig ist, macht man so etwas wohl, so als eine Art Initiation oder Vermessung des Ichs. Wir aßen auf Partys auch rohe Eier, komplett mit Schale, und gaben uns dann Zungenküsse, bis das ganze Gesicht mit Dotter und Eierschalensplittern verschmiert und verklebt war, und machten eine Fluxusaktion, die sich «Einen unbekannten Künstler gegen einen bekannten Künstler stoßen» nannte, man muss das nicht erklären, der absichtlich unoriginelle Titel erledigte das schon. Die eigentliche Kunst hierbei war, den bekannten Künstler davon zu überzeugen, dass er erstens mitmacht und zweitens durch den Stoß unverbrauchte, frische, hungrige, unkorrumpierte Moleküle des unbekannten Künstlers akzeptiert, sozusagen eine Molekülwäsche. Die Unbekannten brauchten wir nicht lange zu bitten, die waren so gierig und dumm wie durstige Mücken, die glaubten, sich an den berühmten Molekülen laben zu können. Als Bekannte suchten wir uns allesamt arrivierte Künstler mit ausschließlich beredten Namen aus, wie etwa Richard Tuttle, Tony Oursler, Julian Opie, Richard Artschwager, John Armleder, Gerwald Rockenschaub und

A. R. Penck. Damit wollten wir über die onomatopoetische Ebene auch die psychologische Kraft ihrer Namen nutzen, mit einem Künstler namens Müller wäre nichts zu erreichen gewesen. Allerdings ist keiner der Unbekannten durch diese Aktion berühmt geworden, alle blieben sie namenlos. Richard Tuttle, ein sehr kleiner Künstler, zerbrechlich wie seine filigrane Kunst, fiel bei dem Stoß gar hin und schaute uns verängstigt an, als wären wir Raubmörder. Sein Galerist eilte ihm zu Hilfe und drohte mit der Polizei, wir nahmen Reißaus, und der unbekannte Künstler nahm ein paar Tuttle-Moleküle mit.

Bevor ich mit Hans-Werner im U4 auftreten sollte, waren wir bei Werner Geier in der Wohnung, der seine Platten für den Abend nach bpm (Beats per minute) maß. Das machte er akribisch mit einer Stoppuhr, er erfasste die Tempi in Listen, eine mühselige und perfektionistische Buchhalterei, Spontanität und Improvisation hätten ihn überfordert.

Wir saßen unterdessen in seiner Küche, schrieben die Gedichte und verrührten und tranken alles, was wir fanden, zu einem munter- und mutmachenden Cocktail, den wir «Geierträne» nannten, Wodka, Nesquick und rohe Eier.

Dementsprechend sahen die Gedichte aus. Dann fuhren wir mit dem Taxi ins U4, ich bekam frei von meinem Lichtjob, und es trat ein, was wir beabsichtigt hatten, das Publikum fand die Gedichte gar nicht gut, ein Rocker, der auf seiner Stirn so etwas wie eine Kuckucksuhrklapptür tätowiert hatte, kam auf die Bühne und schlug mir ins Gesicht, dass meine Brille in die johlende Menge flog, ein anderer Rohling schubste Hans-Werner von der Bühne. Die Meute schmiss sich auf ihn und verprügelte ihn, sein Mund blutete, zuerst dachte ich, jemand hätte ihm einen Zahn ausgeschlagen, aber es war nur Lippenblut, dazu ein blaues, geschwollenes Auge, das er die nächsten Tage stolz wie eine Trophäe trug.

Nach uns trat eine Band auf, Kursaal Jugend hieß sie, sie bestand aus siebzehn Gitarristen und einem Schlagzeuger, alle waren weiß gekleidet. Dicht gedrängt auf der Bühne stehend spielten sie stumpfsinnig monotone Akkorde, minutenlang immer nur einen Ton, das sollte wohl eine Hommage an das famose Orchester von Glenn Branca sein (Symphony No. 17 «Mettroppostisizzer Queenship shoots the Merry Merry that floats on a Proton»), nach drei, ewig langen, zähen Liedern schmissen sich alle auf einen Haufen, und damit war das Konzert beendet. Aus Übermut schmissen wir, also Biff & Bert, uns auch noch obendrauf, und ich biss vor Glück dem unter mir Liegenden in den Rücken. Alle waren so besoffen, dass der unter mir Liegende wohl nicht so viel spürte, auch wenn ich ziemlich kraftvoll zugebissen habe.

All das schrieb ich Irma in unserer Facebookkommunikation, und daraufhin erzählte sie mir das schier Unglaubliche, dass nämlich Abdul eines Mittwochs spätnachts heimgekommen sei, aus dem U4, komplett besoffen, ganz in Weiß gekleidet, mit einem Blutfleck auf dem Hemdrücken. Er sei einer der Gitarristen gewesen, und sie habe auf seinem Rücken ein ziemlich kreisrundes Bissprofil sehen können, inzwischen lila geworden, mit zwei Zahnlücken, einer zwischen den oberen und einer zwischen den unteren Schneidezähnen. Natürlich vermutete sie eine Frau als Urheberin, sie war sich ganz sicher, assoziierte mit meinem Diastema automatisch eine Frau, auch weil Abdul partout nicht sagen konnte, wer ihn da gebissen habe und in welchem Zusammenhang. Sie verschwand noch in derselben Nacht, fast so, als hätte ich sie freigebissen, nur einen Zettel auf dem Küchentisch hinterließ sie, einen Abschiedsbrief. Ihre Beziehung sei sowieso schon im Eimer gewesen, sie habe Wien verlassen, sei nach Litauen gezogen, wo sie jetzt lebe, und habe viele Jahre keinen Kontakt mehr zu Abdul gehabt, sich vor kurzem aber auch mit ihm via Facebook angefreundet. Dass er inzwischen tot war, wusste sie gar nicht, sie dachte, er habe eine Facebookpause eingelegt. Von den Umständen seines Todes schwieg ich erst mal. Dafür befreundete ich mich mit Irma, und ich stöberte auch ein bisschen in ihrem Fotoalbum, Facebook ist ja ein großer Tummelplatz für Stalker. Irma sah sympathisch aus, mit mausigem Haar wie Rita Tushingham.

Was ich nicht verstand, war, warum mich Abdul auf der Weihnachtsfeier nicht auf unsere gemeinsame U4-Zeit angesprochen hatte, denn es war ja er, der mich gesehen haben musste, nicht ich ihn. Vielleicht war er ja auch nur zu schüchtern, man arbeitete in derselben Firma, und trug unaufgelöst das Rätsel eines Bisses in den Rücken mit sich herum. Ich hätte das lösen können, stattdessen reden wir über ABBA, okay, kein vertanes Thema, aber das nützt einem Toten jetzt auch nichts mehr, ich hätte ihn ja nicht aus dem Jenseits in unsere Welt zurückbeißen können, oder er mich.

3.

Jetzt hatte ich es, jetzt war ich nahe dran, oder sagen wir so, ich glaubte nahe dran zu sein, mehr noch, jetzt *wusste* ich sogar, dass ich an ETWAS dran war, vorher *ahnte* ich ja nur etwas, ohne einen Schimmer zu haben, was eigentlich. Bei mir ist es immer so, ich muss zuerst einen Titel haben, dann kann der Rest, also der Inhalt, folgen, anders also als beim Song «Free Your Mind and Your Ass Will Follow» von George Clinton, vermutlich auch anders als bei allen anderen Autoren oder wem auch immer, mal davon abgesehen, dass wohl niemand außer mir den Inhalt seines Buches «den Arsch» nennen würde. Ich eigentlich ja auch nicht, aber ich brauchte diesen Slogan, den Clinton auch nur aus der Bibel oder aus «Mein Kampf» übernommen hatte, ein bisschen abgewandelt natürlich. Wie nenne ich denn den Inhalt eines Buches? Gedärm vielleicht, und der Titel ist eben das Gehirn, aber das klingt eben nicht so gut wie bei Clinton.

Ich wollte mein Buch «Irma» nennen, diesem wunderbar klaren Namen sollte der Rest folgen, und das sollte ausgehen von ebenjener Irma, die ich erst seit so kurzer Zeit kenne, ausgerechnet über den armen toten Abdul, ich wollte mir diese Geschichte zusammenbauen aus Plankton, das da so angeschwemmt wurde, das ich nur abzuseihen brauchte, es passieren lassen, mal sehen, vielleicht entsteht ja was, ich bin zuversichtlich. Und dann wäre das doch das Gegenbuch zu «Virna», verblüffend diese Namensgleichheit, ungeplant natürlich, denn wenn es geplant wäre, würde das ja kein

Mensch glauben, das wäre doch allzu plump und einfallslos, nun muss man es nur noch so aussehen lassen wie den Auffahrunfall, von dem mein Lektor sprach, das ist jetzt die große Aufgabe, zu beweisen, dass das Augenscheinliche eben nur augenscheinlich ist, ein unglaublicher Zufall. Und wenn man dann «Virna» und «Irma» übereinanderlegen würde, sollte es eben nicht das gleiche Buch sein, nur anders erzählt, sondern nur so tun, als wäre es das, man sollte glauben, dass einem das doch irgendwie bekannt vorkommt, nur dürfte ich es natürlich nicht unter meinem Namen veröffentlichen. Ich könnte unter Abduls Namen schreiben, sozusagen als Ghostwriter sein Vermächtnis, eine Autobiographie von ihm vielleicht, dem Mann, der auf so bizarre Art seinem Leben ein Ende setzte, ungeplant vermutlich, gut, das muss man noch recherchieren; etwa ob von Michael Hutchence und David Carradine, die ja ebenfalls bei autoerotischen Unfällen umkamen, ob bei so was der Tod einkalkuliert oder sogar erwünscht wird, oder ob dieses Spiel, wenn man es überhaupt Spiel nennen kann, in seiner Radikalität eine besonders exzessive Form des unbedingten und kompromisslosen Lebens ist.

Ich gehe mal davon aus, dass Abdul nicht sterben wollte, aber man kann ihn ja nun nicht mehr fragen, also fang ich mit dem Ende an, also mit Irmas Auszug. Ich kann den Text mit dem Abschiedsbrief auf dem Küchentisch einleiten, ja, so machen wir das. Ich werde auch dem Lektor so lange nichts erzählen, bis ich mal so einen Rohbau zusammengefummelt habe. Aus Plankton?

Erste Zweifel kamen angedackelt, aber das darf nicht sein, darf man nicht zulassen, Zweifel sind schlimmer als Zahnschmerzen, hat mal jemand gesagt. Das Dumme war nur, dass es mir im Moment nicht gutging, woher sollte ich die Energie nehmen für diese Abdulbiographie? Ich fühlte mich einfach schlecht, klein, wenn ich morgens aufwachte, war ich zu meiner Überraschung nicht gestorben, ich war richtig enttäuscht, das nur um meinen resignativen Zustand zu beschreiben. Alles, was um mich herumstand, hatte irgendeine Bedeutung, die mir aber vollkommen fremd war, ich konnte die Bedeutungen nicht mehr lesen. Es war so verschoben, dass ich die Zusammenhänge nicht mehr begriff. Wenn ich mich berührte, sendete die Haut keine Signale mehr weiter, wie das bei normalen Berührungen so gehen sollte, sensorische Akte, die die Information zur Verarbeitung weitergeben, aber es ging bei mir nicht mehr, Wahrnehmung und Verstehen waren zwei Handschuhe geworden. Trotzdem wusste ich natürlich, das da was war, das Ich, ich war kein Nichts, aber ich wollte es sein, nur leider kann ich mich nicht auflösen, ich kann kein Nichts werden, kein Niemand. Bis vor kurzem wäre das vielleicht noch gegangen, so zu werden, wie ich nie war, jetzt ist der Zug abgefahren, dachte ich panisch, und du sitzt immer noch im Wartesaal. So wie ich mich jetzt anfühlte, bewegungslos, durch eine Schmierschicht angestarrt von meinen eigenen trüben Augen, dreckig, feige und gemein, wie sollte ich da mit dieser Irmageschichte anfangen, zitternd und unendlich traurig, dauerhaft schuldig, die Dauerhaftigkeit plötzlich sichtbar, aber unsichtbar die Schuld, was war meine Schuld? Ich habe doch, um mal beim Naheliegenden zu bleiben, Abdul nicht umgebracht, ich habe ihn auch nicht retten können, weil ich ihn ja kaum kannte.

Ich befand mich in einem komatösen Transitraum. Mir gelang schon lange nichts mehr, selbst der Wunsch, dass mir etwas gelingen möge, war kaum noch vorhanden, er rußte vor sich hin wie eine alte Metapher in der Altmetaphernverklappungsanlage. Ich sah mir zu bei meiner eigenen Ratlosigkeit und konnte nichts tun, kontaminiert mit Larmoyanz und Handlungsunfähigkeit. Ich lebe in einer anderen Welt unter einem anderen Namen, ich mache etwas und schreibe etwas anderes, als ich zu schreiben vorgebe.

Selbst bei der Okay-Film gelang mir nichts mehr richtig. Aber John, unser Chef, war generös, er mochte mich. Ich hatte mich eigentlich bereits selbst von mir verabschiedet, und je pathetischer ich wurde, desto unglaubwürdiger wurde ich gleichzeitig. Das war eigentlich die Rettung, in minimalen Dosen, es nutzte nichts, es ist ja immer noch was da, wurde dann immer gesagt, was hast du denn, du Eimer. Es tut gut, sich selbst dann und wann Eimer zu nennen, kann ich nur empfehlen. Und was macht man mit einem Eimer? Man füllt etwas im besten Falle Hoffnungsvolles hinein, im schlimmsten Fall, ach, ich will es nicht mal *denken*. Nasses Konfetti vielleicht.

Fassungslos saß ich da und saß neben mir, so, als sei mein Zwilling plötzlich aufgetaucht, den ich mal verschluckt hatte, wie mir meine Mutter immer erzählte, wenn ich einschlafen wollte, um mich wach zu halten, denn Schlaf war in unserer Familie Kapitulation, er wurde als Schwäche ausgelegt, zu groß sei die Gefahr, im Schlaf zu sterben. Jetzt saß er da neben mir, war plötzlich aufgetaucht, genauso ratlos wie ich, eine Manifestion des Nichts, ein Teratom, ein Keimzellentumor, der sozusagen aus meinem Wesen herauswuchert, um mich zu ersetzen, was mir in diesem Moment sehr recht war. Soll er doch Irma, das Buch, schreiben, kann er endlich auch mal was tun.

Kontraproduktiv war, was ich zu allem Überfluss in der Zeitung gelesen hatte: dass man in Idaho einen Berglöwen, der bei einem Verkehrsunfall umgekommen war, gefunden hatte, dem ein Stück Unterkiefer aus der Schädeldecke wucherte, eine Art siamesischer Zwilling, wobei der zweite Puma nie vollständig existierte, stattdessen seien bei der Zellteilung die weiteren Entwicklungsstadien für den Restpuma zwar gelegt, aber dann aufgegeben worden, sozusagen eine verödete genetische Idee. Armer Puma. Andererseits war ich nicht tot, auch wenn es sich so anfühlte, konnte ich, kann man daraus schon Hoffnung schöpfen? Aus dem toten Puma und aus dem toten Abdul? Ich war ambivalent, aber langsam siegte Irma, also das Projekt, und ich fing an. Und es fing an, Und Irma fing an. Indem sie etwas beendete.

4.

Irma schrieb mir ihre kleine Biographie mit Abdul, es kamen immer wieder kleine Puzzleteile hinzu, die ich bloß zusammenzustecken brauchte, ich drängte sie nicht, es kam alles ganz selbstverständlich von ihr, vielleicht weil ich zuerst freizügig von mir geschrieben hatte und weil es gewisse Parallelitäten zwischen uns gab, ausgehend von dieser U4-Episode. Sie wusste, wovon ich schrieb, konnte zumindest ahnen, was das für eine Zeit war, möbliert mit Personal, das ihr vertraut war, sie kannte Bands, Künstler, Orte.

Irma und Abdul waren nicht lange zusammen gewesen, nur drei Monate, man kann ja bei so einer kurzen Zeit nicht von Zusammensein sprechen, sie sagte, sie habe mit ihm auch nicht richtig sprechen können, man sprach zwei verschiedene Sprachen, nicht nur, dass sie gebürtige Litauerin ist (sie kann aber sehr gut Deutsch, das war nicht das eigentliche Problem). Es ging ihr nicht gut, sie wusste nicht, was sie machen soll, beide waren sie zwanzig und vollkommen ratlos, keinen Plan, und sie hätte sich so gewünscht, dass er ihr sagt, wo es langgeht, dass er sie führt, aber das genaue Gegenteil war der Fall. Er hatte zu viel Angst vor ihr, oder Angst vor seiner eigenen Unselbständigkeit, sie musste *ihn* führen, sie forderte ihn immer auf, dass er es ihr sagen müsse, wenn er es ihr nicht sagen könne.

Er wusste nicht mal, was ES ist.

Ich könne mir gar nicht vorstellen, schrieb sie, wie der Sex zwischen beiden ausgesehen habe. Ich antwortete, ich wolle mir das gar nicht vorstellen müssen, insgeheim wollte ich das aber schon. Ich bin zwar asexuell, in der Praxis also zölibatär, aber in der Theorie übersexualisiert, komische Mischung, aber ich beschwere mich nicht. Ich bin eigentlich nur sehnsüchtig nach der Sehnsucht, dem Schmerz, denn wenn die Sehnsucht erfüllt ist, bin ich ratlos, das ist wie ein Eimer mit einem Loch, man kommt drauf, dass die Erfüllung weder Lösung noch die Sehnsucht je wirklich erfüllt ist, man müsste egoistischer denken und vor allem handeln, aber mir gebricht's an Egoismus, ich bin kein Nehmer. Gleichzeitig würde ich mich auch nicht als altruistisch bezeichnen, ich bin irgendwas dazwischen. Aber sie solle ruhig erzählen von ihrem Sex, was da mit Abdul gelaufen ist. Ich wollte sie ködern, ich wollte Komplizenhaftigkeit bei ihr erzeugen, dass sie entspannter ist und mir mehr über ihren Sex erzählt, indem ich über meinen Sex erzählte, die ganz plumpe Taktik, ich schrieb ihr etwa, dass ich eine amerikanische Bekannte namens Doris Kappelhoff habe, die ist schon etwas älter, und wenn sie einsam ist, schickt sie mir hin und wieder Nachrichten auf mein kleines Nokia-Telefon, immer nachts, meistens wenn sie betrunken ist, dass es ihr so schlechtgehe, sie so traurig sei und sich nach einem Mann sehne, ich sage ihr dann immer, sie soll masturbieren, dann geht's, zumindest vorübergehend («rub the pain away»), aber sie kann nicht masturbieren, zumindest nicht alleine. Dann masturbiere ich für sie, und dafür bedankt sie sich, ist doch vernünftig und praktisch, es die Handwerker machen zu lassen, wenn man zwei linke Hände und keinen Werkzeugkasten im Haus hat, und besser als richtiger Sex, was immer das auch in letzter Konsequenz sein soll. Und da musste mir Irma zustimmen. So schob ich vor mir her, dass ich darauf brannte, herauszufinden, ob sich Abduls verunglückte Asphyxiophilie, so heißt das, bei dessen Ausübung er starb, also ob sich damals schon so was angekündigt hätte, aber das fragte ich natürlich nicht, sonst wäre sie vermutlich so schnell weg gewesen, wie Abdul die Luft weggeblieben ist.

5.

Ich hatte mal eine Brieffreundin, das ist schon lange her, das war ungefähr, als Irma und Abdul ihre knapp bemessene gemeinsame Zeit hatten, ich weiß gar nicht mehr, wie wir uns kennenlernten und wie sie hieß, ich weiß nur noch, dass sie in Westerland auf Sylt lebte, noch bei ihren Eltern. Und mit ihr habe ich auch immer so halberotische Briefe ausgetauscht, auch Polaroidfotos, nichts Explizites, nur so angedeutet, immer der Kopf abgeschnitten, sie immer in Anzughose und Hand drin, in den Dünen, aber man sah nichts, außer ein paar Halme Strandhafer, Hosenbund und unsichtbare Hand, das kann durchaus ein Fetisch sein, also für mich war es das. Ich weiß nicht mehr, was ich ihr für Fotos geschickt habe, wahrscheinlich meine Schlüsselbeine, Frauen lieben nichts mehr als Schlüsselbeine. Ich hatte mal eine Freundin, die es schier um den Verstand gebracht hat, mir Milch in die Mulde des Schlüsselbeins zu füllen, und sie dann von Meldemann, ihrer Katze, ausschlabbern zu lassen.

Die Briefe wurden länger und länger, ein äußerst mitteilsames Mädchen aus den Dünen, sie schrieb unter anderem, dass sie zwar schon ein paarmal Sex gehabt habe, dieses blinde Herumgestochere in der Menschensuppe, aber noch nie einen O, sie habe es immer versucht, aber diesen Punkt nie erreicht, kam nie an, auch nicht durch Masturbation. Und dann irgendwann mal, angefeuert durch meine Briefe, es war wohl auch sehr warm, also eine alle Poren und Nerven öffnende Wärme, nahm sie einen Apfel, legte sich auf den

Bauch und rollte auf dem Apfel hin und her, also mit dem Apfel in ihrer Körpergabelung, eher teilnahmslos als ganz bei der Sache, und *da* plötzlich kam sozusagen ein O um die Ecke angeritten. Das mit dem Apfel hatte ich ihr aber nicht geraten, leider, ich hätte es gerne, aber zumindest habe ich ihr indirekt zum ersten O verholfen, durch die erhitzten Briefe und mein Schlüsselbein vielleicht. Glücklich und erleichtert schrieb sie, jetzt endlich wisse sie, wie es geht und was das ist, hinter dem sie immer hergelaufen ist. Das Ende der Geschichte mit dem Apfelmädchen war dann, dass sie nach Wien zog. Sie wollte mich immer treffen, hat sogar, kein Witz, in der Werbeagentur gearbeitet, in der mir ein paar Monate vorher gekündigt wurde, sie war wohl ein Fan von mir oder verliebt in mich, ich habe das irgendwie nicht mitgekriegt oder wie üblich verdrängt, was ich nicht merken wollte. Es war etwas mild Obsessives an ihr, eine traurige, schüchterne Stalkerin. Und dann habe ich mich einmal doch mit ihr getroffen, in einem bulgarischen Restaurant, ich hielt das für unverfängliches Terrain, wir aßen einen Schneckeneintopf mit Dörrpflaumen. Trotz allem war das so verkrampft und schrecklich, dass sich mir alles innerlich zusammenknotete, auch weil uns, wir waren die einzigen Gäste, der Kellner immer misstrauisch wie eine Waldohreule beäugte, sodass ich nach einer sehr langen Stunde aus Schweigen und Schnecken aufsprang und sagte, ich müsse mal aufs Klo. Ich bin dann von dort aber nie wieder zum Tisch zurückgekehrt, ich musste einfach raus, nach Hause, weg vom Bulgaren und der Beklemmung. Sie wird das wohl so gedeutet haben, dass ich Angst vor ihr gehabt hätte, oder vielleicht auch nicht, egal, jedenfalls wurden ihre Briefe immer kürzer und meine Briefe immer seltener und die Fotos immer unschärfer, meine Flucht wurde kein einziges Mal thematisiert, und in ihren kurzen Briefen schrieb sie dann von den vielen Männern, die sie in Wien kennenlerne, so als würde sie eine Parade abnehmen. Okay, dann hatte sich zumindest erledigt, was ich als unterschwellige Bedrohung empfunden hatte. Ich war froh, nicht der Erste in dieser Parade sein zu müssen. Später hat sie mich sogar um Tipps gebeten, wie man Männer «anfasst», also was sie mögen, wie ein Penis funktioniert und so weiter.

Diese Geschichte hob ich aber auf, vielleicht konnte ich sie Irma später schicken, ich hielt sie vorerst für etwas zu vulgär, bis auf die Stelle mit dem Apfel, es geht ja auch ein bisschen um Missverständnisse, die Protagonisten konnten nicht zusammenkommen, und dann die Unschuld des Erlösung bringenden Apfels.

Aber wäre das nicht etwas für den Lektor? Er hatte doch vorgeschlagen, irgendetwas mit Äpfeln zu schreiben. Ginge das nicht, etwa den Sündenfall nachzustellen, mit dem Bulgaren als Schlange? Ich hatte sogar eine gewisse negative Affinität zu Äpfeln. Ich darf mich über Äpfel sogar echauffieren. Als ich Kind war, hatten meine Eltern eine kleine Apfelplantage, etwa 70 Bäume, mit nicht viel weniger Sorten, ich kann nicht nur einen Klarapfel von einem Lederapfel unterscheiden, das kann ja jeder, sondern auch einen Berlepsch von einer Parmäne, allein durch Tasten.

Und später arbeitete ich in der Bezirksregierung Lüneburg im Apfeldezernat, das heißt, ich war, vereinfacht gesagt, dafür zuständig, Äpfel wegzuwerfen. Regierungen kaufen den Bauern die Äpfel ab, damit es überhaupt noch Bauern gibt. Regierungsbeauftragte Schätzer gingen raus aufs Land zu den Bauern, nahmen denen festgelegte Mengen an Äpfeln ab, die sie nach Sorte und Größe schätzten, die Bauern mussten dann die Früchte in den Wald kippen, wo sie von Rehen gefressen wurden, mit Kalk überschüttet, keine Ahnung was das sollte, damit keine Kinder die Äpfel aus dem Wald essen vielleicht, oder Kalk ist für Rehe so was wie Zimt. Oder man versaftete die Äpfel, und der Saft wurde in Schulen, Gefängnissen und irgendwelchen Bodelschwinghschen Anstalten gratis kredenzt. Diese Schätzlisten kamen nun auf meinen Schreibtisch, und ich hatte nichts anderes zu tun, als die endlosen Zahlenkolonnen zu addieren. Aus der Zeit vermutlich stammt meine Obsession für Listen. Fatalerweise verrechnete ich mich andauernd, das heißt, ich musste ja nicht mal rechnen, ich musste nur die Zahlen in eine uralte Rechenmaschine eintippen und am Ende auf das Gleichheitszeichen drücken, worauf die Maschine keuchend eine klorollenlange Papierschlange mit der Zahlenkolonne aushustete, die selten der Summe entsprach, die der Schätzer ermittelt hatte, und um nicht noch mal diese ganzen Kolonnen einzutippen, frisierte ich diese Zahlen immer wieder, indem ich meinerseits imaginäre Äpfel vernichtete, Äpfel aus Papier, ich weiß allerdings nicht zu wessen Schaden, zu dem des Bauern oder zu dem der Regierung. Nach vier Monaten wurde ich versetzt, in die Getreideabteilung, um dort im Prinzip das Gleiche zu treiben.

Aber davon mal abgesehen machen mich Äpfel schier krank. Es hilft nichts, dass man ihnen dubiose Schlüsselrollen in der Bibel, in Hitchcocks Krawattenmörderfilm «Frenzy» und im «Weißen Buch von Sarnen» (Wilhelm Tell) zugeschustert hat, die Rolle, die wiederum von Kafka paraphrasiert wurde, in seinem wohl bekanntesten Bonmot «Literatur muss die Armbrust sein für die gefrorenen Äpfel auf unseren Köpfen». Sie bringen's trotzdem einfach nicht, sie haben keinen Drive mehr, Auslaufmodelle sind das, und der letzte Witz, der über sie gemacht wurde (ein voller Saal im Pornokino, im Publikum lauter Äpfel, sagt der eine zu seinem Nachbarn: «Sagenhafte Quitten»), ist auch noch von mir.

Man sieht auch keine alten Sorten mehr, all mein Wissen über sie ist nicht mehr gefragt, also bin ich mit ihnen zum Auslaufmodell geworden. Was man indes sieht, sind entindividualisierte Normäpfel, die Granny Smith, Jonagold, Gala und Golden Delicious heißen, aber keineswegs deliziös sind, sondern nach Apfelshampoo schmecken, so als müssten die armen Früchte das Odeur des längst dahingegangenen Haarpflegeprodukts weitertragen. Hier schließt sich der Kreis, die Imitation des Lebens wird vom defizitären Leben imitiert. Der Apfel als Coverversion, die zynische populistische Taktik eines Genmanipulators, der sich selbst für einen Künstler oder Designer hält, dem es an Originalität gebricht, es ist eher eine Geste der Verachtung als ein respektvoller Umgang mit Geschmack und Aufrichtigkeit.

Ich will jetzt nicht Jostabeeren und Nashibirnen das Wort reden, also mich als Fruchtsnob gerieren, aber so lange es Menschen gibt, denen Demut derart fremd ist, dass sie ernsthaft Äpfel im Frühsommer zu essen verlangen, ist dieses Kernobst erledigt, chancenlos, denn Äpfel sind ein Herbstprodukt, das im Winter bereits verschrumpelt und zu Apfelmus zerquetscht worden ist, wenn es Glück hat, danach müssen die charakterlosen Wachsäpfel aus Neuseeland oder Südafrika her, aromafrei, denn Aroma lässt sich schlecht konservieren. Und vom verheerenden ökologischen Fußabdruck, den man beim Kauf dieser Farce hinterlässt, ganz abgesehen, verschleift man auch seine olfaktorischen Standards für spätere Generationen, es ist bereits geschehen. Ein heute lebendes Kind ist auf diese künstlichen Kompromissaromen konditioniert, derweil die alten Sorten am Baum dorren, den niemand mehr schüttelt. Gepflückt wird nur noch Subventionsware, die dann von mir und anderen Pharisäern in den Wald gekippt wird.

Es gibt eine gesellschaftliche Übereinkunft darüber, dass Äpfel einfach *dazugehören.* Sie das Obst schlechthin sind, ein Synonym für etwas, was schon immer da war und niemals verschwinden wird, aber auch ein Synonym für eine Rückbesinnung auf die klassischen Wertvorstellungen einer Welt, die noch in Ordnung ist. Diese Welt hat aber abgewirtschaftet, sie macht es nicht mehr lange, welche Rolle soll denn da der Apfel noch spielen? Und was ist das für ein Status, Synonym zu sein? Man isst doch kein Synonym. Essen auf große Brüste fixierte Männer gerne Melonen? Ich weiß es nicht, erlaube mir aber, das zu bezweifeln.

Äpfel sind nicht mehr so essenziell, wie sie es einmal waren. Wenn heute Äpfel gegessen werden, dann allenfalls aus Mitleid. Das ist so, wie man eine Oma küsst, man macht es, weil man es machen muss. «Geh deine Straße, denn deine Straße musst du gehen», wie einst Cindy & Bert sangen, iss den Apfel, iss ihn, weil er da ist, aber frage nicht, warum.

Wenn ich einen Apfel esse, dann aus Wut, und dann springt mir das Kiefergelenksköpfchen aus der Kiefergelenkspfanne, und ich bekomme meinen Mund nicht mehr zu. Der Apfelsabber rinnt mir aus dem nicht zu verschließenden Mund, und ich sehe so debil aus, wie ich es eben bin, der Apfel wirft mich darauf zurück, auf das Eigentliche, das unter dicken Schichten mühsamst erarbeiteter zivilisatorischer Persönlichkeitsstruktur und Autonomie noch vor sich hin west, eine atavistische Fratze, ein Virus in Schuhen, wie jemand, der sich Erbsen in die Nasenlöcher steckt, damit das Hirn auch mal was zu beißen kriegt, und sie nicht mehr rausbekommt, da ist dann wirklich kein großer Unterschied mehr zur Kiefersperre. Äpfel sind die traurige, mehlige Füllmasse in den Frühstücksbüfett-Fruchtsalaten ambitionierterer Dreisternehotels. Also von jenen, die den Fruchtsalat selber machen und eben nicht den guten aus der Dose nehmen. Wobei man sagen muss, dass es Äpfel ja im Laufe ihrer Evolution noch nicht einmal geschafft haben, dadurch Adelung zu erlangen, dass man sie eindost oder einfriert, weil sie ja sowieso immer da waren und da sind, weshalb sich die Wissenschaft eher mit dem Einfrieren von Pizza beschäftigt, der Lyophilisation (Gefriertrocknung) von Kaffee oder der Promession, einer besonders ökologischen Form der Bestattung, sprich: Gefriertrocknung von Leichen. Wenn es ein Apfel geschafft hat, konserviert zu werden, dann nur im Verband mit anderen Früchten im Obstsalat, Früchten, die mehr Charakter haben, die die Äpfel gewissermaßen mitziehen, ja durchfüttern müssen, es bricht mir das eine oder andere Herz. Eine Versager-Frucht, ein Minderleister, Schulabbrecher, Hilfsarbeiter, Arbeitsloser, zu alt, mental erschöpft, rote Haut, stark parfümiert, dazu das Alkoholproblem (Gärung), Alteisen, Nebengleis, Rehfutter.

Das bekannte englische Sprichwort «An apple each day keeps the doctor away» könnte man fortsetzen mit: aber nur, wenn man genau zielt. Ein Wurfgeschoss, das haben selbst Kokosnüsse nicht oder noch nicht erreicht. Immerhin hat es der Apfel so in die Weltliteratur geschafft:

In Franz Kafkas Erzählung «Die Verwandlung» schleudert Gregor Samsas Vater voller Verachtung einen Apfel auf seinen verängstigt in der Ecke kauernden Käfersohn, der in dessen Panzer stecken bleibt und eine schwärende, letztlich todbringende Wunde zeitigt. Wenn mit Tomaten und faulen Eiern geworfen wird, dann ist das wenigstens ein unmutbezeugendes Statement, aber ein geworfener Apfel? Man will dem Apfel immer zurufen: Wehr dich, tu was, lass dich doch nicht immer manipulieren, aber er ist nur ratlos, wird nicht mehr Fuß fassen können, glotzt nur doof. Ein ehemals singulärer Charakter hat den Wettbewerb gegen die anderen Karrieristen verloren und aufgegeben, eine Monopolfrucht, die nicht mehr um die Macht kämpft, sondern die Waffen gestreckt und sich resigniert in ihr eigenes Gehäuse zurückgezogen hat.

Andererseits möchte man sie aber auch bewahren vor der Plage des *Relaunch*, auch wenn der letzte richtige Relaunch sehr lange her ist, als nämlich irgendwelche verrückten Frankensteine in unterirdischen Laboratorien in Südafrika den Golden Delicious züchteten, umgangssprachlich auch Bananenapfel genannt, aufgrund seiner starken Süße und der gelben mit dunklen Sprenkeln versehenen Schale. Und das ist nun wirklich kein schmückendes Etikett, eher Niedertracht, denn was wäre *noch* charakterloser als ein Apfel? Bananen. Die deutsche Frucht. Wo kommt das wohl her, dass Deutschland mit großem Abstand den höchsten Pro-Kopf-Verbrauch an Bananen hat? Es gibt auf unserem Globus nur eine zweite Spezies, die so wild auf Bananen ist wie die Deutschen, und das sind Affen; Darwins letztes Puzzleteil, hier ist es, die Menschheit stammt vom Deutschen ab. Wenn ich an Bananen denke, spät in der Nacht, wird mir schlecht, richtig übel, Bananen machen unselbständig, ängstlich, passiv, das haben sie im Charakter, ist ja wenigstens etwas, das unterscheidet sie vom Apfel.

Aber kann ich daraus etwas machen? Von der Masturbation über die doppelt vernichteten Äpfel zu einem kulturpessimistischen Pamphlet? Ich glaube, wenn ich das, so wie es ist, sozusagen als Exposé dem Lektor schicken würde, würde er bestenfalls vorschlagen, das in einer Anthologie zu verklappen, ja, so muss man das wohl sagen. Gibt es eigentlich irgendjemanden, der Anthologien liest? Anthologien sind die Äpfel der Literatur, Kollegen der Coffee-Table-Bücher, nur dass in Anthologien keine Bilder drin sind, Bücher, die man einfach nur so hinlegt, deren einzige Existenzberechtigung ist, dass es sie gibt und dass man allenfalls Mitleid mit ihnen bekommt, wenn man Papierempathiker ist und sich deshalb dazu zwingt, sie zu lesen. Vielleicht sind Anthologien ja auch nur Abschreibungsposten. Sich aufdrängender Witz: Ein Plagiat dadurch zu entschuldigen, dass das doch sowieso nur als Abschreibungsposten geplant war. Aua.

Also war der Apfelansatz schon mal gestorben, wenn ich mit dem Apfel in diesem Leben kein Freund mehr werden konnte. Ich musste weiter den Irmaweg gehen, musste sie ködern, nicht zu offensiv, auch wenn ich mich frage, kann ich das denn überhaupt, das unoffensive Ködern? Mit Obst geht's vielleicht.

6.

Vor etwa einem Jahr war ich in Genf, es war beruflich, für die Okay-Film, ich musste dort eine Schauspielerin treffen, die die Rolle einer anderen Schauspielerin übernehmen sollte, die kurzfristig ausgefallen war, weil sie schwanger geworden ist, und ich als der Mann aus der Voltenabteilung hatte nun die Aufgabe, diese neue Schauspielerin anzuwerben, ihr die Rolle zu beschreiben. Die Rolle musste auch umgeschrieben werden, als neue Volte eben, und weil die, die ich da in Genf traf, vom Typ her auch ganz anders war, änderte sich das ganze Buch, sogar der Schluss war anders geworden dadurch. Ich traf sie nur für eine gute Stunde, brachte ihr die Verträge und das Buch, erklärte ihr grob, wo und was sich alles für sie änderte, das war's schon, und alles hat die Okay-Film bezahlt, ich bin der Letzte, der sich beschwert, auch wenn das meiste, was ich dort mache, ja relativ unbedankt und unsichtbar und mickrig bezahlt bleibt, vielleicht ist jetzt Genf der Dank.

Danach ging ich schwimmen. Ich liebe den Genfer See, er hat eine ganz eigene, wir mir scheint oder wie ich mir einrede, Wasserhaptik, wenn es so was gibt. Ich schwamm einen geschätzten Kilometer, also etwa 20 Minuten, bildete mir sogar kurz ein, ich schwämme in der soeben getroffenen Schauspielerin, das waren vermutlich ihre wasserblauen Augen, danach legte ich mich auf einen Holzsteg, ließ mich von der schwachen Frühabendsonne trocken lecken und bekam Hunger, ich ging, wohin ich immer zu gehen pflege in Genf, ins leicht schmuddelige, ungenfige «La gorge du chien», mein

Lieblingsrestaurant, direkt am See, und dort saß mir gegenüber eine Asiatin, alleine, das ist ja auch ungewöhnlich, weil die ja selten alleine reisen. Sie sah gut aus, normal, also angenehm süß, leicht dicklich, kein Püppchen, und sie hatte eine faszinierende Monobraue. Ich habe ihr immer zugenickt und zugeprostet und sie auf Verdacht hin koreanisch angesprochen *(Anjong Haseo)*, gibt ja nur drei Möglichkeiten, Japan, China oder Korea, ich hatte also eine dreiunddreißigprozentige Erfolgschance, und sie war eben zufällig Koreanerin, ich hatte gewonnen und sie freute sich, dass ich sie nicht mit dem verhassten Japanisch oder Chinesisch begrüßt hatte. Dann zeigte ich ihr meine zwei kleinen Tätowierungen, die ich mir selbst beigebracht habe, als ich sechzehn Jahre alt war, alle tätowierten sich damals, mit zwei zusammengebundenen Nadeln und Tusche, auf den Unterarm, ohne zu wissen, was das ist. Für mich waren es nur irgendwelche Zeichen. Später, als ich dann mal in Korea war, stellte ich zu meiner Verblüffung fest, dass ich mir instinktiv zwei koreanische Buchstaben tätowiert hatte, vielleicht nur, um jetzt in diese Situation zu kommen.

Ich musste ein paarmal nach Korea, weil die Okay-Film dort einen Film mitproduziert hat, es ging um einen Mann, der seine Lebenserinnerungen veröffentlicht hatte, nachdem er auf abenteuerlichen Wegen aus einem nordkoreanischen Lager nach Südkorea geflohen war. Aber nachdem diese Geschichte sich als Fiktion entpuppte, wurde er als Betrüger und Opfer seiner falschen Erinnerungen attackiert. Ein paar Wohlmeinende versuchten, ihm eine sogenannte Konfabulation nachzuweisen, seltener Fall einer Desorientiertheit des Gedächtnisses, partielle Amnesie als Ursache eines brutalen Traumas, trotzdem verübte er Selbstmord, indem er ein Cocktailschirmchen verschluckte und daran erstickte.

Die Koreanerin hatte sich eine Gravenche bestellt, die lag nun vor ihr, das ist ein endemischer Fisch aus dem Genfer See, der auch noch die Form des Sees hat, so als sei das eine spezielle Art der evolutionären Assimilation, wir gehen nicht an Land, wir passen uns auf unsere Weise dem See an. Ich nenne ihn aber lieber Kilch, das ist der deutsche Name, so rede ich ihn immer auch an, wenn ich einen vor mir auf dem Teller habe: «Guten Abend, Herr Kilch, erinnern Sie sich noch an mich?», ich will ihn aber nur frotzeln, weil Fische ja eine superkurze Gedächtnisspanne haben, nach drei Sekunden ist schon wieder alles vergessen, kann er sich natürlich nicht mehr an mich erinnern, aber das gilt nur für gebratene Fische. Lebende Fische haben entgegen der Volksmeinung ein erstaunliches Lernvermögen, das der Gelehrigkeit von Hunden in nichts nachsteht.

Nur war jetzt hier das, woran sich der Kilch noch erinnern konnte, nicht mehr wichtig, sondern die Asiatin, sie war von ihrem Kilch, einem ziemlich dicken Brocken, doch sichtlich überfordert, zu groß, zu unmundgerecht, Asiaten kommen mit unseren mächtigen Portionen nicht so zurecht. Sie trank drei Gläser Wein, ich drei Bier, immer schön alles in Symmetrie halten, die Kunst der Armen, dachte ich, und dann machte der Laden zu, um zehn Uhr, ich fragte sie, ob sie noch zu mir, in mein Zimmer, kommen wolle, was sie verblüffte, dass man sie überhaupt anspricht vielleicht, keine Ahnung, ich war selbst von meiner Unumständlichkeit überrascht. Ich hätte in meinem Zimmer auch noch Wein, sagte ich, und sie antwortete, gut, gehen wir. Sie sprach, auch das eine Ausnahme, mal gut Englisch, meistens können sie ja gar keine Fremdsprachen, also neunzig Prozent, das macht alles so wahnsinnig mühsam, Sex ohne Sprechen, wie soll das gehen, ist das nicht wie den Wasserhahn aufzudrehen, aus dem nur Luft röchelt?

Aber hatte ich denn vor, mit ihr zu schlafen? Ich wusste es noch nicht, ließ mich von ETWAS steuern, was mich schon lange nicht mehr gesteuert hat. In meinem Zimmer stand eine Obstschale, ich hatte mir in Genf so ein bisschen Obst gekauft, ein paar Marillen, Morellen und einen Sauersack, als Ersatz für die ewigen Chips und Nüsse, weil ich sowieso schon so dick bin. Als wir ins Zimmer kommen, nimmt sie sich eine Marille, halbiert sie, pult den Kern raus, schnipst ihn auf den Schrank, steckt sich die eine Hälfte in den Mund und schiebt mir die andere Hälfte in meinen Mund, oder reibt mit der nassen Seite meine Lippen entlang. Ich war vollkommen verblüfft, das kam so plötzlich, und dann folgte auch schnell das Küssen. Ich küsse nicht sehr «zungig», insbesondere nicht Personen, die ich nicht kenne, das kommt mir so invasiv vor, aber sie drang gleich ganz tief in den Rachen, als wolle sie mich zum Kotzen bringen, was mich normalerweise eher abstößt. Hier war das schon deswegen okay, weil die ganze Situation so irreal und episodisch war. Ich finde ja Asiatinnen allgemein sexy, Koreanerinnen kannte ich bis gestern ja nicht, und das Küssen wurde körperlicher, die Details kann man sich dazuphantasieren, sie hatte sogar Kondome, in Zürich aus einem Automaten gekauft, wie sie erzählte, als ich sie fragte, ich habe ja keine (Zölibat). Und sie hießen so merkwürdig, nämlich Ramses, leider kam ich nicht dazu – wie auch, mit Marillen und Teilen ihres Körpers im Mund? –, ihr zu erzählen, dass es einen Dokumentarfilm namens «Ramses Müller» gibt, über einen selbsternannten Pharao aus Mülheim an der Ruhr, der in Ägypten ein Kalifat errichten wollte und ganz tragisch endete, ihm wurde nämlich von einem Ibis ein Auge ausgehackt und er verendete unverstanden, alleingelassen und an Blutvergiftung in der Wüste bei Abu Simbel. Eine Geschichte, die jetzt hier vielleicht etwas ungelegen gekommen wäre.

Ihre Schamhaare waren Gott sei Dank nicht abrasiert, nur etwas an den Seiten getrimmt, also zu den Schenkeln hin stoppelig, und, wie erwartet, lang und dick, strohig und nicht lockig. Zu meinen (lockigen) Haaren meinte sie: «How sweet», und dann passierte etwas vollkommen Neues, sie rieb eine ein bisschen angebissene, also etwas rinnende Marille an ihrer Vagina und schob sie dann so weit rein, dass man sie nicht mehr sehen konnte, und forderte mich auf: «Let's eat!»

Das hatte ich noch nie erlebt, ich verstand es so, dass ich das Obst sozusagen raussaugen sollte, und das versuchte ich. Es wurde etwas kompliziert, weil alles glitschig war und ich nicht recht wusste, wie und wo ich mit Saugen ansetzen sollte, ohne dass man dann gleich das ganze Ensemble im Mund hat, aber war natürlich einerseits auch vom Geschmack her toll, wie eine Umeboshi, diese japanischen Salzpflaumen, halb süß, halb salzig, andererseits presste sie die Marille mir ja auch entgegen, und da hatte ich sie dann im Mund, aß sie aber nicht, nur ein bisschen, und gab sie ihr mit meinem Mund in ihren weiter, wo sie dann in einer Art Kuss hin- und herwanderte, bis nur noch der Kern übrig war, sozusagen abgerieben. Es war dermaßen sexy, aber in gewisser Weise auch technisch, dass ich mich total auf sie konzentrierte und mein Gleis vergaß, dann tauchte ich wieder ab, sie saß auf dem Tisch, und ich kniete vor ihr, und sie seufzte sehr hoch, piepsend fast wie ein Nestling, es klang sehr irritierend, eigenartig klagend, und dann sagte sie, jetzt setz du dich auf den Tisch, und sie nahm dann kniend eine neue

Marille und mein Gleis in den Mund, und alles war voller Saft, ihre ganze Mundpartie voll mit diesen Marillenfasern, es sah aus wie die verschmierte Schminke eines besoffenen Clowns. Dann ging das bei mir sehr schnell, aber ich wollte nicht in ihren Mund sprudeln und sagte «Stopp». Sie schaute mich fragend an. Bat irgendwie, mit der Marille in der Backe, es klang wie: «Fill me up.» Ich war plötzlich nicht mehr «da», meine Aufmerksamkeit war verlagert, weil mich in diesem Moment die Frage übermannte, was denn in Korea die kulturelle Bedeutung von Sperma im Mund einer Frau ist. Will man sie füttern oder demütigen, also mit Dreck abfüllen? Ich stieg vom Tisch, zog sie hoch, küsste sie nur noch, und dann endete alles irgendwie mit elektrisch aufgeladenem, langsamen Anziehen, symmetrisch proportional zum Ausziehen, vielleicht wollte ich diesen vollkommen unvorhergesehenen Augenblick nicht durch einen profanen, vorhersehbaren O auch noch zum Ende bringen, alles wäre zu geordnet geworden, die ungleich gewichtete Melancholie des Augenblicks war mir jetzt wichtiger als irgendwas schnöd Postkoitales. Ich weiß nicht, ob sie einen hatte, es hörte sich aber danach an und sah so aus, zittrige und flatternde, dunkelbraune äußere Schamlippen, alles voller klebriger Marillenfasern, sie wischte sich auch nicht ab, zog sich einfach ihre Unterhose an, keinen Slip, sondern irgendwie eine normalgroße weiße. Ich stieg in meine Gabardinehose, keine Unterhose, weil ich den ganzen Tag keine getragen hatte, ich war ja vorher im See schwimmen gewesen, in solchen Fällen ziehe ich, bevor ich zum Wasser komme, immer schon die Badehose drunter, damit es am See nicht so umständlich wird, und wenn ich rauskomme, Badehose aus, Hose an. Die nasse Badehose hatte ich vorhin am Steg einfach liegengelassen, es war eine alte meines Vaters, in der ich mich sowieso noch nie wohl gefühlt hatte. Das einzig Attraktive an ihr war der Aufnäher TOTENKOPFSCHWIMMER, dafür musste man sich, glaub ich, zwei Stunden ununterbrochen im Wasser aufhalten, bis man blau gefroren rauskommen durfte.

Als sie mir am Anfang die Hose, unter der ich ja nichts trug, runterzog, tat sie sehr erstaunt: «Oh, no underpants I like it, no underpants are my favorite underpants.» Aber nun waren wir wieder angezogen, sie trank einen Wein, ich biss in den Sauersack, und sie lächelte und sagte, sie müsse zurück ins Hotel, zu ihrer Gruppe. Aha, sie war also mit einer Gruppe gekommen, sie sagte, sie sei Reiseleiterin, und nahm noch zwei Marillen mit. Ihr Name war Umma, hm, Umma, schöner Name für sie, wäre auch ein schöner Titel für ein Buch, oder eine Geschichte, nein, das ist der Titel einer Platte von Pink Floyd, die mich als Jugendlicher so fasziniert hat, «Ummagumma» hieß die, genau, aber ich habe sie nie besessen und weiß auch nicht, wie sie klingt, bis heute nicht.

Diese Geschichte schickte ich eines Nachts Irma. Als vertrauensbildende Maßnahme oder zur Abschreckung. Ich dachte mir, sie ist entweder entsetzt oder entzückt, etwas dazwischen konnte und wollte ich mir nicht vorstellen, ich war inzwischen so überzeugt von mir, all die Niedergeschlagenheit von noch vor nicht allzu langer Zeit war verschwunden, dass für mich nur diese zwei Möglichkeiten existierten. In beiden Fällen würde ich profitieren, sie zu gewinnen oder sie zu verlieren waren die beiden gleich starken Pole, über die ich mich jetzt zu definieren beabsichtigte. Wenn ich Irma verlieren würde, würde ich das Buch dennoch nach ihr nennen, der Name ist jetzt mein Motor, und dieser Motor lief.

Aber die Geschichte stimmte nicht, es stimmte lediglich, dass ich in Genf war, die Schauspielerin traf und die Koreanerin im Gasthaus, mit der ich ein paar koreanische Worte wechselte und der ich meine Tätowierungen zeigte, die wirklich existieren, die zwei Buchstaben, die sie anfasste, als seien sie Brailleschrift oder als würde sie glauben, man könne sie abwischen. Die Berührung der Koreanerin flutete mich dermaßen, dass ich mir die folgenden Bilder einer Geschichte zusammenbaute oder -träumte. Mit denen bin ich immer wieder morgens aufgewacht, als gutes Drehbuch für einen Film zum Sprudeln.

Dass die Geschichte nicht stimmte, verschwieg ich Irma, so wie ich ihr auch verschwieg, dass die Schauspielerin, die ich in Genf getroffen habe, Anja Kruse war, weil Irma inzwischen vielleicht selbst herausgefunden hatte, dass ihr Exfreund im Kleiderschrank von Kruse gestorben war.

7.

Und was war passiert? Irma reagierte nicht mehr, sie war taub oder stellte sich taub nach dieser Erzählung, als hätte ich sie weggeblasen. Vielleicht wäre es mit der Apfelmasturbationsgeschichte unschuldiger geworden und nicht, wie ich vermutet hatte, vulgärer. Ich schickte ihr noch zwei Nachrichten, wollte aber nicht zu stalkerhaft bohren, also ließ ich es danach bleiben, vielleicht kam ja irgendwann wieder etwas von ihr, aber immerhin wurde sie die Namensgeberin meines Titels, meiner Abdulrecherche, ich hätte das ja auch «Abdul» nennen können. Allerdings sollte es ja eine fiktive Autobiographie sein, und niemand nennt seine Memoiren nach sich, außer vielleicht Helmut Berger, ach, nein, dessen Autobiographie heißt ja «Ich». Auch ein guter Titel, aber meiner ist besser.

Wenn ich ein Buch über die Koreanerin geschrieben hätte, hätte ich sie «Ummagumma» nennen können, ein südenglisches Slangwort für Geschlechtsverkehr, wahrscheinlich veraltet, aber schön wie das ostische Orange einer Marille am Abend eines heißen Tages in einem Hotelzimmer in Genf. Genf, eigentlich auch ein nicht ganz ungeschmeidiges Wort, irgendwie beige, wie alter Senf, sicher hat sich der hamsterartige Mann aus Halle, Ex-Außenminister Hans-Dietrich Genscher, in Genf Hans-Dietrich Genfer genannt. Gibt's nicht auch einen bekannten Senf aus Halle? Da haben wir es ja, die nächste Koinzidenzenverkettung, mit wem steht Halle in einer Städtepartnerschaft? Mit Genf.

Ich wollte das Projekt Irma auch ein bisschen ruhen lassen, vielleicht erst mal Marillen, huch versprochen, ich meine: Materialien sammeln, sortieren, waschen, zusammenstecken, und eine brisante Quelle gab es ja noch: Anja Kruse.

In Genf traf ich sie wegen etwas anderem, ich war anfangs skeptisch, sie ist vielleicht eine Kuh oder hat etwas Kuhartiges. Ich kannte sie kaum, machte sie nicht so Vorabendserien und Krimis, in «Derrick» die Leiche oder die Mörderin oder beides? Überraschenderweise fand ich sie aber sehr sympathisch, ich war sofort von ihr eingenommen, und wie soll man sagen, ja, attraktiv war sie auch, lilienblasser Teint und erstaunlich wasserleichenblaue Augen, dazu diese rabenschwarzen Haare, eine elektrisierende Kombination aus Schneewittchen und Cyborg. Sie sagte am Ende sogar zu für die Rolle, deretwegen ich sie in Genf traf, und ich hatte sowohl bei John als auch jetzt bei ihr einen Stein im Brett. Immerhin besser als ein Stein im Schuh. Und viel besser als ein fauler Witz.

Ich hatte inzwischen meine ursprüngliche Idee zwar nicht ad acta gelegt, aber, sagen wir es so: umgewidmet, also das war mein Plan, die Geschichte mit dem Kopf im Wald. Ich wollte das jetzt nicht mehr als Buch schreiben, weil ich ja «Irma» machte oder zu machen beabsichtigte, aber fallenlassen mochte ich es auch nicht. Also ging ich zu John und schlug ihm einen Film vor, das Buch für einen Film, mit ebenjenem Kopf, das sollte noch etwas reifen. Vorher wollte ich noch etwas anderes machen, und das hatte ursächlich auch mit Irma zu tun, ich wollte auf dem Umweg eines sogenannten Dokudramas, das ich aber nie zu realisieren vorhatte, über Anja Kruse Details erfahren, die mit dem Tod von Abdul zu tun hatten, und dazu brauchte ich John. Ich musste ihm nur schmackhaft machen, was ich vorhatte, ein Exposé schreiben, dann würde er Frau Kruse fragen, und ich könnte losrecherchieren.

In meinem Exposé für die Geschichte geht es um einen Stalker, der zunächst Anja Kruses (die sich selbst spielt, unter ihrem eigenen Namen) Vertrauen gewinnt, unter irgendeinem fadenscheinigen Vorwand, tja, eigentlich genau wie ich in diesem Moment, aber ich bin ja kein Stalker, und wenn, dann stalke ich Abdul hinterher, einem Toten, mal ganz was Neues. Dieser Stalker ist also ein Autor, der einen Roman schreiben will, in dem sie vorkommt, und sie treffen sich mehrfach. Er bombardiert sie mit Mails und Anrufen, und sie weist ihn immer wieder ab, weil er ihr inzwischen unheimlich geworden ist, und am Ende resigniert sie, so wie das mit Agnetha Fältskog damals auch war – dieser widerwärtige, fette und auch noch abgrundtief hässliche Holländer, der sie jahrelang gestalkt hat, so lange, bis sie aufgab und sich ihm ergab (Waterloo-Syndrom) –, und der Typ bei Kruse ist dann auch bei ihr, es soll zu einer letzten Aussprache kommen, um die er gebeten hat, dann übernachtet er bei ihr, aber sie schlafen nicht miteinander, er schläft vielleicht auf dem Sofa, und am Ende ist er tot, hat er sich selbst stranguliert. Das zeigte ich also John.

John war skeptisch. Das sei doch ein bisschen heikel, weil Dulli ja bei ihr tatsächlich umgekommen sei. Aha, Abdul hieß intern also Dulli, wieder eine Information. Ich nahm zur Sicherheit und zwecks späteren Protokolls das Gespräch mit meinem Handy auf, das ich in der Tasche stecken hatte, das konnte ich hinterher aber leider nicht gebrauchen, weil das Handy sich in der Tasche verstellt hatte, ich hatte eine Nummer angerufen, die die Hosentasche sozusagen selbständig wählte, vielleicht hatte jemand die ganze Zeit mitgehört, ist ja auch egal, es ging schließlich nicht um den Atomwaffensperrvertrag.

John sah zu deutliche Parallelen zu dem, was tatsächlich vorgefallen war. Ich meinte, das sei doch gerade der Clou, eine semidokumentarische Analyse dessen, was da passiert ist, die ich tatsächlich ja gar nicht vorhatte. John nickte vorsichtig; es gebe ja ähnliche Beispiele, «JCVD», der Film mit Jean Claude van Damme, oder der mit der Entführung von Michel Houellebecq, in beiden spielten die Hauptdarsteller sich selbst, reflektieren sich und ihr Leben auf demystifizierende und komische Art, und das sei auch beides Mal sehr gut gemacht. «Ja, aber warum kann man das nicht mit Kruse machen?», fragte ich. Nun, das mit dem Tod sei problematisch, man müsse sie fragen, ob sie bereit sei, vielleicht auch als eine Art Traumatherapie.

«Und wie ist das», fuhr John dann fort, «sehe ich das richtig: Du hast vor, den Dulli zu spielen?»

Huch, das war ja mal eine überraschende Idee und ein konstruktiver Vorschlag. Ich hatte früher ein bisschen gespielt, Theater zunächst, dann in Filmen, auch Stücke geschrieben, in die ich mich auch immer irgendwie selbst reinmogelte (einmal spielte ich in «Dr. Samuel Johnsons und James Boswells Reise durch die DDR», in dem Harrison Ford die Hauptrolle hatte, eine Thüringer Rostbratwurst). Ja, warum soll ich nicht wieder mal spielen? Es ist ja immer gut, wenn man seine Vorgesetzten oder Auftraggeber, will man etwas erreichen, mit in die Planung einbezieht und auch Ideen von ihnen einbaut (wie ich meinen Lektor immer einbaue; der fühlt sich geschmeichelt und druckt dann meine Bücher, na ja, das einzige, was bisher von mir kam, «Virna» eben, da behaupte ich ja sogar, dass er das ganze Buch selbst geschrieben habe und nicht ich). Also John hatte ich jetzt schon am Haken, der nächste Schritt wäre Anja, dann weiter recherchieren, dann das Buch schreiben, und am Ende sagen, tja, tut mir leid, ich will das jetzt doch lieber nicht als Film, machen wir einen anderen, machen wir «Der Kopf», und da könnte der Einfachheit halber auch gleich Anja Kruse mitspielen, als Dank für ihre Auskunftsbereitschaft.

John verstand die Fesselungsszene am Ende nicht. Das sei zu morbid, auch zu banal, kolportagehaft, autoerotischer Erstickungsunfall, na ja, ob man das nicht ersetzen könne? Auch aus Gründen der Pietät gegenüber Dulli und seiner Familie. Aha, er hatte also Familie. Noch mehr Quellen für mein Buch taten sich hier ganz en passant auf.

John hatte inzwischen erkennbar Feuer gefangen und setzte zu einem längeren Monolog an.

«Wie fändest du es denn, wenn das auf ein Unterwerfungs- und Voyeursspiel hinausläuft? Menschen werden zur Strafe in Schränken eingesperrt oder verstecken sich darin selbst, das Thema taucht doch auch immer wieder auf im Kino, Jeffrey Beaumont im Schrank von Dorothy Valens in ‹Blue Velvet›, oder das Kind im Schrank von Ingmar Bergmans ‹Die Stunde des Wolfs›. Kann man es nicht darauf hinauslaufen lassen, dass er bei Anja im Schrank landet, als, ich spinn jetzt nur mal so, freiwilliger Gefangener? Stockholm-Syndrom, sie nimmt ihn gefangen, und er findet Gefallen daran, richtet sich darin ein? Musst du jetzt nicht gut finden, ist nur mal so eine Hausnummer. Wie gesagt, ich finde das vom Prinzip her schon mal ganz toll und spannend, die Richtung, das ist Arthouse, so wie ich es sehen will. Aber was wäre dann die Auflösung? Der Twist, kommt da noch was, also, wie gesagt, den Strangulationsabgang find ich nicht ganz so prickelnd, und auch nicht richtig. Ah, und in Musikvideos gibt's ja auch ganz viele Schrankszenen, bei Pulp, in deren Song ‹Babies›, kleiner Bruder sitzt im Schrank und beobachtet ältere Schwester durchs Schlüsselloch beim ersten Sex, dann bei dem einen Song von The Cure, mein Gott, wie heißt der denn, da sitzt die ganze klaustrophile Band im Schrank und saust eine Klippe runter. Und natürlich ‹Lazarus›, das letzte Video von David Bowie, da verschwindet er mit verbundenen Augen am Schluss im Schrank, unglaublich, und am Tag der Veröffentlichung ist er tot. So was *kann* man sich doch gar nicht ausdenken. Geburt, Sex, Angst und Tod, alles im Schrank, sollte man nicht in diese Richtung denken, Tex? Denk mal drüber nach. Nennen wir den Film doch ‹Der Mann im Schrank›. Anja ist Anja, und dich kennt ja keiner, du bist Frank Baumann, ist das nicht dein richtiger Name? Ist doch lustig, niemand kennt dich unter deinem richtigen Namen, der wird dann sozusagen dein Pseudonym, Frank Baumann, wie Frank Booth in ‹Blue Velvet›, Booth wie Kabine, auch so ein enger Raum, das wäre sicher ein gefundenes Fressen für das Exegetengeschmeiß. Soll ich Anja dein Exposé mal weiterleiten, was meinst du? Natürlich nachdem du es umgeschrieben hast, also mit dem allegorischen Ende, nicht diesem verstörenden, tatsächlichen? Rufst du mich an? Muss jetzt los, ich treff gleich Michael Haneke, er macht einen Film über Spatzen und Vampire, und wir sollen den produzieren, ist das nicht toll?»

8.

Ja, das ist toll. Vielleicht krieg ich ja eine Rolle als Spatzendompteur bei Haneke.

Mein Gott, ich hab über meine eigenen Witze auch schon mehr lachen können. Das Problem mit Johns Vorschlag war, das er auf einen Kompromiss hinauslief, wie jedes Mal. Ich habe dort noch nie was von vorne bis hinten Eigenes abliefern können, immer ist es verwässert, man könnte das doch mal riskieren, diese Erstickung auch mal thematisieren. Na gut, vielleicht hat er recht, der Familie wäre es nicht zuzumuten, ich mag ja nicht solch schmuddeligen Gossip abliefern, mit dem ich Dritten weh tue, aber was ich sagen will, bei Kompromissen wird man so mutlos! Zurück zum Anfang, denk noch mal drüber nach, leider nur eine 4 minus usw., ich hasse so was, und das hat sicher mit meiner verkorksten Schulzeit zu tun, das holt mich immer wieder ein, das kann man nicht abschütteln wie das Wasser aus den Schuppen eines Fisches.

Aber nur so konnte ich Anja Kruse kennenlernen. Sie begegnete mir jetzt immer häufiger in meinen Träumen, einmal fuhr ich mit ihr Wasserski, vermutlich auf dem Genfer See, sie fuhr vor mir und hatte Reitstiefel an. Ich kam immer näher, bis wir uns umklammerten, bei vollem Ritt über den See, ihr Badeanzug löste sich plötzlich auf, als sei er nur mit Wasserfarben auf ihren Körper gemalt, meine graue Kammgarnhose rutschte zu den Fußgelenken, ich hatte keine Unterhose («my favorite unterpants»), ich schob nicht nur mein Gleis in ihre Remise, sondern meinen ganzen Körper in ihren, wir wurden eine Person, die auf dem Wasser rast, und dann wachte ich auf und dachte im ersten Moment, ich bin dreizehn Jahre alt. Ich hatte einen feuchten Traum gehabt, ich hatte doch tatsächlich im Traum ejakuliert, ich schwamm sozusagen in meinem Flötensaft, unglaublich, dass mein altes Leben so was für mich immer noch bereithält, ich war ganz außer Atem, in meinem Hals hämmerte das Herz, aber vermutlich nicht nur wegen dem O, sondern vielmehr wegen der Sensation, dass es mir noch mal möglich ist zurückzureisen zu meiner ersten Pollution, noch mal dreizehn werden, und Anja Kruse ist mein «Stern Taskmaster» aus «When I Kissed the Teacher» von ABBA, mein Lieblingslied als ich dreizehn war.

Eigentlich eine Geschichte, die ich Irma auch noch hätte schicken können, damit sie für mich noch etwas mehr ins Detail geht, über ihr geheimnisvolles Intimleben mit Abdul, aber ich wollte es nicht tun, ich hatte sie offenbar verschreckt mit Marillenumma. Heb ich mir noch auf, vielleicht kann ich nachfeuern. Zuerst muss sie liefern. Und ich musste John etwas liefern, damit ich an Informationen vom Schneewittchen kam über den Gast in ihrem Schrank.

Das Umschreiben war eigentlich gar nicht so schwer. Ich schrieb einfach eine Paraphrase auf «Blue Velvet», also dass Abdul bei ihr mit Malerarbeiten beschäftigt war, am Fenster, ja, Fensterrahmen streichen, Fenster, immer ein gutes Symbol, die Augen der Häuser, flüssige Blicke, das Trennende, das vereint. Dann kommt Kruses jähzorniger Ehemann heim, sie versteckt Abdul im Kleiderschrank, der Ehemann, gespielt natürlich von Jürgen Vogel, ist aber gar nicht jähzornig, sondern bringt Pappschachtelpizza, sie essen die auf dem Bett und reden darüber, dass Pizza das evolutionäre

Verbindungsglied zwischen Käsebrot und Käsefondue sei, das müsse doch auch mal formuliert werden, irgendwie so ein langes, bremsendes Element, wie in den Tarantinofilmen immer, wenn die Protagonisten über die Bedeutung des Liedes «Like a Virgin» von Madonna sprechen oder über Fußmassagen oder Cheeseburger, kontemplative Inseln im Plot, man schöpft neue Kraft und Zuversicht, um danach frohen Mutes weitermorden zu können. Nur wird bei mir nicht gemordet, Vogel hört ein Rascheln im Schrank, macht ihn auf, Kruse schreit, aber Vogel wird gegen seinen Typ besetzt, er lädt Abdul (Dulli) zum Pizzaessen ein. Danach spielen sie Halma, wer gewinnt, bekommt Kruse. Am Ende gewinnen weder er noch ich, sondern sie. Ihr Kommentar: «Ich kann mich ja selbst schlecht gewinnen.» Vogel antwortet augenzwinkernd: «Doch, kannst du, ich zieh jetzt mit Dulli um die Häuser, und du bist uns los, das ist dein Gewinn.» Letzte Szene, Kruse masturbiert, wie Naomi Watts in «Mulholland Drive», und phantasiert eine Wasserskifahrt, bei der sie von Abdul (also mir) verfolgt wird, er erreicht sie, sie fahren weiter engumschlungen, das Boot klinkt die beiden aus, das Boot explodiert, die verschmolzenen Skifahrer versinken im türkisblauen See, Schlussszene: Kruse öffnet wieder ihre Augen, sie lächelt dieses leicht weggetretene O-Lächeln, greift mit der rechten Hand, deren Finger feucht glänzen, neben sich, dort steht eine Obstschale, randvoll mit Marillen, sie nimmt eine, beißt in sie, schließt abermals die Augen, Ende.

Also mir gefiel das. Und es war eine schlüssige Alternative aus dem Kitschtopf, mal sehen, was John sagt. Und, Überraschung, John gefiel es auch, der erste Schritt war getan. Der Weg konnte trotzdem lang werden, und das sagte ich auch.

«John», sagte ich, «schick Frau Kruse mal das Exposé, mit dem Drehbuch werde ich noch etwas länger brauchen.»

«Lass dir Zeit», meinte er in seiner generösen Art, «und ich schicke es ihr gleich heute, du hast sie ja schon mal kennengelernt, muss ich dich nicht groß vorstellen.»

Nein, das musste er nicht. Komischerweise bekam ich ein bisschen Angst, nein Skrupel, weil ich von ihr geträumt hatte und nach wie vor von ihr träume, ich fürchtete, sie könne bei einem abermaligen Treffen meine Gedanken lesen oder, noch besser, riechen. In Stresssituationen fange ich an zu dampfen, und jede Stresssituation riecht anders. Angst riecht anders als sexuelle Aufgeheiztheit, Wut wieder anders als Panik.

9.

Neulich sah ich im Fernsehen verspätet «Alles über meine Mutter» von Pedro Almodovar. Ich mag seine Filme, sehr sogar, also alle die, die ich bisher gesehen habe, und vermutlich auch die, die ich nicht kenne. Was mich an diesem irritierte, war, dass der Transsexuelle Agrado, ein Mann, der sich im Laufe des Films in eine Frau transformierte, von einer Frau namens Antonia San Juan (geboren 1961) gespielt wurde, die dieselbe deutsche Synchronstimme hat wie Spongebob. Agrado und den Schwammkopf spricht ein Mann namens Santiago Ziesmer, der außerdem noch Steve Buscemi und Herbert Quentin Viola aus der vielleicht grandiosesten Fernsehserie aller Zeiten «Das Modell und der Schnüffler» spricht, die Serie mit der Bruce Willis' Karriere begann und Cybill Shepherds endete.

Was das Ganze bei Almodovar neben der speziellen Synchronisation noch irritierender macht, ist, dass Antonia San Juan *exakt* so aussieht wie eine von mir von Ferne geliebte Frau namens Eva, mit der ich nur ein einziges Mal geknutscht habe, da war ich mit einer anderen zusammen – Sabine ihr Name, die wiederum aussieht wie Kati Outinen (auch Jahrgang 61) –, der besten Freundin von Eva, das ist alles so gespenstisch, wir küssten uns unter einer eisernen Brücke die Lippen wund, und sie meinte, wir dürfen das nicht, das würde Sabine uns nicht verzeihen, und so blieb es bei dem einzigen Mal. Manchmal sehe ich sie, und sie lächelt so hintergründig. Ich kann das schlecht deuten: Was denkt sie, wie es mit uns ausgegangen wäre? Vielleicht hat sie die Episode ja auch vergessen. O Gott, und sie war damals mit einem stark tätowierten, sehr anstrengenden Krimiautor aus Vorarlberg namens Jürgen Bonaventura zusammen, der einerseits sehr groß war, anderseits verblüffend hoch sprach, passenderweise in diesem diminutivreichen Alemannisch, man redete mit ihn immer extra tief, entweder um ihn zu demütigen oder um ihn unterschwellig aufzufordern, dass er sich doch bitte mal zusammenreißen und normal reden soll. Ich ertappte Jürgen einmal dabei, wie er in einer Buchhandlung seine billigen Krimis auf die Stapel anderer Bücher legte. Auf die Frage, ob er das lustig fände, meinte er schulterzuckend mit seiner albernen Piepsstimme, das täten doch alle Autoren. Ich hätte das auch mal machen können oder wollen, wenn diese Idee nicht ausgerechnet von Jürgen gekommen wäre, so war das unter meiner Würde.

Eva wohnte damals mit einem melancholischen DJ namens Fritz, seiner Freundin und deren dreibeinigem Hund zusammen. Irgendwie fanden sie wohl raus, dass da gewisse Sympathien zwischen Eva und mir wirkten, wenn auch nur in Spurenelementen, und dann kam Jürgen, und Eva wurde schwanger von Jürgen, und Fritz raunte mir mal zu, er bedaure, dass sie nicht mit mir, sondern mit diesem fistelnden, tätowierten Clown zusammengekommen sei.

Nun sah ich also «Alles über meine Mutter» und überlegte, warum ich Sabine (Kati Outinen) damals nicht verlassen hatte zugunsten Evas (Antonia San Juan), weil ich mich ja sowieso kurze Zeit später von Sabine trennte, nicht nur weil sie mich regelmäßig verdrosch, nein, es ging einfach nicht, sie redete nur unzusammenhängenden geistlosen Unsinn, ich aus ihrer Sicht wahrscheinlich auch, und Eva war noch nicht mit Jürgen zusammen, wir hätten es probieren sollen, in dieser kleinen Gedankenlücke.

Und dann würden Eva und ich den Film sehen, und wenn dann ihre spanische Doppelgängerin wie der Schwammkopf spricht, würde ich dann meine Freundin immer mit einem Spülschwamm assoziieren, der nichts weiter als eine Unterhose trägt?

Was ich übrigens nicht wusste, ist, dass Almodovar persönlich den deutschen Synchronsprecher ausgesucht hat. Es ist nämlich offenbar Praxis, dass die Regisseure auch bei den Stimmen in den fremden Sprachen mitreden dürfen. Ob Almodovar Santiago Ziesmer auch gewählt hätte, wenn er gewusst hätte, dass Ziesmer den Schwammkopf spricht? Oder hat er es gewusst und es war Absicht? Ein Transsexueller, der wie ein Schwamm spricht, vielleicht als unterschwellige Botschaft der Metamorphose?

Wenn ich Filme sehe, kann ich mich versenken, bis mir die Darstellerinnen so vertraut werden, dass ich am Ende mit einer nach Hause gehe, so wie ich mir in Museen oder Ausstellungen immer ein Bild mit nach Hause nehme. Bei den Schauspielerinnen geht das so weit, dass ich eifersüchtig werde, wenn ich von ihnen später lese, sie sind mit dem und dem verheiratet und haben soundso viel Kinder. Das ist eine Mischung aus ungesunder Hyperempathie und gefährlicher Stalkerhaftigkeit, ich will das gar nicht, mich bedroht das, ich kann es aber nicht ändern, es gibt auch noch keine Selbsthilfegruppe für Überempathiker, glaube ich, und die Bilder, die ich mir aus dem Museum mitnehme, stehle ich natürlich nicht, oder *noch* nicht, auch wenn ich oft enttäuscht bin, dass das nicht so einfach geht. Früher hab ich mir eine schnöde Postkarte gekauft und dann gleich außerhalb des Museums weggeschmissen, da bin ich aufgewacht, das ist doch Betrug, das ist kein Ersatz. Jetzt geh ich nur noch selten in Museen und auch selten ins Kino. Stattdessen arbeite ich fürs Kino, und wenn ich jetzt etwas schreibe oder umschreibe, dann gehören mir die Figuren sogar noch mehr, und ich bin enttäuscht, dass die Figur nicht identisch mit dem Darsteller ist. Der Film ist aus, und alle gehen nach Hause, das geht doch nicht, dann kann das auch kein guter Film gewesen sein.

Und jetzt bei dem Exposé für den Film mit Anja Kruse hatte ich Angst, dass das ganz gewaltig aufbrechen könnte, zumal ich auch noch mitspielen sollte, also noch viel näher dran war. Aber ich wollte es ja gar nicht so weit kommen lassen, vielleicht auch unterschwellig wegen dieser Angst. Noch viel mehr Angst hatte ich allerdings vor dem Buch «Irma». Da kam etwas auf mich zugerollt, von dem ich nicht wusste, ob ich dem überhaupt gewachsen war, bis vor kurzem noch eine aschenartige Existenz, ein labiles Häufchen Irgendwas, überzogen mit einem Schmierfilm, jetzt fast krankhaft euphorisch. Aber was, wenn es ans «Eingemachte» ging? Das geheime Leben Abduls, sein bizarrer Tod, Anja Kruse, ich konnte ahnen, warum sie. Ein ganz eigenartiger Zustand füllte mich aus, eine Art gebremstes Drängen, ich musste mir immer einreden, bleib klar, bilde dir nicht ein, dass du da jemanden auf dem Weg therapierst, dass du kapierst, wer dieser Abdul eigentlich war, schmink dir diese Allmachtsphantasien ab, du bist unter Umständen noch kleiner als all die handelnden Personen in diesem Drama zusammen, du kannst dich nicht am Ende in einem ABBA-Song oder in einem Märchen von Hans Christian Andersen verkriechen, wo plötzlich eine Tür aufgeht, eine Sylphide reingeflogen kommt in den Ofen zu dir, dem Zinnsoldaten, das Feuer lodert kurz gleißend hell auf und erlischt dann, als die Sylphide wieder abschwirrt, während du zu einem Klumpen zusammenschmilzt, und wenn das Stubenmädchen am Tag danach die Asche herausnimmt, findet sie dein kleines Zinnherz. Die Mutlosigkeit und die Angst kämpfen mit der Euphorie und dem Größenwahn, das ist ja fast nicht zu ertragen, wie kann man das bloß aushalten? Etwas rückt näher, von allen Seiten, stemm dich dagegen oder lass dich absorbieren, jetzt zu sagen, hey, beruhige dich doch, wart doch erst mal ab, ist einfach unrealistisch, so geht's eben nicht, so gelingt nichts, so ist noch nie etwas gelungen, so entstehen nur schlechte Filme.

10.

Sie sah mich nicht, sie blickte auf den Boden, und ich sah sie nicht, weil sie mich nicht sah, das heißt, ich konnte sie zwar *sehen*, aber nur den einen Teil von ihr, den, den ich nicht wollte. Auf der anderen Seite war dieser Teil der akzeptabelste, der am wenigsten bedrohliche, aber dadurch auch der uninteressanteste. Weil man aber beide Teile nicht voneinander trennen kann, entschied ich mich einfach, sie nicht zu sehen. Nicht mal, wenn sie mich angeschaut hätte, hätte sie mich gesehen, sondern den teilnahmslosen Beobachter, der eifersüchtig auf den Boden geworden wäre, den sie eben noch angeschaut und dem sie all ihre Aufmerksamkeit gewidmet hatte, und wenn es nicht der Boden als solcher war, dann das, was da verbunden war mit den Gewächsen ihrer Gedanken. Ich bin eifersüchtiger auf all das, was ich nicht weiß, als auf das, was ich zumindest ahne. Was passiert, kann ich sowieso nicht ändern, was noch kommen könnte, ist die Bedrohung, der Schmerz, den zu verhindern ich zu gelähmt bin, zu langsam und ungeschickt, und der mich neben ihr zur Silhouette verblassen lässt, ein schwer zu ertragender Anblick, selbst für mich, und so wie ich sie jetzt sah bzw. nicht sah, entfernten sich auch bei mir zwei Teile voneinander, ich war nicht mehr ich, ich war der Teil mit den Wünschen und der Teil, der diese Wünsche nicht halten konnte, ein Hirte, dem die Tiere weglaufen. Für eine Mikrosekunde dachte ich, sie blickt auf, lächelt nicht mal und sagt nur seufzend: «Jetzt würde ich dich mich küssen lassen.» Tat sie aber nicht, dafür sorgte ich schon, weil ich mich gewissermaßen unsichtbar machte, na ja, so kann das ja nichts werden.

Wenn sie schon lange nicht mehr mit Jürgen zusammen ist und ihre gemeinsame Tochter, die sie Pepsi nannten, inzwischen so groß ist, dass sie nicht mehr bei ihrer Mutter lebt, wie kann es denn sein, dass ich in diese Passivität verfalle? Macht das das Kommende mit mir, das mir die ganze Energie absaugt? Vermutlich. Und jetzt war Eva abermals weg. Toll. Wo kam diese Passivität her? Ich hatte doch sonst keine Probleme damit, auf Leute zuzugehen, ich kann sogar auf relativ unplumpe Art flirten, trotz Zölibats, oder vielleicht gerade deswegen.

Ich war von mir enttäuscht, oder sagen wir es so: überrascht. Davon, wie viele lächerliche Möglichkeiten es doch gibt, sich aufzugeben. Ich ließ also abermals eine Lücke sausen, und eine dritte wird es wohl nicht mehr geben, ich ging nach Hause, wollte etwas essen, da lag nur ein hartes Stück Brot. Beim Schneiden schnitt ich mir in den Finger. Das Einzige, was ich sagen konnte, was aus mir seufzte, war: «Ich weiß.»

11.

Ich bekam nichts, keine Mail von Irma, und es waren auch schon acht Tage vergangen, dass John mein Exposé Anja geschickt hatte, wenn er es denn überhaupt getan hatte, er hätte mir, dachte ich mir, eine Antwort von ihr sofort weitergeleitet. Ich hatte auch gerade nichts für die Okay-Film zu schreiben, und in solchen Phasen – wie in solchen mit großen Stress – mache ich immer zwei Dinge: Ich schreibe kleine Musikrezensionen für Spiegel Online, das macht mir wahnsinnig Spaß. Sie waren nur kurz, man musste sich verdammt anstrengen, dass das, was man da komprimiert auszudrücken hatte, auch irgendeine Handschrift erkennen ließ (Stilmarken hinterlassen). Ich schrieb meistens über Metal, und wenn man etwa Slayer runtermachte, Metallica oder Megadeth, ihnen nur 0 von 10 Punkten gab, bekam man eine volle Breitseite an Hasspostings. Das war für mich ein guter Treibstoff und heizte mich an, weitere Nuller zu verteilen. Bei Rammstein gelang es sogar noch besser, aus dem aufgeplusterten, dummen Nichts eine Null zu generieren und damit eine reiche Ernte an Negativität einzufahren, das war mein Ziel.

Man muss dazu vielleicht noch ergänzen, dass ich die Platten, die ich dort besprach, in der Regel vorher nicht hörte, ich kannte keinen einzigen Ton davon, und die Aufgabe bestand eben darin, anhand der Titel und des Covers etwas zu schreiben, das irgendwie nach Befugnis und Relevanz klang, ein großer betrügerischer Spaß. Auch hatte ich den Ehrgeiz

Wörter, die mir gefielen, unterzubringen, sie irgendwie zu der Musik hinzubiegen oder die Musik zu ihr, als sei das ein Schulaufsatz: Schreib mal etwas, in dem das Wort *Frostschuttwüste* vorkommt.

Nur leider war es nicht so einfach, da etwas unterzubringen; meine Rezensionen kamen zwar an, also nicht nur im negativen Sinn, sondern auch im positiven («Endlich sagt's mal einer»), aber dem zuständigen, festangestellten Redakteur war wohl unheimlich, dass meine Textchen so viel mehr Aufmerksamkeit erregten als seine, sie waren einfach konfrontativer und rücksichtsloser in ihrer unerträglichen Subjektivität, die er sich nicht leisten konnte, in seinem quasiverbeamteten, also knieweichen Status. Außerdem wollte er lieber selber schreiben, vielleicht hatte er auch nicht so ein großes Budget, oder gar keins, und er zahlte die 100 Euro, die man pro Text bekam, am Ende aus eigener Tasche oder klaute sie aus dem Sparschwein seiner Kinder. Richtig betteln musste man, dass er doch mal wieder was nahm, und ich schrieb, wenn ich entweder unter Druck stand, um mich qua Prokrastination runterzukühlen, oder zu viel Zeit hatte, um mein Feuer zu schüren, für die Schublade, eine nach der anderen, jetzt in diesem Moment liegen hier noch vier unveröffentlichte, die ich ihm geschickt hatte, so als hingen sie in einer Warteschleife irgendwo zwischen Wien und Hamburg fest. Der Redakteur wollte mich wahrscheinlich austrocknen, er reagierte auch nicht mehr auf Mails, ich war ihm lästig, aber er konnte mir das nicht sagen, vielleicht dachte er, ach, Rubinowitz schon wieder, ich behandle das als Spam.

Auf meine letzte, etwa ein halbes Jahr davor zur Abwechslung mal wieder veröffentlichte Rezension, irgendein zäher Todesmetal namens «With The Dead», dem ich zehn von zehn Punkten gegeben hatte («Es gibt einen geobotanischen Fachbegriff, der auf erschütternd poetologische Art das Nichts und die ewige Verdammnis auf zauberhafte Weise beschreibt. Es ist die Frostschuttwüste – von periglazialen Frostprozessen zertrümmerte Steinwüsten in der ewigen Tundra, eine lähmende, absolute Leere. In ihrer intensiven Extremität drückt sie eine abstrakte Verachtung für alles aus, es existiert in ihr weder Entgegensetzbares noch ein freier Wille. Allenfalls ein paar mickrige Flechtenkrusten sind an diesem Ort der Gesetzlosigkeit überlebensfähig, eine Art Untreue Gottes an der äußersten Grenze des Leidens.»), auf diese Rezension jedenfalls kamen dann natürlich keine Kommentare, weil bei positiven Bewertungen alle nur stuporoid nicken, auch wenn sie nicht so recht verstehen, was der Mann da sagt. Was zählt, sind am Ende die lächerlichen, nichtssagenden Punkte, selbst die Defätisten, die einem in der Regel Überheblichkeit (Lieblingswort: *Pseudointellektuelle Plagiatshure*) vorwerfen, lassen ihr Hassbesteck in der Schublade, Loben lohnt nicht die Aufmerksamkeit, nur Hassen scheint Adrenalin freizusetzen, Hassen ist das Hartgeld des Artikulationsprekariats. Das heißt, ein Posting bekam ich doch: «Wo hat er das denn nun schon wieder abgeschrieben?»

Aber das freut mich ja, auch wenn es nichts ist, planktongroßes, schnell verpufftes Nichts, das so tut, als wäre es etwas, das tut, als würde es weh tun. Mich beruhigt das, wenn man sich fühlt, als hätte man sein Zinnherz in der kalten Asche eines erloschenen Ofens vergessen, und jetzt ist man ruhig, jetzt ist es vier Uhr nachts, jetzt kommen keine Mails mehr, jetzt werden unverlangt geschriebene und eingeschickte Musikrezensionen nicht freigeschaltet, jetzt werden keine 100 Euro aufs Konto transferiert, jetzt muss man keine Strategien entwickeln, jetzt könnte man aber Mails rausschicken, um morgen die Zinsen zu ernten, oder die Prügel, was häufig sogar die besseren Zinsen sind, aber das macht man nur betrunken, nüchtern schreibt man nachts keine Mails, man schreibt flüchtige Rezensionen in einem Laufhaus wie SpOn, und dann geht man zu Bett, und wacht am nächsten Morgen auf, und schaut sich das noch mal an, und denkt, es ist doch gar nicht so schlecht, und das wird nie kommen. Man lernt sogar was, man lernt über sich selbst, es muss einem ja gefallen, nicht *ihnen* gefallen, gerade wenn sie es hassen, kriegt es eine still glosende Dynamik, das Klickvieh muss gefüttert werden.

Dass meine Rezension nicht veröffentlicht würde, berührte mich nicht. Ich war ganz ruhig. Offenbar war das die Ruhe vor dem Ritt durch den Wald der Gehenkten, der mir, so wie es aussah, demnächst bevorstand. Wenn man nicht hellwach war, um vier Uhr morgens, wenn alles ganz still ist, wo fand man Schlaf? Es gibt noch eine kontemplative Tätigkeit: Geschirr spülen. Niemand mag das, Hände in der Drecksbrühe, wie Lutz Seiler das in «Kruso» beschrieben hat, er hat das ja freiwillig gemacht, weil die Hände, wie er sagt, davon so zart wurden. Ich melde mich immer freiwillig, wenn mal wer sich davor ekelt, ich mach das, ich will keinen Geschirrspüler, ich will die Dreckbrühe, ich will Pril. Vielleicht kann ich ja eines Tages meine Hände in Anja Kruses Tellerbrühe versenken, aber nein, sie hat einen Geschirrspüler, sie hat kein Pril.

Und während ich verkrustete Teller und Töpfe und Pfannen einweiche, bürste und zum Trocknen in diese Abtropfspinne stelle, während ich sehe, wie der Öllösefilm von weißem Porzellan in amorphem Schwung geschmeidig abläuft, und dazu Cocteau Twins höre, «Heaven or Las Vegas» vielleicht, kommen mir plötzlich die Tränen. Sie tropfen aus mir heraus, ich muss nicht mal schluchzen, es zieht sich in mir auch nichts konvulsivisch zusammen, wie es immer so schön unschön heißt, es läuft einfach raus und tropft in dieses graue Abwaschwasser, mit dem ich Mitleid habe, weil in ihm Mitleid mitschwimmt. Ich habe mit den sauberen Tellern Mitleid, sie werden nie sauber sein, sie werden immer wieder dreckig und könnten eigentlich dreckig bleiben. Ich habe Mitleid mit dem Spülschwamm, weil ich an Eva denke, die nicht so gesprochen hat wie ein Schwamm, auch wenn Pedro Almodovar das vielleicht so gewollt hätte. Ich habe Mitleid mit Anja Kruse, mit Abdul, mit Irma, Selbstmitleid leiste ich mir nicht, das schiebe ich immer vor mir her, erst muss alles um mich bedacht werden, aber dann hab ich doch das kleinste Mitleid mit mir, als ich den Stöpsel ziehe, mit dem ich Mitleid habe, er muss alles gehen lassen, er kann es nicht halten, ich sehe das Abwaschwasser ablaufen, mein Mitleid mit mir wird dabei immer größer, je mehr ich dem lauwarmen Wasser mit dem alten Essen nachsehe, ich habe Mitleid mit meinem Mitleid, ich werde das nicht schaffen, was da auf mich zukommt, ich will schlafen, und kann nicht schlafen, ich will nicht mehr schreiben, ich will mich nicht mehr verkaufen müssen, ich will nicht authentisch sein, ich will keine E-Mails mehr bekommen und keine mehr verschicken, ich will nicht, dass man meine Gedanken riechen kann, ich will mich in diese Musik hier reinlegen, ich will mit dem alten Wasser ablaufen, in einen neuen Kreislauf, ich will nicht sterben, aber so was Ähnliches vielleicht, ich kann das nur nicht recht definieren in diesen winzigen Stunden. Das Wasser ist weg. Nur der Spülschwamm ist noch da, aha, das bin jetzt also ich. Und mit diesem tröstenden Gedanken geht's mir plötzlich besser. Ich leg mich mal ins Bett, mal sehen, wer da kommt, es ist fünf Uhr. Und hier legt sich ein Schwamm schlafen. Ein Fifty-fifty-Clown. Und meine Mutter war eine Motte.

12.

Als ich am nächsten Morgen erwachte, war es nicht mal morgen, es war heute, weil es heute gewesen war, als ich mich hingelegt hatte. Aber es war immerhin Tag. Hatte ich geträumt, vielleicht von Schwämmen? Keine Ahnung, träumt man generell nicht nicht? Ist der Sinn von Träumen, dass man sich im Schlaf nicht langweilt? Ich hoffe immer, von dem Mann zu träumen, der seine schlafende Frau erwürgte, weil er geträumt hatte, sie sei ein Einbrecher, und damit einen Präzedenzfall schuf und vor Gericht durchkam. Aber jetzt nahm ich nichts mit, keine Schwämme und keine erwürgten Frauen, ich war so resigniert und unfrisch, ausgesetzt in meiner inneren Frostschuttwüste, dass ich keine Lust hatte nachzusehen, ob mir jemand geschrieben oder ob ich Geld bekommen hatte oder ob etwas von mir veröffentlicht worden war, ich wollte nicht.

Ich ging aus dem Haus und kaufte ein weniger hartes Brot, das harte, gefährliche Brot vom Vortag nahm ich mit und legte es dezent ins Brotregal des Supermarkts. Das mache ich immer, ich nenne es *umgekehrten Diebstahl*, alles was ich nicht brauche, wandert zurück in den Laden. Ich habe mal eine Flasche syrischen Gin geschenkt bekommen, PETRA hieß er, trinken wollte ich das Zeug nicht, weil das Etikett schon so abstoßend und toxisch aussah, außerdem macht mich Alkohol im Haus generell nervös. Ich schmuggelte ihn in einen Laden und stellte ihn zu den anderen Gins. Beim umgekehrten Diebstahl wird genauso Adrenalin ausgeschüttet wie beim richtigen, und das ersetzt mir den Kaffee, erquickt gehe ich wieder nach Haus.

Jetzt kann ich den Computer anmachen und schauen, was die Welt zu sagen hat.

Vorher fand ich im Briefkasten, im richtigen, analogen, eine Lieferung von Singles, na, immerhin etwas, aus Baltimore, von meinem Lieblingsplattenhändler, Skip Schwoeble. Ich höre neben ABBA, Cocteau Twins und Prefab Sprout ja kaum noch irgendein Œuvre intensiv und komplett durch, interessiert mich nicht, aber in ein Genre bohre ich mich fast manisch, so wie eine Schlupfwespe ihren zittrig dünnen Eiablagekanal parallel zum Stachel, der länger als sie selbst ist, in den harten Baum injiziert, das ist bei mir eine Art kaputte, distinktive Obsession ohne Zeugen. Das Genre, in das ich mich wühle, nennt sich Doo Wop, anachronistischer geht's nicht, kleine, stockig und staubig riechende, noch dazu nicht ganz billige Singles, in Kleinstauflagen, je kleiner, desto knistriger und teurer, noch dazu mit verwechselbaren Interpretennamen, meine kleine Kirche der Ununterscheidbarkeit, was das Ganze noch exklusiver und undurchschaubarer macht.

Heute beispielsweise bekam ich eine Ladung mit C-Gruppen. Ich bestelle ja meistens nur einen Buchstaben, ohne die dazugehörigen Titel ist man der Ahnungslosigkeit komplett ausgeliefert, eine rätselhaft poetische, wie nervende Säule aus einer weit zurückliegenden, längst untergegangenen Epoche:

The Chantels • The Crests • The Cadillacs • The Channels • The Classics • The Charts • The Cables • The Calientes • The Cameos • The Chancellors • The Coquettes • The Crewnecks • The Crew-Cuts • The Chanters • The Capris • The Cleftones • The Castaleers • The Castells • The Clusters •

The Chimes • The Chords • The Cascades • The Casuals • The Cavaliers

Den will ich sehen, der von dem Zeug auch nur einen Bruchteil zuordnen kann: Ist das afro- oder italoamerikanischer Doo Wop, ist das Up- oder Downtempo? Das ist der Kompass der vier groben Parameter. Okay, kleine Hilfestellung, eine Gruppe oder zwei könnte man zumindest kennen, wenn man den Titel dazu nennt: «Sh-Boom» von The Chords, das hat ja eigentlich schon den Rang eines Kinderlieds, fast zeitgleich gecovert von The Crew-Cuts. Ich muss natürlich beide Versionen haben, weil das Original eine schwarze Version, und das Remake eine geglättete weiße ist, Sham-Rock heißt das, die «saubere Version» eines afroamerikanischen Songs. Unnötig zu erwähnen, dass die Sham-Rock-Versionen in der Regel viel erfolgreicher waren. In jedem John-Waters-Film und in jedem von David Lynch kommt verlässlich zumindest ein Doo-Wop-Lied vor, und es gibt keinen amerikanischen Musiker dieser Epoche, der darum herumgekommen ist, Doo Wop zu singen, Sly Stone, Sun Ra, Lou Reed, Diana Ross, Frank Zappa und Lothar and the Hand People. Huch, das klingt ja wie ein aus dem Genre destilliertes, klingonisches Dada-Gedicht, eine enigmatische Einkaufsliste für den «wissenden» Plattenhändler:

Ross, Reed, Ra
Sly, Zappa, Lothar

Ich starrte die C-Liste stundenlang an, um hinter ihr Geheimnis zu kommen. Wenn ich die Lieder spielen würde, könnte ich sie schon nach wenigen Takten mit meinem Kompass einnorden (einnorden, nicht einordnen, ich bin ja kein Buchhalter, haha), kein Problem, geht, aber ich wollte es bereits OHNE Hören, verdammt. Das ist wie Fahrrad fahren oder Masturbieren ohne Hände, ich könnte und müsste es langsam mal können, ohne es wirklich zu wollen, Spezialist mit schwächlich ausgeprägtem Willen sein unter vermutlich sehr wenigen ähnlich konditionierten Spezialisten, jemand soll kommen, mich abholen und fragen, wie klingt dieses und jenes, was ist der Unterschied zwischen «Deserie» und «Desiree» von The Charts? Aber kein Mensch wird mich je fragen, ist das nun gut oder schlecht, soll ich weiter warten, ist das so wie mit Hans-Werner, der sich sein ganzes Leben lang freut, dass er vielleicht irgendwann mal draufkommt, wozu seine zwei überzähligen Finger nützlich sein können? Kann ich aus meinem Warten ebensolche Vorfreude generieren?

Aber ich bin nicht Hans-Werner, ich steckte, im Gegensatz zu ihm, fest, ich verbohrte und vergrübelte mich in etwas, das ich selbst nicht begriff. Allenfalls an dem Wissen, dass es andere noch weniger begriffen und es sie nicht mal interessierte, konnte ich mich ein bisschen weiden, in meinem Spezialgehege, von mir selbst umzäunt. Wenn ich wenigstens etwas Missionarisches gehabt hätte. Hier, das müsst ihr hören, da, ein Buch über Schleusentechnik, das musst du lesen; aber ich kann das nicht, weil es lächerlich ist, und man sich lächerlich macht dabei. Mir fehlt es auch an diktatorischem wie didaktischem Ernst, ich müsste ja immer lachen, und wenn es nicht so wäre, käme ich mir vor wie Karlheinz Böhm in «Martha», der Margit Carstensen quält, um sie zu brechen, das bin doch nicht ich, ich hoffe es zumindest, ich bete, dass ich es nicht versteckt *doch* bin, aber wen sollte ich deswegen anbeten? Ich habe doch keinen Gott außer Paddy McAloon und keine Göttin außer Liz Fraser. Und die würden es sich sicher nicht gefallen lassen, dass man bei ihnen um Nothilfe winselt, weil man sich vielleicht selbst in die Scheiße geritten hat und mit pataphysischer Inbrust gerade versucht, einen Berg zu verschieben. Natürlich konnte ich den ganzen Tag die C-Liste der Doo-Wop-Ensembles anstarren, nicht mal hören, Starren reicht, und es sind übrigens zu allem hirnknitternden Überfluss nur etwa zehn Prozent aller C. Man könnte sich in allen Listen verlieren und darin zu ersticken hoffen, aber das Sich-Verlieren war man ja in Zyklen gewohnt, sei es in der Zahnlücke einer schwedischen Sängerin mit Kreissägenstimme, sei es in einem muffigen Kleiderschrank voll altertümlicher Leibwäsche einer verblühten Diva, also es nützt nichts, da draußen spielt die Musik, also raus, also rein ins Internet.

Toll, die Plattenkritik ist wieder nicht erschienen, muss man sich wenigstens nicht für die läppischen 100 Euro schämen. Dafür 277 Likes für ein Foto auf Facebook von 40 Schneebällen, die ich auf eine Wartebank einer Schmalspurbahnhaltestelle aufgereiht hatte und für das ich mich jetzt schon schämte. Ich schämte mich auch für all die Blitzliker, aber vielleicht ist das ein grundsätzliches Synonym für Facebook, nichts darf weh tun, weil Facebook eine menschenfressende Maschine ist, die ihre Bewohner, nachdem sie sie absorbiert hat, augenblicklich sediert. Weil es «draußen» so viel Unordnung und Schmerzen gibt, gibt's hier drinnen nur 40 tröstende Schneebälle und ein paar Likezinsen, so musst du das mal sehen, denk mal drüber nach, aha, ich spreche also wieder mit mir selbst, also bist du nicht allein, plant mal was Schönes, um den Tag anzuschieben, meine zwei Hübschen, sagt nun die dritte Stimme.

Ich bekam eine Mail von meiner Mutter. Nachdem sie inzwischen akzeptiert hat, dass ich nicht mehr telefonieren kann, kamen nun in regelmäßiger Unregelmäßigkeit diese Mails: Was so anliegt, was passiert, was passiert ist, was passieren wird, und jetzt schreibt sie:

Sag mal, hast du mich gestern angerufen? Ich hatte deine Nummer auf meiner Anzeige, aber man hörte nur dumpf zwei Menschen miteinander sprechen, einer klang wie du. Das ging etwa eine halbe Stunde so, ich hab nur immer Anja Kruse verstanden und Michael Haneke am Ende, und irgendwas mit Spatzen.

Aha, dann hatte meine Hose also meine Mutter angewählt, als ich das Gespräch mit John aufnehmen wollte. Beruhigend, dass es einerseits nichts Kompromittierendes war, was sie gehört hat, und das, was hätte kompromittierend sein können, durch den Hosenfilter sozusagen vorzensiert worden ist, andererseits dass es kein Riskanter war, der da mitgehört hat. Was an diesem Tag bis jetzt auf der Habenseite verbucht werden konnte, war gar nicht so übel: ein durch gefährliches Altbrot verursachter Adrenalinflash, Post von Skip Schwoeble und 277 Likes für 40 Schneebälle. Auf der negativen Seite steht allerdings unsichtbar das, was da eben nicht steht, also das, was nicht gekommen ist, was ich erwartet hätte, um weiterzumachen, denn je länger ich warte, desto dünner wird mein Benzin, desto mehr verlässt mich der Mut und rinnt meine Energie ab.

13.

Ich bekam einen Anruf, ich sah schon auf der Anzeige, dass es John war. «Sag, kannst du mal kurz zu uns ins Büro kommen.»

Klar konnte ich, und ich ging, ist ja nicht weit, ein Nachbarbezirk. Im Büro saßen John und Anja Kruse, er musste sie mir nicht vorstellen, ich hatte sie ja für eine knappe Stunde in Genf getroffen, und selbstverständlich gesiezt, aber John schlug vor, dass wir uns duzen, also ich sie, oder sie mich. John fing an, über das Exposé zu reden, hm, tja, wie solle er ausdrücken, also danke erst mal, spannend, aber, es ginge so nicht. Anja sagte die ganze Zeit kein Wort und rauchte, als überließe sie ihm das Dozieren und als müsse ihr Rauch als Kommentar reichen. Er erklärte kurz, dass das alles zu billig sei, einfach zu *uninteressant*, zu lieblos und verlabert, man lese heraus, dass ich nicht ganz bei der Sache sei, und «die Anja» würde so was nicht machen wollen. Mit *so was* war offenbar die Masturbationssache am Ende gemeint. Anja saß daneben, ihr Gesicht vor sichtbarem Groll angespannt und nur mit Mühe vom Rauch ihrer Zigarette zusammengehalten, als lauere sie darauf, wie ich mich wohl zu rechtfertigen gedächte. Das Pikante war aber doch, dass ich diesen Film selbst gar nicht wollte, das war ja nur ein Alibi gewesen, um sie kennenzulernen, das durfte ich natürlich jetzt nicht sagen. John verlangte irgendwas, das ich nicht verstand, die Wörter und Sätze wurden immer zäher und auseinandergedehnt, er sprach immer leiser, redete und redete, und Anja schwieg und grollte in ihrem Rauch, und meine Gedanken schweiften immer weiter, etwas sehr Undurchdringliches sank herab und legte sich auf mich, ich kannte das noch aus der Schule. Von der Minute an, wenn die Stunde begann, war ich dieser mehltauartigen Masse komplett ausgeliefert, etwas in mir weigerte sich zu folgen, schweifte mit einer derartigen Macht und Lust ab, dass man sich dem nur schwer entziehen konnte, ich verließ meine unbrauchbare, zahnstocherhafte Schülergestalt und baute mir eine eigene Welt, die gut zu mir war, und jetzt holte mich diese Welt offenbar wieder ab.

Bevor ich hierherkam, hatte ich noch kurz im Internet nachgeschaut, ob es Nacktbilder von Anja gibt. Ich schämte mich dafür und war enttäuscht, dass ich sogar welche fand, auf denen sie ausgerechnet mit Rainer Hunold im Bett lag, dem korpulenten Mann, der später in «Ein Fall für Zwei» einen von vier Chefs von Josef Matula spielte, meinem Lieblingsprivatdetektiv, eine Art Haushaltsgegenstand im deutschen Fernsehen. Matula ja, aber Hunold, ich weiß nicht. Der wurde dann immer dicker über die Jahre, und das Interessanteste war eigentlich nur, dass sich, je dicker er wurde, seine Stimme immer mehr veränderte, weil der Kehlsack wohl auch als Resonanzraum funktioniert, er spricht nun, als hätte er den Mund voller heißer Kartoffeln. So spricht Veronica Ferres übrigens auch, nur dass die zuerst dick war und dann immer dünner wurde, offenbar ist der Kehlsack wie beim Pelikan dehnbar, und sie hat, wenn sie spricht, tatsächlich Kartoffeln im Mund, während es bei Hunold nur so klingt.

Anja hat also eine kleine Bettszene mit ihm, Hunold sticht sich mit einem Messer in die Handinnenfläche, Anja auch, dann schreiben sie mit einer Gänsefeder und ihrem Blut irgendetwas auf ein Stück Papier, danach lecken sie sich gegenseitig die Handinnenflächen aus. Es kann kein Vampirfilm sein, ein Vampir nährt nicht den anderen, ich hatte dann auch nicht weiter recherchiert, aber so wie mich Anja ansah, hatte ich jetzt wieder das Gefühl, dass sie wusste, wie ich ihr nachspioniert hatte, und dass ich jetzt in Gedanken in ihren Handinnenflächen war, in ihren Handinnenflächen sein wollte, vielleicht als kleiner, nasser Spatz mit schneller Herzschlagfrequenz, um ihre Narben zu berühren, die von damals übriggeblieben sind, als sie im Bett mit Hunold war, MIT RAINER HUNOLD, ICH KANN ES NICHT GLAUBEN, hackte indes ein kleiner böser Specht von innen gegen meinen Stirn, und Anja hörte es, weil sie das Klopfen dechiffrieren kann, jetzt wurde Anja gar zu Hedy Lamarr, der einstmals schönsten Frau der Welt, die im Zweiten Weltkrieg eine störungssichere, frequenzwechselnde Funkfernsteuerung für Torpedos entwickelt hat. Und sah Anja nicht auch aus wie Hedy, und konnte sie demnach nicht nur senden, sondern auch empfangen, den Morsecode meines Spatzenherzschlags decodieren?

Ich fühlte mich außen wie innen von ihr beobachtet, und während John immer weiterredete, schickte ich Anja eine Botschaft. Ich bat sie stumm um Verzeihung, für mein Exposé, für meine Nacktrecherche, dafür, dass wir jetzt hier saßen, ich fragte sie, ob sie das hier beenden könne. Und dann passierte etwas Seltsames. Sie stand auf, so als hätte sie mich gehört, und sagte: «Entschuldige, John, ich muss noch woandershin. Ich denke, wir haben alles besprochen, und ihr braucht mich nicht mehr, zumindest nicht für heute, okay?»

John sprang auf, sie küssten sich zum Abschied, mir reichte sie die Hand. Ich war zu weggetreten, um aufzustehen, und nahm ihre Hand, ich hoffte, die mit der Wunde. Als sie gegangen war, fragte John: «Und, was sagst du?»

Ich konnte ihm jetzt schlecht sagen, dass ich ja die ganze Zeit nicht zugehört hatte, ich war ja nur bis zu dem Punkt gekommen, an dem er seine Unzufriedenheit am Exposé formuliert hatte. Ich nickte: «Ja, gut, versteh ich.»

John schaute mich an, als ob ich nicht ganz dicht sei: «Aber Haneke?»

«Wie, Haneke?»

«Ob du da mitmachen möchtest, hast du nicht zugehört? Haneke macht diesen Film, das Remake. Was meinst du?»

«Find ich gut», sagte ich, ohne zu wissen, was ich gut finden sollte.

«Ja, aber schreibst du mit?»

«Logo.»

«Okay, dann schick ich dir heute Nachmittag eine vorläufige Dispo, und du hältst dir bitte den Sommer frei, gut?»

«Ja.»

Ich wankte nach Hause, kochte mir einen Kaffee, und legte mich danach schlafen, mit Kaffee geht das am besten, das ist das beste Schlafmittel, vielleicht würde ich ja träumen, was ich gerade verpasst hatte.

Was ich dann ein paar Stunden später in der Mail fand, war eine vollkommene Überraschung, es haute mich um. Haneke plante ein Remake des belgischen Lesbenvampirfilms «Blut an den Lippen» von Harry Kümel aus dem Jahre 1971, ein Film, der in Ostende spielt, in dem es um sexuelle und emotionale Macht und Ohnmacht geht. Haneke wollte das ein paar Kilometer weiter nach Westen, nach Le Havre, verlegen, und ich sollte Drehbuchinspizienz machen. Puh. Mir wurde ganz schwummrig, ich brauchte ein Bier, oder mehr, oder doch nicht, mit Alkohol wirkt die Euphorie ungünstig brandbeschleunigend, man wird zu leicht *noch* euphorischer und unrealistischer und fällt danach umso tiefer. Ich wusste allerdings auch nicht, wie ich umgehen sollte mit der Situation, ich zitterte richtig, meine Gedanken kamen nicht zum Ende, auch sie verzitterten.

Der große Haneke. Le Havre, ich liebe Le Havre, eine phantastisch zerrupfte Industriestadt, wie ein großer Vogel aus Stein und Eisen, nicht ohne Grund hat Aki Kaurismäki hier auch schon einen großartigen Film gedreht, der Kontrast zu Genf könnte nicht größer sein, wo ich Anja zuerst traf. Dann ein Vampirfilm, das Genre ist vielleicht ein bisschen toter als untot, aber einer geht noch, vor allem mit Anja Kruse, sie IST eine Vampirin. Anja spricht fließendes Französisch, ich keine Silbe, vielleicht beißt sie auch französisch, und ich kann nur in einen Apfel beißen, eigentlich nicht mal das, weil mir ja regelmäßig das Kiefergelenksköpfchen aus der Kiefergelenkspfanne springt und ich den Mund nicht mehr zukriege, das darf sich ein Vampir nicht leisten. Es war alles viel zu viel, was da auf mich einprasselte, ich fühlte mich ungeschützt im Hagel, nackt, natürlich ohne Unterhose. Auch hatte ich niemanden, der mit mir den Hagel teilte.

Deshalb vielleicht erst mal eine Plattenbesprechung für Spiegel Online, also direkt für die Schublade, mal schauen, was es denn so an Neuem gibt.

Aha, was gefunden. Eine Band aus Norwegen, sie hat mich nie interessiert, der Sänger quietscht wie ein abgestochenes Pekari. Norwegen, ein Land, beleidigt und erniedrigt, so frömmlerisch wie nihilistisch, das einzig Vernünftige, was die zustande gebracht haben ist Lutefisk, in Ätznatron gewässerter Stockfisch, und Knut Hamsun, und der hat sein Land bekanntlich gehasst. Es machte mir Spaß, diese verdammte Platte zu beschreiben, die Band, man kann ihren

Namen nicht mal aussprechen, ohne vor Scham im Boden zu versinken, denn wenn, würde einem «Gott mit seinem Finger ins Nervennetz fahren, und Gott hatte seinen Finger zurückgezogen, und es waren feine Wurzelfäden von den Fasern seiner Nerven an Gottes Finger kleben geblieben, und es blieb ein offenes Loch zurück, und Wunden blieben in der jugendlich weichen Seele von den Wegen seines Fingers zurück», und das gab mir die Möglichkeit, der verdooften Leserschaft ein bisschen von der Ungeheuerlichkeit Knut Hamsuns mitzugeben, Missionar, der ich war.

Tja, ein Gruß an die Schublade. Veröffentlich wird das sicher nicht, muss ich also auch keine 100 Euro verlangen. Auch gut, und ich hab mich für eine konzentrierte Stunde ein bisschen abkühlen können, und dabei diesem Haneke-Irrsinn etwas Zeit gegeben, sich zu setzen. Nun bitte ruhig bleiben, bloß nichts ausposaunen, den Ball flach und die Füße still halten, warten, bis die Kühe heimkehren. Also warte ich. Ich warte aber nicht lange, in dem Moment, als ich mich abermals hinlegen will, klingelt wieder das Telefon, wieder ist es John, ich hebe aber nicht ab, weil ich in diesem Moment viel zu nervös bin, um jetzt noch mal mit ihm zu reden. Ich kann ja mal eine Nacht abwarten, mal sehen, ob ich diese Nacht schlafen kann, was ich bezweifle, aber versuchen will. John schickt kurze Zeit später eine SMS: «Rufst du mich an, lg John». Mach ich, John, morgen.

Ich schlief gut, tief und fest, so ununterbrochen und so intensiv, dass ich mich schlecht fühlte, als hätte ich jemand anderem den Schlaf weggenommen oder getrunken und wäre jetzt verkatert. Hatte ich aber nicht, mich hatten wohl die Ereignisse besoffen gemacht, ja, das gibt es, den metaphysischen Zuckerschock, der vermutlich durch Träume nur noch multipliziert wird, statt zum Zwecke der Regeneration abgebaut werden sollte. Als ich mich im Spiegel erblickte, war ich entsetzt: alles voller knallroter Flecken, das sah so absurd aus, dass ich lachen musste und «Der Fleckenpapst segnete mich am Donnerstag» vor mich hin murmelte. Was war das? Wo kam das her? Aus dem Traum mitgebracht, wie man morgendliche Erektionen aus Träumen mitnimmt? Sie gehören einem ja gar nicht, Leihständer gewissermaßen, und die Psoriasis gehörte offenbar auch einem anderen. Ich habe mir nie viel aus Träumen gemacht und sie in der Sekunde vergessen, in der ich aufgewacht bin, aber jetzt interessierte es mich schon, weil ich ja Gepäck im Gesicht hatte, ein herrenloses Ödem oder Ekzem, und es juckte fürchterlich, als wollte es spielen oder erwartete eine irgendwie andersgeartete Aufmerksamkeit oder Betreuung. Ich dachte, wenn ich wüsste, wem du gehörst, kriegst du sie, aber sie verhielt sich, abgesehen von dieser juckenden Unruhe, ansonsten still.

In Ermangelung einer Hautcreme ging ich zum Kühlschrank und nahm ein paar Scheiben Salami, die ich mir aufs Gesicht legte. Das tat gut, die Kälte und das Fett der Wurst, man spürte regelrecht, wie die Haut es gierig trank. Damit meine Wurstmaske hielt, wenn ich jetzt den Tag anschob, wickelte ich mir eine Rouladenschnur um den Kopf und arretierte so die Scheiben, ich schaute nicht in den Spiegel, den vorwurfsvollen Blick hätte ich nicht ertragen, ja, ich weiß, sieht komisch aus, aber wenn ich nicht weiß, wer mir das hier angehängt hat und warum, müssen erst mal verschiedene Abwehrstrategien getestet werden. Ich hatte ja schon seit einiger Zeit diese spannende Gesichtshaut, der ganze Kopf zog eigentlich, als würde die Haut schrumpfen oder sich der Kopf ausdehnen («The Man Whose Head Expanded», The Fall). Sollte ich vielleicht Tagebuch schreiben? Wenn Tagebücher oder Blogs nur nicht so einen unangenehmen Geruch hätten, das ist doch was für Bettnässer («können nichts für sich behalten»), ach, scheiß drauf, ab heute, Derma-Log, mich beobachten, den Zustand der Haut, Kopfumfangmessungen, Tabellen, was ich esse und trinke, einen ganzen Tag nur Kefir, oder Kwass, vergorene Brotlimonade, wie schlägt sich das nieder? Auch versuchen, Träume auszuwringen, sich also zwingen, Träume rüberzuretten, Gesicht mit Musik beschallen, in den letzten Tagen waren das ja ausschließlich Cocteau Twins, kann schon sein, dass die Haut da etwas, sagen wir, «verschnupft» reagiert, akustische Kriegsführung. Es ist ein bisschen so wie damals, als Charles Darwin einen Haufen Regenwürmer mit Fagottspiel beschallte, um ihnen irgendeine Reaktion zu entlocken. Gut, dass ich kaum und nicht dauerhaft Metal höre, dann wär mein Kopf jetzt vermutlich ein Amboss auf dem Stängel einer Primel.

Auf dem Küchentisch fand ich einen Zettel. Meine Handschrift, wie es aussah, aber absichtlich anders geschrieben, so als wolle ich jemanden imitieren, oder ich wollte ablenken, dass es von mir ist, oder hatte jemand meine Handschrift nachgemacht?

Ich esse kein Fleisch, keinen Salat, keine Süßigkeiten
Ich träume nicht von Rock 'n' Roll und Autos
Ich schlafe nicht viel
Ich parke nach Gehör
Der Planet, von dem ich stamme, besteht aus Eisen und
  Mehl

Während ich ratlos diesen Zettel in der Hand hielt, beobachtete ich mich selbst, wie so oft in Situationen, mit denen ich schlecht fertig werde, mit dem mit Wurst umwickelten Gesicht, aber diesmal etwas anders, als der Spiegel mich vorhin angesehen hatte, der Spiegel war ja ich, nur seitenverkehrt, jetzt war das eben ein weiteres Ich, na, Freundchen, was haben wir da angerichtet? Zettel, glühendes Gesicht, überleg mal scharf, wie das zustande gekommen sein kann? Was ist dir denn da passiert, ist das eine Strafe oder eine Belohnung? Kann doch nicht sein, dass das nur von dem tollen Angebot von John kommt, mit Haneke und Anja Kruse in Le Havre.

Vielleicht hatte ich bisher ja einfach nur zu lange ein zu lineares Dasein geführt. Ereignisarm schläft es sich sicherer, und niemand gibt einem ein pochendes Gesicht mit auf den Weg. Und auch wenn dieses weitere Ich mich peinlich berührte, war mir diese schnippische Reflexion ganz recht, weil da wenigstens über die Häme noch etwas wie Teilhabe erkennbar war. Jetzt befahl dieses Ich mir: «Mach das mal weg!» Gemeint war offenbar die ununterbrochen laufende Musik der Cocteau Twins. Ich hielt das für eine spezielle Form von supraparamagnetistischem Sauerstoff, ohne den ich nicht atmen könne, Essen erübrigte sich inzwischen auch, ich aß fast nichts mehr, erledigte alles Liz Fraser.

«Die Musik, die macht das, dass du so daneben bist. So ein Schwachsinn, *supraparamagnetistischer Sauerstoff*! Du musst das ausmachen, das ist ja nicht zum Aushalten, dieses zähe Mahlen der Instrumente und die Stimme einer offensichtlich Verrückten. Es hilft nichts, sich eine eigene Fluchtwelt zu bauen, die du mit dieser Musik tapezierst, eine Welt mit eigenen Gesetzen, und dann zu warten, dass, was sich da außen verschoben hat, an das anpasst, was du selbst verschoben hast. Ich nenne das ein vorsätzliches Sich-dumm-Stellen, was eigentlich bestraft werden sollte, aber nicht mit dieser Katzenmusik. Und weißt du, was jetzt passiert ist? Ich werde es dir sagen: Dein Körper macht nicht mehr mit, jetzt ist der Körper klüger, er sagt, stell dich dem, was da draußen ist, komm unter deinem Stein hervor, du bist ganz nahe dran zu ersticken, ruf John an, JETZT SOFORT!»

Huch, woher die Klarheit plötzlich? Wirkt die Wurst schon? Ich wollte sie aber noch nicht abwickeln, lieber noch ein bisschen einziehen lassen. Ich rief John an.

«John, Tex hier, ich sollte dich zurückrufen.»

«Tex, mein Lieber, alles gut?»

Ächz, *diese* Frage. Ich kann auf die nicht antworten. Alles gut? Alles gut? Alles gut? Dreimal kurz ausgesprochen, böses Kohlenstoffdioxid raus, Luft holen, neue Ladung rein.

«Ja, ganz okay, ich sollte dich zurückrufen.»

«Mein Lieber, können wir uns treffen? Im Café Ritter, geht das? Jetzt in einer Stunde, um elf, Anja kommt auch.»

«Haneke auch?»

«Ja, der auch.»

Ich bekam einen Schock.

«Okay?»

«Ja, gut.»

Ich ging wieder zum Spiegel, um mich auszuwickeln, neugierig, wie sich die Haut inzwischen entwickelt hatte. Es war leider nur noch schlimmer geworden. Paradoxerweise war die Haut jetzt trocken *und* fettig, wahnsinnig juckend und noch röter, als wären Nitrate und Farbstoffe der Wurst auf die Haut übergegangen. Mein Gesicht sah irgendwie SCHULDIG aus, aber ich dachte, meine Güte, stell dich doch nicht so an, du musst dir ab einem bestimmten Alter auch nichts mehr beweisen, jetzt zählen andere Werte. Vielleicht, überlegte ich mir, sollte ich mir ein paar Pflaster ins Gesicht kleben, dass es aussieht, als hätte ich einen Unfall gehabt. Ich schnitt ein paar Pflaster zurecht und versuchte sie ins Gesicht zu kleben, aber sie hielten nicht, das Gesicht war zu fettig. Zu waschen traute ich mich nicht, ich fürchtete, das würde die wertvolle rückfettende Oberschicht basisch beschädigen. Ich musste einfach zu meinem blühenden Gesicht stehen.

Im Ritter saßen John und Anja im Raucherabteil, auch das noch. Zigarettenrauch zermürbt am Morgen noch mehr als am Abend, wo er ja eigentlich hingehört. Ich begrüßte beide mit Handschlag, John stand auf, Anja nicht, wahrscheinlich weil ich gestern auch nicht aufgestanden war, beide grinsten, ich vermutete, wegen meiner Fresse, die mich um den Verstand pochte, also von außen nach innen, und von innen klopft der böse Specht, den Anja dechiffrieren konnte, vielleicht sollte ich einfach sagen, tja, liebe Leute, mein Kopf dehnt sich gerade aus, wie in dem Lied von The Fall, aber ich fürchtete, dass sie The Fall nicht kannten, dafür hatte ich jetzt die schneidende Stimme von Mark E. Smith im klopfenden Kopf:

«The man whose head expanded. Sounds like hick wap huh? Sounds like hick wap huh? Over Over Over Over.»

Und auch wenn Anja das jetzt lesen konnte, war mir das egal, wie mir alles egal war, nur nicht das, was da kam, darauf war ich gespannt.

«Tex, mein Lieber, alles gut?»

«Ja, alles gut, sieht man ja in meinem Gesicht.»

Beide lachten, mein Gesicht klopfte dazu im Takt:

«The man who's head diminished. Sounds like my head trying to unravel this lot.»

John holte einen großen braunen Briefumschlag mit meinem Namen hervor und schob ihn mir über den Tisch. Unter meinem Namen stand PERSÖNLICH ÜBERGEBEN. Was ist das, dachte ich, ist das ein Vertrag, und dann dachte ich, wo ist eigentlich Haneke? Vielleicht in dem Umschlag? Mich wunderte jetzt gar nichts mehr

«Das ist von Abdul», sagte John, «du kanntest ihn doch, oder? Aber ich glaube, ihr habt nie was miteinander zu tun gehabt, korrigiere mich. Wir haben das in, das heißt unter seinem Schreibtisch gefunden, das war unter die Tischplatte geklebt, wir wollten den schon wegschmeißen, wer will sich denn an den Schreibtisch eines Toten setzen, böses Omen, und beim Transport fiel jemandem dann dieser Umschlag auf. Ist noch zu, weil steht ja dein Name drauf.»

Ich war ein bisschen verlegen. Wir saßen ja jetzt offenbar wegen diesem Brief hier, was sollte Anja dabei? Mir zusehen, wie mir Abdul posthum eine Nachricht schickt, sozusagen aus dem Jenseits? Langsam verstand ich die roten Flecken in meinem Gesicht besser. Ich nahm den Brief.

«Ja, okay, soll ich den jetzt aufmachen? Ich dachte, wir sind hier wegen Haneke und Le Havre, wollen wir das nicht zuerst …?»

Beide brachen in schallendes Gelächter aus. Anja zündete sich eine Zigarette an, obwohl sie doch gar nicht rauchte, wie ich recherchiert hatte, nachdem ich mich nach den Nacktfotos beruhigen musste.

«Ach, Tex, das war doch nur ein Witz. Wir haben dich verarscht. Musst auch nicht alles glauben, was man dir so zwischen Sterben und Tod erzählt.»

John lacht sein überlegenes Produzentenlachen, jetzt war mir alles klar. DIE LÜGE hatte mich entstellt, inzwischen ging mir das wohl nicht nur bei meinen eigenen Lügen so, sondern auch bei denen, die man mir erzählte. Ich war offenbar ein Wahrheitsseismograph, der ausschlug, wenn etwas nicht stimmte, AUSSCHLAG, buchstäblich. Jetzt war wenigstens die Quelle erkannt, und Haneke fand ich ja eigentlich auch nicht so toll, er will mit seinen Filmen ja auch immer nur, dass wir uns schlecht fühlen, weil um uns alles schlecht ist, woran wir schuld sind, weil wir schlecht sind. Nicht auszudenken, was er aus dem belgischen Vampirfilm für eine protestantische Allegorie der Schuld zusammengebogen hätte, mein Gott, war ich erleichtert. Ich bildete mir sogar ein, meine Rötungen klängen jetzt langsam ab. Trotzdem, irgendwie kam ich mir beschmutzt vor, aber vielleicht ließe sich daraus später ja auch irgendwas generieren. Ich grinste die beiden an, alles nicht so schlimm, People, aber merkte sogleich, dass dieses Grinsen so maskenhaft auf meinem Gesicht klebte wie vorhin die Wurstmaske, jeder konnte das sehen, sogar der Kellner, der frech wie ein Dachs meine Kaffeetasse abservierte, obwohl da noch was drin war. Die Erniedrigten wachten in mir wieder auf, doch dann konzentrierte John unser aller Aufmerksamkeit auf das Kuvert auf dem Tisch vor mir. Ich riss es auf.

Zuerst kam mir ein Schlüssel entgegen. Keine Ahnung, wozu der passen sollte, gruseligerweise fiel mir gleich ein, dass es der Schlüssel zu dem Schrank sein konnte, in dem Abdul über den Jordan gegangen war. Der Schlüssel wanderte zu Anja und John, beide schauten ihn sich mit ratloser Miene an. Das Nächste, was aus dem Umschlag glitt, waren Polaroidfotos. Scheiße, was war das denn? Ein Film? Oder ein weiteres Spiel der beiden. Reichte denn nicht *eine* Verarschung? Der Witz ist nicht mehr witzig. Ich kannte die

Bilder, es waren die Aufnahmen, die ich für das Mädchen in Westerland gemacht hatte, man sah Gott sei Dank mein Gesicht nicht, nur Schlüsselbeine, Unterarme, die in der Hose verschwanden, Handknöchel, meine Finger, die die beiden jetzt aber nicht hätten wiedererkennen können, weil sie ja jetzt durch die Dupuytren'sche Kontraktur total anders aussahen, verformt, trotzdem, ich erkannte sie wieder. War das hier für eine beschissene Inszenierung? Was holte mich da ein? Ich wollte jetzt eigentlich nur nach Hause, ins Bett, oder – warum nicht? – mich ebenfalls in einen Kleiderschrank einsperren, oder an irgendwas weiterschreiben, an «Irma», mich an «Irma» strangulieren vielleicht, ich musste sogar weiterschreiben, um nicht komplett den Verstand zu verlieren. Wie war Abdul an diese Polaroids gelangt? Gut, kleine Welt und so weiter, aber das war jetzt alles etwas zu viel. Ich schob, weil sie mit Blicken danach verlangten, die Bilder den anderen über den Tisch, sie schauten ratloser als zuvor. John lachte, das kannte ich schon, das tat er immer, wenn er mit einer Situation nicht zu Rande kam oder etwas nicht begriff, ein verlegenes Lachen, ich weiß, er ist großer David-Lynch-Fan, und jetzt war er sogar Protagonist eines bisher unbekannten Lynch-Films. Ich zuckte mit den Schultern. Ich weiß zwar etwas mehr als ihr, aber hab auch keine Ahnung, was das alles soll. John brach das Eis:

«Also, ich brauch jetzt erst mal Alkohol. Was trinkt ihr?»

Komische Frage. War das hier betreutes Trinken?

Ich sagte: «Bier.»

Anja sagte: «Einen Prosecco.»

John rief den Kellner, der immer noch grinste.

«Bringst du uns zwei Bier und einen Prosecco, bitte?»

Dann saßen wir schweigend da, jeder ein Polaroid in der

Hand. Ich hoffte, dass ich auch wirklich nicht zu erkennen war, Gott sei Dank konnte man die koreanischen Buchstaben auf meinen Unterarmen nicht sehen. Die Getränke kamen. Ich trank aus der Flasche, John goss sich ein Glas ein, wir stießen an. Anja sagte:

«Tja.»

Man merkte, sie wollte etwas sagen, aber hielt das noch zurück; vielleicht schätzte ich das in dieser komischen Situation aber auch falsch ein. Ich fragte, was sie denn in Wien gerade machte, sie wohnte doch eigentlich in Genf.

«In Genf? Nein, ich hab eine Wohnung in Paris und eine winzig kleine in Wien, nicht mehr als eine Besenkammer. In Genf, wo wir uns getroffen haben, lebt nur eine liebe Freundin von mir.»

«Wer?»

Was für eine unfassbar bescheuerte Frage, es ging mich doch gar nichts an.

«Ich meine: Wer sich's leisten kann», ruderte ich schnell zurück.

«Genau, wer sich's leisten kann, ist meine Freundin.»

Und jetzt fiel mir das auf, was schon die ganze Zeit in mir kreiste, natürlich, ihre Augen, genau dasselbe Blau wie das von Liz Fraser, wie das Eis, das ich mal in Argentinien am Morenogletscher gesehen habe, in dem Moment, als eine hochhaushohe Nase abbrach und unter ohrenbetäubendem Getöse ins Wasser krachte, da sah man dieses unter der Last von Tonnen zusammengequetschte, zehntausend Jahre alte Eis. Und das saß ja jetzt hier direkt vor mir, und dieses Blau hörte ich doch die ganze Zeit von morgens bis abends, Liz Frasers Augen, «Iceblink Luck», so nenne ich das Blau ab sofort, nach dem Lied der Cocteau Twins, auch wenn ich jetzt gar nicht genau wüsste, wie das klingt und auf welcher Platte es ist, es gibt ja neben einem riesigen und unübersichtlichen Haufen EPs und Singles mit wunderlichen Titeln («Fotzepolitic», 30 Jahre vor Pussy Riot, muss man mal bedenken) nicht wirklich viele sogenannte Langspielplatten in ihrem Œuvre. Auf einer ihrer kohärentesten wird man es vielleicht finden, wenn man nicht während des Durchhörens im zähen Zuckerrübensirup ertrinkt:

1. *Heaven or Las Vegas*
2. *Four Calendar Café*
3. *Treasure*
4. *Blue Bell Knoll*
5. *Head over Heels*

Ob Abdul sie anders gereiht hätte? Ob Abdul gesagt hätte: O eine neue Liste, kannst nicht genug davon bekommen, nicht? Aber Abdul sagt ja nichts mehr, er schickt mir Briefe mit Fotos von mir ohne Kopf aus dem Jenseits. Und einen Schlüssel.

Um mich von dem mich flutenden Chaos abzulenken, fragte ich:

«Wusstet ihr eigentlich, dass David Lynch für die Rolle von Dorothy Valens in ‹Blue Velvet› ursprünglich Hanna Schygulla vorgesehen hatte, und die Musik sollten die Cocteau Twins machen? Beide sagten ab. Schygullas Eltern waren gerade krank, ihre Tochter wollte sie pflegen, und die Cocteaus fanden ‹Dune› so schlecht, mit den albernen Sandwürmern und der schrecklichen Musik von Toto, dass sie dachten, der neue Film wird wieder so, sie fürchteten, das ramponiere ihr Image. Man macht Fehler, und dann stellt sich später heraus, dass der eigentliche Fehler gewesen war, einen Fehler zu fürchten. Ob der Film wohl sehr viel anders ausgefallen wäre? Ich glaube, er wäre noch irrer und großartiger geworden. Und wusstet ihr, dass Karlheinz Böhm und King Kong gleich alt sind? Ob wohl ihre Karrieren anders verlaufen wären, wenn der Affe Karlheinz und Böhm King Kong geheißen hätte? Wir wissen doch alle, wie sehr der Name den Charakter prägt. Und wenn die Phantasie noch reicht, stellt euch vor, Böhm und Kong hätten tragende Rollen in ‹Blue Velvet›, so ganz unreizvoll ist die Vorstellung nicht, oder?»

Anja fragte: «Was sind Cocteau Things?»

Ich sagte, mein Bier runterkippend:

«Leute, ich geh dann mal, muss die Katze vom Nachbarn füttern» – ich hatte zwar einen Nachbarn namens Julius, eine Nervensäge, aber der hat keine Katze, der ist Kettenraucher und Nachtklavierspieler, bei dem würde eine Katze ersticken, aber nicht am Rauch, sondern an seiner Nervensägenhaftigkeit –, «wir bleiben in Kontakt, okay? Ich muss jetzt auch erst mal herausfinden, was mit dem Schlüssel und den Bildern gemeint ist, wieso Abdul mir das vermacht hat. Hast du eine Ahnung, John?»

John schüttelte den Kopf, tuschelte etwas zu Anja hin, das ich nicht verstehen konnte, Anja lachte, fingerte eine neue Zigarette aus der Schachtel, es waren Zigaretten mit Pfirsichgeschmack, *pêche* hatte ich vorhin auf der Packung lesen können. Sie lachten über mich, so viel war klar.

Ich stand auf, die Fotos und den Schlüssel einpackend, kein Handschlag, ich war zu schwach, ein Nicken musste reichen. Die beiden nickten schweigend zurück. Es gibt generell keine gute Art, sich zu verabschieden, für den Moment nicht und auch nicht für die Endgültigkeit, nur Begrüßungen sind noch erbärmlicher. Der Kellner sah mir nach, na, geht doch, jetzt grinst du nicht mehr, hast du dir dein dreckiges Grinsen aus dem Gesicht gewischt, ich schaute auf den Boden, als er mich in gespielter Besorgtheit anschaute: Was hab ich denn jetzt schon wieder verbrochen, du Trottel? Ich verließ das Ritter, lief die Gumpendorfer Straße runter, ging meine Treppen rauf, schloss die Tür auf, warf mich aufs Sofa und schaltete den Fernseher ein. Es kam «King of Queens». Und das ist gut so, ich kenne Doug und Carrie und Arthur und Spence und Deacon, ich kenne ihre Witze, hier kann mir nichts passieren, hier passiert alles Douglas Heffernan.

14.

Ich lag auf dem aus rostigem Armierungseisen zurechtgebogenen Sofa, über das meine Vormieterin einen kratzigen Teppich geworfen hatte, so wie bei der Couch von Dr. Freud, und schaute abwechselnd nach Queens, dann wieder auf den Schlüssel. Ich erwartete nicht, dass er jetzt zu mir sprechen würde. Ein blassgrüner Plastikanhänger mit einem Fensterchen hing daran, das war allerdings unbeschriftet, aber man konnte, wie ich gerade merkte, den Papierstreifen mit dem Schriftfeld rausziehen, und auf der Rückseite stand etwas. Puh, die Lösungen kriechen an. Es war ein Schlüssel zu einem Selfstorage-Lager der Kette MyGap in Wien, es stand sogar drauf, wo genau, und eine Nummer. Ich war zwar sehr neugierig, aber auch erschöpft. Es war jetzt mittags, 12 Uhr, ich konnte doch nicht schon wieder zu Bett gehen. Vielleicht war ja das Bier von vorhin schuld, ich schaffte es jedenfalls nicht mal ins Bett, sondern schlief auf dem Kratzesofa ein. Vielleicht konnte ich im Traum ja schon mal zum Lager gehen, mal schauen, was mich da erwartet.

Als ich nach etwa einer Stunde aufwachte, war es wieder da, das Jucken. Ich kratzte mein Gesicht am Teppich, wodurch ich vermutlich eine Milbenarmee in Bataillonstärke in mein Gesicht einlud («Das Buffet ist eröffnet»), dann versuchte ich, den Traum zu rekonstruieren, der mich soeben entlassen hatte. Ich hatte unter anderem von der Apfelplantage meiner Kindheit geträumt, auf ihr stand ganz hinten ein hölzernes Plumpsklo, das war aber umgekippt, schon vor vielen Jahren.

Es stank auch nicht mehr, die Scheiße war mumifiziert, und hier drin hatte ich mir eine Art Hütte eingerichtet, hierhin zog ich mich zurück, wenn alles ganz schlimm geworden war, die Schläge, die Schreie und die Ohnmacht. Es gab einen Vorraum, und durch das Sitzloch kam man wie durch eine Schleuse in den «Wohnbereich». Weil es da drinnen aber stockdunkel war, zündete ich immer wieder Dachpappe an, um wenigstens ein bisschen Fix & Foxi lesen zu können. Einmal rußte und tropfte der Teer der Dachpappe so stark, dass ich nicht mehr in der Lage war, das Feuer unter Kontrolle zu bringen. Ich wäre beinahe verbrannt, in einem umgekippten Klo, ein jämmerlicher Tod, und konnte mich gerade noch so retten, während mein Haus von den Flammen komplett aufgefressen wurde. Traurig und seltsam erregt stand ich daneben. Durch solche Erlebnisse werden vermutlich die sogenannten Feuerteufel initiiert. Also von diesem Klo träumte ich. Ebenfalls im Traum kam Burghart Klaußner vor, der strenge Vater aus «Das Weiße Band» von Michael Haneke. Er lachte mir ins Gesicht, klar, wohin sonst, wenn nicht ins Gesicht, ich konnte mich aber nicht erinnern, ob es ekzemgepflastert war wie jetzt. Es war ein hasserfülltes Lachen, die harten Geräusche transportierten zusätzlich Speicheltröpfchen, und er bellte: «Tex Rubinowitz, du dumme Sau.» Das war's aber auch schon, wenn ich mich jetzt über den Traum selbst analysieren müsste, gerade hier auf der falschen Freudcouch, würde ich sagen, ach, gar nichts würde ich sagen, das ist doch alles Kaffeesatzleserei, es wäre auch auf meinen Vater rausgelaufen, läuft nicht immer alles bei solchen Analysen auf den Vater raus, und die Badehosen vom Vater, wollte das Freud nicht so? Und wenn Karlheinz Böhm aufgetaucht wäre im Traum, im Bett mit Klaußner, beide versunken in dem Buch über Schleusentechnik, in meinem kleinen brennenden Wohnklo, wäre wohl latente Homosexualität attestiert worden. Ein Traum ist manchmal auch nur ein Traum, könnte man Freud paraphrasieren, und so wollte ich das auch halten. Ha, mein Vater, das passt ja wunderbar dazu, hat mal meine Schwester über mich ausfragen wollen, da war ich gerade ausgezogen, und er konnte mich wohl schlecht einschätzen, wie auch, mit seiner Ignoranz. Ich hatte keine Freundin, er fragte sie deshalb: «Sag mal, ist Frank (mein bürgerlicher Name) eigentlich ein Schwuli?»

Absurderweise hat mir später mal bei einer Autogrammstunde Burghart Klaußner genau den geträumten Satz auf eine Serviette geschrieben: «Tex Rubinowitz, du dumme Sau.»

Aber mehr könnte ich Freud diesbezüglich auch nicht liefern. Mein Vater war ein unsichtbarer Mann, für mich war er unsichtbar, weil ich für ihn unsichtbar war. Das war auch schon alles. Aber man kann ja auch das Nichts melken, und es käme was raus, irgendwas kommt immer aus irgendwas anderem raus.

Ich ging in dieses Lagerhaus, neugierig und nervös wie eine Katze in einem Raum voller Schaukelstühle. Der Traum hatte mir sogar trotzigen Spaß gemacht, und mein Gesicht machte mir jetzt auch trotzigen Spaß. Wie Vorfreude doch alles Schlimme zumindest für kurze Zeit wegsperren oder unter den Teppich kehren kann! Das Selfstorage-Haus war interessant, es sah aus wie ein normales Wohnhaus, auf drei Stockwerken nur Räume, die man mieten konnte, um dort etwas einzulagern, in jeder Kammer ein kleines Schicksal abgeschobener Dinge. Ich hatte sehr schnell Abduls Stockwerk gefunden, es gab ja mehrere Größen, von garagenartigen Einheiten bis zu Zimmern, seins war aber eher wie ein Spind, ein großes Bahnhofsschließfach. Ich schloss auf und bekam einen Schreck. Jetzt hätte ich das Bier brauchen können aus dem Ritter von vorhin.

Der Spind war an der Innenseite der Tür übersät mit Fotos von mir: Zeitungsausschnitte, Fotos aus dem Internet, wieder ein Teil der Polaroidserie des Westerlandmädchens. Dann in den Regalen Stöße von Zeitungen, aus denen oben gelbe Post-it-Kleber ragten. Ich konnte mir schon denken, was sie markierten, ja, es waren Texte von mir, oder Zeug über mich, viele Schnipsel, fleckige Ausrisse, wellige Mappen, die Speisekarte eines eritreischen Restaurants, das war mein allererster Werbejob gewesen, ich musste appetitanregend die Schönheiten und Speisen dieses afrikanischen Landes beschreiben («Injera, der wichtigste Bestandteil der eritreischen Küche, das ist ein schmackhaftes nasses Brot, in das wie in eine essbare Serviette Ziegengulasch eingewickelt wird. Teller und Gabeln gibt es keine, also muss man sie praktischerweise auch nicht abwaschen, und den Mund wischt man sich hinterher mit dem Brot ab.»), und weil ich noch nie in Eritrea gewesen war und es damals gar kein Internet gab, konnte ich nirgendwo abschreiben und musste mir alles ausdenken.

Ein anderer früher Werbejob, der aber nie realisiert wurde, das kam mir jetzt hier als sogenanntes Scribble entgegengesegelt, eine Image-Kampagne für den hässlichen Wiener Flughafen in Schwechat: «Flugzeuge stürzen ab, Flughäfen nie.» Dann ein vergilbter Nachruf auf Jerzy Kosinski, den ich für eine Zeitung geschrieben hatte, ohne je ein Buch von ihm gelesen zu haben, weil mich seine Biographie so beeindruckte, die mit seinem Erstickungstod unter einer Plastiktüte endete. («Als Student der Politikwissenschaft durchschaut Jerzy Kosinski rasch das System der stalinistischen Bürokratie und entwickelt eine subversive Taktik, sie zu überlisten. Er sucht um ein Stipendium in den USA an. Von drei Mitgliedern der Akademie der Wissenschaften sammelt er über zwei Jahre immer neue, positive Gutachten, der vierte misstraut dem Ansuchen und warnt vor dem politisch unzuverlässigen Studenten. Nur sind alle vier Professoren erfunden, die mit ihm und untereinander eine Art Geisterkorrespondenz führen. Der Trick gelingt, 1957 betritt der junge Pole mit zwei Dollar und achtzig Cent amerikanischen Boden.») Als kleine Randnotiz waren mit Bleistift neben dem Text die Namen Dalida und Bruno Bettelheim vermerkt, die auf die gleiche Art wie Kosinski mit ihrem Leben abgeschlossen hatten. Offenbar hatte Abdul auch meinen Listentick absorbiert, Menschen, die in Plastiktüten starben. Im Spind waren Texte, die ich für Kataloge geschrieben hatte, Broschüren, Folder, Flyer, Texte zu Musik, zu Kunst, die erste und einzige Single meiner ersten Band ‹Pochender Knorpel›, sogar das Theaterstück über Staubläuse, das ich für die Wiener Festwochen geschrieben hatte, in dem es um zwei Forscher des achtzehnten Jahrhunderts ging, die sich winzig klein schrumpfen konnten, um eine Exkursion in die Welt der Mikrolebewesen zu unternehmen («Den Staubläusen sollte man in all diesen Fällen für die Meldung danken, dass Schimmelpilze ihre verderbliche Tätigkeit angefangen haben, anstatt Gifte zu ersinnen, um diese völlig unschädlichen Insekten umzubringen»). Ich fand ein Bravo-Heft, auf dem Titel ABBA, drinnen ein Konzertfoto, von links ragte mein Arm ins Bild, ich war dort, weil mich meine Cousine Astrid, in die ich ein bisschen beziehungsweise ein bisschen sehr verliebt war, dorthin mitgeschleppt hatte, wir knutschten bei «Does Your Mother Know». Ich erkannte mich auf dem Foto an meinem avocadogrünen Pullover wieder, der mich um den Verstand kratzte, und erinnerte mich nicht ungern an den Kuss. Ich fand ein Flugblatt, auf dem NIE WIEDER ANTIFASCHISMUS stand, das ich mal bei einem Demonstrationsumzug verteilt hatte, offenbar war Abdul auf derselben Demo gewesen, 1986, anlässlich der Tschernobylkatastrophe. Dann waren dort alle fünf Ausgaben der von mir herausgegebenen Zeitung DAS AMERIKANISCHE MYKOTOXIN BULLETIN, so hieß das Blatt, kostete 20 Schilling, es ging, wie der Titel unschwer erahnen lässt, um Giftpilze und Pilzgifte, der damals noch relativ unbekannte Max Goldt schrieb für mich, und es waren ein paar Cartoons der amerikanischen Zeichnerin Roz Chast darin. Ich fand sogar eine Fotokopie meiner linken Hand, in die ich, ausgehend vom M der Innenhandlinien den kleinen Finger rauf, das Wort MUTTER in Schreibschrift gestickt hatte, ich weiß noch genau, dass ich das in der Agentur aus Langeweile gemacht hatte, mit Nadel und Faden, zum Entsetzen des unendlich langweiligen Kollegen, mit dem ich das Büro teilte, der mich hasste und morgens stets mit den wütend ausgespuckten Worten: «Tex, du schiacher Teufel» begrüßte, dann kopierte ich die Hand, um ihn noch mehr zu reizen, und das hing über meinem Schreibtisch an der Wand. Mitgenommen hatte ich, nach meiner Kündigung, nichts, also auch nicht diese Kopie.

Es war, bis auf die Erinnerung an den Kuss bei ABBA, die mich seltsam berührte, entsetzlich, was hier alles aus meiner Vergangenheit zusammenkam, ich fühlte mich in diesem eisernen Schrank vollkommen archiviert und riss das alles raus, immer neue Schichten kamen zum Vorschein, und alles lag jetzt vor mir auf dem Fußboden, wie die Scherben meines Lebens. Aber ich wollte mir jetzt kein Pathos leisten, ich brauchte das alles auch nicht, ich kannte es ja bereits. Ich selbst archiviere nichts von mir, in dem Moment, wo es passiert, ist es schon vergessen, passé, das war schon immer meine Devise, aber jetzt war alles plötzlich wieder da, und seltsam, dass mich das, was da vor mir auf dem Fußboden lag und mich nie interessiert hatte, nun doch neugierig machte, dieses Abtauchen in die eigene, unverlangt gelieferte Vergangenheit, aus der Sicht eines anderen.

Die unheimliche Frage, wie er an all das gekommen war und was er damit bezweckte, schob ich noch eine Weile vor mir her; erst mal in mir wühlen, wie im eigenen seelischen Gedärm, fasziniert und entsetzt zu gleichen Teilen. Offenbar hatte Abdul in derselben Werbeagentur gearbeitet wie ich, dort wird er das Apfelmädchen kennengelernt haben, oh Gott, dann wohl etwas mit ihr angefangen haben, oder wie war er sonst an die Fotos gekommen? Eigenartig der Gedanke, dass er wohl mit ihr geschlafen haben wird, wie sie es mit mir vorhatte, wir wären also um ein Haar Lochschwäger geworden. Ich kratzte hier gerade erst den Schorf ab, und es kamen immer neue Schichten, ich musste durch die Haut zu den Knochen, durch die Knochen bis zum Mark, in die Ganglien bis zum Gehirn, zum Gehirn eines Toten. Himmel, was mache ich hier? Ich kam mir vor wie ein nekrophiler Grabräuber in seinem eigenen Grab.

Es war offensichtlich, dass ich es hier mit einem Stalker zu tun hatte. Dass jetzt plötzlich ich sein Stalker geworden war, schien ja noch ganz amüsant, aber die Vorstellung, dass es da immer einen gab, der mich wie ein Schatten verfolgt hatte, war nicht sehr angenehm. Was wollte er? Wenn er mich doch angesprochen hätte, ich hätte ja nichts dagegen gehabt. Gut, ich bin jetzt nicht der Sozialkompatibelste, aber man hätte sich doch auf einer unverbindlichen Ebene auf irgendwas einigen können, anfreunden vielleicht, unterhalten, das ging ja auch auf der Weihnachtsfeier, als wir über Musik sprachen. Mein Gott, rückblickend betrachtet, muss das für ihn ja eine enorme Überwindung gewesen sein, er wusste alles über mich und ich gar nichts über ihn, aber vielleicht hat ihn gerade dieser Startvorteil beim Kennenlernen abgeschreckt, oder er fühlte sich überlegen, er wusste etwas, was ich auch wusste, außer, dass er zusätzlich etwas wusste, was ich nicht wusste, aber wenn er das Kennenlernen oder Anfreunden trotzdem versucht hätte, hätte man gemerkt, ach, passt doch nicht so gut, und dann hätte man sich wieder voneinander entfernen können.

Ich stand knietief in mir hier, ich raffte alles vom Fußboden und stopfte die abgelaufenen Teile meines fernen Ichs wieder in den Spind, eine Putzfrau mit einer Bohnerkeule, auch Blocker genannt, schaute um die Ecke, misstrauisch, was macht der da, hat er da eingebrochen? Demonstrativ zog ich den Schlüssel und wedelte ihn über meinem Kopf: Ich darf das, gehört mir. Was gehört mir? Ich gehöre mir? Na, jetzt bin ich nicht mehr so sicher.

Ein Problem kam noch dazu: Ich war jetzt ja ein bisschen zu Abdul vorgedrungen, so wie ich das für mein Buch vorhatte, aber nun bekam das hier eine vollkommen neue Dimension. Wie sollte ich etwas über ihn schreiben, wenn er vielleicht so sein wollte wie ich? Da konnte ich ja auch gleich über mich selbst schreiben, oder mich, igitt, neu erfinden, wie Madonna sich ja auch immer neu erfindet, wer weiß denn schon, ob sie nicht vielleicht nächstes Jahr ein Entsafter ist? Mein Kopf pochte wieder, das Gesicht glühte und juckte, meine Finger waren ganz dreckig von all den gilbenden Erinnerungen und dem staubigen Papier hier, ich wollte mich kratzen, aber dann würde sich das Gesicht erneut entzünden, wie man so sagt, dabei brannte es jetzt bereits. Ich rieb es mit meinen Handgelenken, und das sah vermutlich so aus wie eine Katze, die sich pflegt, Katzenwäsche, vielleicht denkt das die Putzfrau mit ihrem Blocker, die jetzt hier auf meiner Höhe bohnerte, oder ich denke das für sie, dann muss sie es nicht tun, ja, hier wohnt ein Messie mit knallrotem Gesicht, der sich wie eine Katze wäscht, allerdings nicht mit Spucke sondern mit Erinnerungsstaub, furchtbar traurig, nicht?

Ich wollte jetzt eigentlich nur ganz schnell wieder weg, nachdem ich in eine Art Abgrund geblickt hatte. Oberflächlich betrachtet bin das alles ich, was ich hier wieder zurück in den Schrank stopfe, aber was ist drunter? Damit wollte ich eigentlich nichts zu tun haben, weil es mir Angst machte, und gleichzeitig machte mich das alles unendlich traurig. Ich musste weg von hier, ich brauchte jetzt Bier, sehr viel Bier, es ging nicht anders. Als ich die Papier- und Schnipselflut wieder zurückgestopft hatte und gerade im Begriff war, die Tür zuzustemmen, flutschte mir ein kleiner roter USB-Stick entgegen und fiel zu Boden, auf den frisch gebohnerten Boden, das sah sogar ganz freundlich aus, so wie: Ich gehör nicht dazu, ich will nicht wieder zurück zur Herde, nimm mich mit auf deine Weide. Ich hob ihn hoch, auf ihm das Bild einer kleinen Ameise, nein falsch, einer großen Ameise, größer als eine Originalameise. Dann steckte ich den Stick in die Hose und schloss ab.

Vor dem Lagerhaus gab es eine Kneipe, sie würde mich empfangen und mir das Bier, die notwendige Salbe, schon hinstellen, keine Fragen stellen, mich brüten lassen. Innen ein wohltuender Himmel aus Resopal. Ein Trinker saß an einem Spielautomaten, auf dem er mit glasigem Blick irgendwelchen rotierenden Kirschen nachsah. Ich bestellte, und das Bier kam, wie ich erhofft hatte, in einem Willybecher. Diese Kombination jetzt, das war wie ein Anker, die Musik nur leise, ein Regionalsender, Radio Burgenland, er spielte ausschließlich Musik, die nicht weh tut, der Tisch aus Resopal, das ideale Hohlmaß für Bier, das Bier selbst, und auf der andern Seite tobte es innerhalb und außerhalb meines Kopfes, hier die Ruhe, dort der Sturm, und ich in der Mitte, und jeder Schluck fühlte sich so an, als würde ich von innen erst mal gründlich durchgeblockert. Das tat gut. Ich bildete mir ein, der nichtsnutzige Dirk Blocker zu sein, der Sohn von Dan Blocker, der den Hoss Cartwright in Bonanza spielte, und im Radio spielten sie «Move Over Darling» von Doris Day, ich musste plötzlich weinen («The way you sigh. Has me waving my conscience good-bye»). Eine Träne tropfte auf den Resopaltisch. Ich verrieb sie mit dem Zeigefinger, dem einzigen Finger, der mir noch geblieben ist, sozusagen, der sich mit der Scheißkontraktur noch nicht eingerollt hat, sich von mir weggerollt hat wie die anderen. Es gibt eine Stelle in dem Lied, die mich jahrelang irritiert hat: «You captured my heart, and now that I'm no longer free, make love to me.» Es kann doch nicht sein, dass damit Liebemachen gemeint ist, wie wir es jetzt verstehen, Sex, unverblümt zur sogenannten Sache kommend, den Biber räuchern, dass so was in den fünfziger Jahren durchgegangen wäre, gerade bei Doris Day, aber seit einiger Zeit weiß ich, dass ‹Making Love› bis 1964 eine unschuldige Bedeutung hatte, gleichbedeutend vielleicht mit Turteln. Man kann die Umdeutung deswegen so genau terminieren, weil es von dem Song «Under the Boardwalk» von den Drifters zwei Versionen gibt: die auf der vorher ausgekoppelten Single, noch in Mono («Under the boardwalk, we'll be making love»), was dann auf der Langspielplatte und in Stereo ganz anders klang, nämlich so: «... we'll be falling in love». Das ist das Jahr, als die Liebe sozusagen ihre Unschuld verlor, und ich wünschte, ich säße jetzt hier in dieser, den Monogeist atmenden Zeit in dem Resopalladen. Doris Days Lied ist von 1963, aus dem gleichnamigen Film, in dem ihr James Garner unbeabsichtigt eine Rippe brach, die Rippe der Liebe, die die Unschuld zusammengehalten hat, und ich nenne dieses Lokal für mich deshalb «Die Rippe».

Ich bestellte noch ein Bier. Jetzt nur nicht melancholisch werden, ich musste euphorisch bleiben, durfte mich auf keinen Fall kirre machen lassen, ich wusste nur nicht, wie das gehen sollte, wie krieg ich jetzt Struktur in diese superanstrengende Situation? Eine Platte besprechen für SpOn, und sei es für die Schublade? Selbst diese so bewährte Methode war mit einem Mal schnöde geworden und bot sich auch nicht mehr an, ich hätte auch nicht gewusst, WORÜBER ich schreiben sollte, mir gefiel die Musik hier sogar sehr gut, das ist doch einfach die bessere Musik, *so was gibt's heute doch gar nicht mehr* (beliebter Satz der Kriegsheimkehrergeneration, als ob in Stalingrad gute Musik gespielt worden wäre), jetzt Mickey & Silvia «Love is Strange», oh, ich mag und mochte das sehr und schon immer, mit der einen Stelle, die später die New York Dolls in «Trash» zitieren:

Mickey: Silvia
Silvia: Yes Mickey?
Mickey: How do you call your loverboy?
Silvia: Come 'ere loverboy!
Mickey: And if he doesn't answer?

Silvia: Ohh loverboy
Mickey. And if he STILL doesn't answer?
Silvia: I simply say: Baby, Oohh baby. My sweet baby. You're the one.

Ich musste wieder weinen. Das Lied gibt ja eigentlich keinen Anlass dazu, es ist irgendeine Stimmung in der koketten Harmonie oder dem noch koketteren Geflirte der beiden, ich weiß auch nicht, jetzt erwischt mich wahrscheinlich alles, wahrscheinlich auch Heinz Rühmanns «Der Clown», aber vielleicht assoziiere ich mit dem Lied auch nur «Trash» der New York Dolls, das ich mal im U4 spielte, als Werner Geier krankheitsbedingt an einem Mittwoch seinen Dienst nicht versehen konnte oder mit seinen bpm-Listen nicht fertig wurde und mich bat, ihn zu vertreten, und zwar vierundzwanzig Mal hintereinander, nicht nur, weil ich kaum Platten besaß, schon gar nichts Aktuelles, sondern das Lied so eine unfassbar herzbrechende Dringlichkeit hat, dieses verzweifelte Schreien von David Johansen und die heroinzerfressenen Engelschöre der Band im Hintergrund. Die Gäste fanden das ja am Anfang noch ganz lustig und sprangen und schrien wie aufgezogen herum, reckten ihre dünnen Ärmchen antennengleich in die stickige Discoluft, rangelten und rempelten wie junge Ziegenböcke, aber irgendwann schmissen sie Bierbecher hinter die Plexiglaskanzel, hinter der ich mich verschanzt hatte.

Eines der übelsten Tabus eines DJs ist, ein Lied ein zweites Mal zu spielen; was ich hier machte, war ein Verhaftungsgrund, aber sie kamen nicht rein, ich hatte die Kanzel von innen verschlossen und versuchte sie zu erziehen, mit dem glamourösen Springmesser-Hedonismus der Dolls, ich war manisch, keine Ahnung, wo das jetzt plötzlich hergekommen ist, ich hatte das nie früher und nie wieder danach, es war wohl eine Art Proto-Katharsis, ausgelöst durch den Proto-Punk der Dolls, und diese Katharsis brach jetzt wieder aus mir heraus, deswegen die Tränen, noch ein Bier, es war erst 15 Uhr, ich brauchte diese Salbe jetzt umso dringender.

Trash, go pick it up, take them light away
Trash, go pick it up, don't take your life away
Trash, go pick it up, the doctor take my knife away
If you don't know what I'm doing
What you know is
Trash

Vor mir auf dem trostspendenden Resopaltisch, in diesem Trostraum mit dem vergessenen Spieler in der Ecke, der seine Kirschen sortierte, und dem Trostgetränk, lag der USB-Stick mit der Ameise. Ameisen waren mir schon immer unheimlich gewesen, von ihnen ging irgendeine Bedrohung aus, ich verband sie nicht mit Fleiß, Bedürfnislosigkeit, Stärke oder Selbstaufopferung, sondern mit nichts Gutem, vielleicht weil Fleiß für mich negativ konnotiert ist und Stärke illusorisch, und weil ich sie um ihre totale Hingabe beneidete. Mein Vater warf, wenn wir mal auf Sonntagsspaziergängen an einem Ameisenhaufen vorbeikamen, sein Taschentuch darüber, ließ es die Tiere mit ihrer Verteidigungssäure vollpumpen, dann schüttelte er sie ab, legte das Tuch auf sein Gesicht und inhalierte mit einem erstickten Seufzer die Säure, er war regelrecht süchtig danach. Immer wieder bot er mir das an, und immer wieder musste ich brechen, mir hat's den Magen umgedreht, aber eher nicht von der Säure, ich fand einfach sein Taschentuch eklig. Wer ist denn so pervers, an etwas zu schnuppern, das der eigene Vater in seiner Hosentasche trägt?

Aber jetzt konnte ich natürlich nicht in den Datenstick hineinsehen, was war da drauf? Eine Dokumentation über Blattschneideameisen? Oder eher Bilder von Abdul, der sich wie ich angezogen hat? Meine Phantasie war jetzt nicht sehr dehnbar, ich hatte keine Ahnung und war auch in Schockstarre. Von diesem kleinen Stick ging ein schwer fassliches Drangsal aus, aber hier konnte mir ja nichts passieren, hier war ich sicher und wattiert. Was danach passieren würde, verdrängte ich einfach, ich musste auch nichts lesen oder schreiben, wie ich das sonst immer mache in Lokalen, wenn ich allein bin, ich kann nicht einfach so rumsitzen, wie alle, einfach sitzen und rauchen und trinken und starren, ich wüsste nicht, wohin ich starren sollte, aber jetzt plötzlich ging es. Ich starrte den Stick an, in dieser starren Inszenierung einer Kneipensimulation namens «Die Rippe», wie mir das hier vorkam, so als wäre sowieso alles simuliert, alles um mich herumgebaut, aus Rippen, um mich wie durch einen Korb zu schützen, und wenn ich diesen Ort verließe, würde sich alles Folgende in Luft auflösen, und wenn nicht, würde sich das Gewirr aus losen Fäden sicher «da draußen» ordnen. Wehleidigkeit ist keine gute Eigenschaft, ich weiß, und ich bin der Erste, der über Wehleidigkeit lacht und ihr ins Gesicht zu spucken versteht, aber hatte ich jetzt nicht auch mal das verdammte Recht, wehleidig zu sein? Jetzt weinte ich sogar aus Trotz, ich bin kein Trash, man kann mich nicht so behandeln, man kann mich nicht in einen Spind stopfen, warum macht ihr das, warum spuckt *ihr* mir ins Gesicht und nicht ich in eures? Mir fiel aus Rettungsgründen kurz Ozzy

Osbourne ein, der, weil irgendwann die Wirkung seines Kokains nachließ, so wie die meines Biers jetzt, oder er gerade nicht mehr an Nachschub kam (oder was auch immer der Grund war), einmal eine Ameisenstraße geschnupft hat. Da kamen die Ameisen wieder angekrabbelt, um mich mit der verblüffenden Erkenntnis zu trösten, dass mein Vater und Ozzy Osbourne sich offenbar so unähnlich nicht waren.

Ich trank zehn Bier, das ging etwa bis 20 oder 21 Uhr. Es ging mir danach besser, ich musste auch gehen, es kamen immer mehr unangenehme Leute, die Ruhe war dahin. Sie spielten am Ende auch andere Musik, so volkstümelnden Quatsch, wenn ich sie nicht schon gehabt hätte, hätte ich davon garantiert Ekzeme bekommen, im Ohr. Das Bier schmeckte auch nicht mehr, weil es nicht mehr wirkte, und das Resopal sah jetzt nur noch billig aus. Ich schickte mich selbst nach Hause.

Das Erste war, die göttliche Dolls-Single auf meinen kleinen Batterieplattenspieler zu legen. Ewig nicht mehr gehört, viele Jahre nicht. Bei den ersten drei Takten durchfuhr es mich wie ein epileptischer Blitz, ich sprang sofort auf, riss meine arme kleine, kranke Faust in die Luft und schrie: TRASH, aber dann fiel ich auch schon hin, lag da am Boden und drehte mich um mich wie ein Spulwurm, kommt aus dem Schlick nicht raus, aber will auch ein bisschen ans Licht und vom Licht haben. Das Lied war aus, ich blieb erschöpft liegen, mein Gesicht war mir jetzt egal, es ist alles so egal, ich bin *doch* TRASH, ich komme aus einem brennenden Plumpsklo und krieche durch den Schlick in einen verstaubten Spind, das war's dann, ah, der Stick, ganz vergessen, der Stick mit der Ameise. Ich stand auf und fiel sofort wieder hin, taumelte dann unsicher zum Computer, ich steckte den Ameisenstöpsel in den Computer, es erschien ein Ordner mit dem Namen ANJA.

Es waren aber nicht wie vermutet Fotos, es war ein Word-Dokument. Ich versuchte es zu lesen, es ging nicht gut, ich konnte meinen Blick nicht fokussieren, immer verfehlte ich die Zeile, aber was ich las, kam mir bekannt vor. Es klang so, als hätte ich das geschrieben. Was ist denn das? Ich konnte nicht, es ging nicht, ich mach das morgen, ich musste schlafen, ich taumelte wieder zum Kratzesofa und schaltetet VOX ein. Die zeigten, wie jede Nacht, mehrere Folgen meiner Lieblingsserie «Medical Detectives» hintereinander, hässliche Menschen mit hässlichen Frisuren hässlich zu Tode gekommen, echte Fälle, neu aufgerollt und mit schlechten Schauspielern nachgestellt, dokumentarisch unterfüttert mit Archivmaterial und mit Kommentatoren gegengeschnitten, etwa von Dr. Mark Benecke, der, das passt ja jetzt zur Ameise, nicht nur Kriminalbiologe, sondern auch spezialisiert auf forensische Entomologie ist. Ich bin ein Benecke-Fan. Er hat mal Adolf Hitlers Gebiss in seinen Händen gehalten, beschäftigt sich mit magnetischen Bergen und spontanen Selbstentzündungen und derlei. Benecke ist massivst tätowiert, ich hasse das, aber der darf das, zusätzlich raucht er Pfeife, auch eigentlich verboten, komischer Dünkel, manche dürfen das, manchen müsste das verboten werden. Ich sah ein paar Fälle, Kadaver, verdrehte oder isolierte Gliedmaßen, beredte Staubkörnchen, Mörderstaub, abgewischte Blutspritzer, bei Dunkelheit mit Luminol zum Leuchten gebracht, oder noch besser, die Klebstoffbedampfung, da tauchen selbst auf Leichen Fingerabdrücke wieder auf, Schmeißfliegenmaden, an deren Entwicklungsstadium die Todeszeit ablesbar ist. Ich war aber mit meinen Gedanken anderswo; der Fall Abdul drängte sich immer wieder zwischen diese dort im Fernseher gezeigten Fälle und mich, irgendwann gab ich auf, meine Augen brannten, mein Gesicht sowieso. Kurz bevor ich einschlief, schickte ich Benecke noch einen YouTube-Clip von TRASH, natürlich nur in Gedanken, denn ich kenne ihn ja nicht, und er mich auch nicht.

ANJA

1.

Ich hatte einen Roman geschrieben, «Der Donnerclown» heißt er. Alle Rezensenten haben ihn gehasst («… alles ist unsortiert durch- und nebeneinander: eine grob zusammengezimmerte Posse, kapriziösestes Ego-Theater, eine krachlederne Literaturbetriebskomödie …», so Iris Radisch in der «Zeit», allerdings über ein Buch von Martin Walser, aber sie meinte mich, das war mir sofort klar). Leser bekam ich erst gar nicht. Die Lektorin meinte, das ginge eigentlich gar nicht, Echtnamen in der Geschichte zu verwenden: ich hätte gerade deshalb kein Recht, anderer Leute Namen zu verwenden, weil ich selbst ja noch nicht mal einen Namen hätte. Zusätzlich sei das noch vollkommen ohne jeden Hintergedanken, ja nicht mal rächen wollte ich mich an irgendwem, ich hatte keine verdammte ABSICHT, ich verklausulierte nichts, weil ich nichts beabsichtigte. Die Lektorin meinte, das Buch habe sein Ablaufdatum schon überschritten, bevor es überhaupt erschienen sei, die Idee alleine sei schon so *verdorben*. Trotzdem machte sie das Buch, wie mir schien, eher aus Mitleid oder als Abschreibposten, und irgendwie war ich froh, dass es dann so gnadenlos absoff. Aber bis es zum Absaufen kam, war es ein mühsamer Weg.

Ja, mein Gott, es kommen ein paar Namen vor! Aber das war nicht der Grund, dass ich mit dem Buch gescheitert bin, die Namen haben keine tragenden Rollen, sie stehen irgendwie wie Halmasteine rum, ohne dass ein Spielbrett unter ihnen wäre. Nur mit einem Namen hatte ich tatsächlich etwas vor, ich wollte ihn im Buch haben, diesen Namen, aber auch die daran hängende echte Person unbedingt kennenlernen, das war die eigentlich Intention: Es sollte ein langer Liebesbrief oder ein Bewerbungsschreiben sein, die anderen Spielsteine sollten sozusagen davon ablenken, sie waren meine verschiedenen Ichs, die diesen Hauptspielstein irgendwann mal in die Mühle nehmen würden, auch wenn man mit Halmasteinen nicht Mühle spielt. Der Name ist Anja Kruse. Die schönste Frau der Welt, oder sagen wir: die anmutigste. Schön ist schnell mal was, und schnell ist das Schöne abgenutzt, alles Anmutige hingegen ist so gut wie verschwunden aus der Welt, wie das es beschreibende Wort, alles ist doch nur noch tölpelhaft im Mittelmaß, während die Anmut unter einer dicken Staubschicht irgendwo vor sich hin metaphert, in einer abgeschlossenen Rumpelkammer, deren Schlüssel die Tölpel, die Rohen und die Lauten aufgegessen haben. Ich wollte die Verkörperung der Anmut, also Anja Kruse, während des Schreibens kennenlernen, sie quasi an der Entstehung teilhaben lassen, wollte sie mir nicht künstlich bauen müssen, wollte einen Funken oder so was von ihr haben, einen Blitz, sie hätte mich lähmen, ihre Eier wie eine Schlupfwespe in mich legen dürfen, sie sollte meine Vertraute sein und ich das Totholz, das ihre Eier ausbrütet.

Die Lektorin wusste noch nicht mal, wer Anja Kruse ist. Forsthaus Falkenau, sie hatte nur ein diffuses Bild deprimierender Spießigkeit, dieses Vorabendzeug sieht doch keiner, das kann man ja nicht mal mehr ironisch sehen, das ist so schlecht, dass es schlecht bleibt, aber es muss ja wohl offensichtlich gesehen werden, sonst würde es das nicht geben. Anja Kruse, das ist nicht Arte, nicht 3sat, das ist nicht Kino, weder «Breaking Bad» noch «Homeland», noch «Mad Men» (alles Serien, die ich sterbenslangweilig finde), das ist die Hohlwelt unter der Welt, auf der *sie* spazieren gehen, die GUTEN, und das macht sie (Anja) ja noch viel attraktiver, man kann so viel hineinlesen, hol mich hier raus, deshalb auch ihr blasser Teint, absichtlich die böse Sonne gemieden, und diese Augen, es sind nur die Augen, sie reden, sie fragen, sie bitten, sie rufen, HOLT MICH HIER RAUS, und blicken dir dabei direkt in die Seele.

Ich werde noch ganz wahnsinnig, es ist ja wirklich wahr, was kommt da *noch* alles raus, sie kann mich würgen, ihre Wut an meinem Hals ablassen, das ganze Unrecht, ihr Unrecht durch Zudrücken neutralisieren, Gerechtigkeit endlich, aber einer muss dafür sterben, ich, ihr Anwalt, der Autor von «Der Donnerclown», dem berühmten unbekannten Buch, das Buch, das nicht sein durfte, also wenn das kein Verkaufsargument ist, Fernsehschauspielerin erwürgt Amateurschriftsteller, von dem sie dachte, er stellt ihr nach, das

Stalkerschwein, er schnüffelt an meinen Slips, natürlich an den gewaschenen, das ist noch perverser.

So manövrierte ich im brackigen, paraphilen Fahrwasser mein rostiges Schiff namens «Der Donnerclown», schon rostig, bevor es ungetauft aus dem Trockendock kommt, ich musste SIE treffen, das Buch gab es zu dem Zeitpunkt ja noch nicht. Ich brauchte sie, um dem Zeug eine Struktur zu geben, eine Fahrtrichtung, also von Anja aus sollte es losgehen. Ich hatte mir überlegt, ich sage ihr, ich plante ein Interview mit ihr für das Magazin der «Süddeutschen Zeitung», die Einzigen, die überhaupt noch was nahmen von mir, überall sonst konnte ich wegen der Plagiatsvorwürfe nichts mehr unterbringen. Es sollte so eine Zustandsbeschreibung des Vorabendfernsehserienelendslandes werden, und dann, ja, was dann?

War sie mal unschuldig? Hatte sie je die Möglichkeit, sich zu entscheiden? Wer waren ihre Vorbilder? Was für Träume hatte sie? Ist Anja Kruse die Anja Kruse geworden, die sie immer sein wollte? Ist ihr Leben ein Geschenk des schlechten Gewissens? Hier, bitte, tut mir leid, es gab nur dieses eine.

Wer ist sie, wenn die Leute sie anstarren wie Sauergemüse, das von einer Katze verschmäht wird? Was wollen sie in ihr sehen? Ein Fallenbild. Wie in einer Falle sitzt die Realität gefangen. Ist es das? Es verfolgt sie wie ein Song, an den sie sich nicht mehr erinnern kann. Kann man das so sagen? Kann man das erst mal überhaupt so fragen? Habe ich das Recht dazu? Ist diese fürsorglich vertrauensbildende Taktik nicht allzu transparent? Ich bunkerte diese Strategie erst mal auf Halde, aber gut, dass ich ihr nicht kalt begegnete, dass ich mit Sympathie kam, mit Empathie, das kann man nämlich erkennen, bevor überhaupt nur ein Wort gesagt wurde. Ich habe mal vor vielen Jahren Dieter Moor interviewen wollen, den Mann, der nicht nur wie ein Kastenbrot aussieht, sondern wie eines ist, ich finde ihn unappetitlich. Das ist diese Art von Kulturvermittlung, der eigentlich jede Form von Kultur egal ist, eine selbstgefällige Sprechpuppe, die nichts zu sagen hat, und warum muss ausgerechnet ich so jemanden interviewen? Ich saß ihm gegenüber, und er sah in meinem Gesicht nur grimassierende Feindseligkeit, ohne dass ich eine einzige Frage stellen konnte, und er hatte ja recht, er beschimpfte mich zwanzig Minuten lang, und dann ging er. Ich dachte mir das Interview dann einfach aus und lobte ihn, so sehr, dass es weh tat, das war's dann, er hat sich nie darüber beschwert, der Gullysultan, er hat sich wahrscheinlich auch noch geschmeichelt gefühlt. So was wollte ich mit Anja Kruse jetzt nicht noch einmal erleben, deswegen meine molluskenhafte Übersensibilisierung.

Und dann saß ich doch tatsächlich mit Anja in der Hundekehle. Sie schaute mich an mit ihren *Augen*, ja das muss man wirklich kursiv sagen, oder groß: AUGEN, und ich redete und redete, immer mehr, meinte, bevor wir jetzt das Interview beginnen, erzähle ich mal so ein bisschen, was ich mache oder so, dass ich nebenher noch an einem Buch zu schreiben versuche (gelogen, ich versuche es nicht, ich mache es einfach). Dass sie drin vorkommen sollte, erwähnte ich natürlich nicht. Daniel Kehlmann käme vor, den erwähnte ich, der sitzt ja jetzt hier nicht mit uns am Tisch, Kehlmann, der smarte Schriftsteller, der habe so einen Tic, er liebe den Geruch frisch gewaschener Wäsche, das rege ihn zum Schreiben an, aber sie müsse mit Persil gewaschen sein, er schreibe sogar unter Pseudonym Daniel Lisper Werbekampagnen für das Waschpulver, kein Mensch wisse das, Lisper als Anagramm von Persil. Er habe sogar mal eine Zeitlang in Alma-Ata gelebt, der ehemaligen Hauptstadt Kasachstans, gleichermaßen bezahlt vom Persiljob und um mit Ata von dem anderen Reinigungspulver abzulenken. Solche Sachen kann man gut erzählen, man muss sie nicht mal erfinden, das ist einfach entspannender Smalltalk. Ich behielt auch für mich, dass in der zu planenden Geschichte eine Hulda vorkommen sollte; ich wollte der kinderlosen Kruse eine Tochter dieses Namens quasi unterschieben, weil meine Mutter so heißt, die immer mit ihren schweren, blau geäderten Brüsten anklagend durch die Wohnung schlingerte, wie ein Fingerzeig, hast du heute schon was gegessen? Davon wollte ich ihr aber erzählen. Ich schlief sogar mit fünfzehn noch in einem Bett mit meiner Mutter, für mich war das normal, aber jetzt weiß ich zumindest, warum ich im Supermarkt immer in der falschen Schlange stehe, an der Kasse, an der nie etwas weitergeht.

So provozierte ich Anja Kruse ein bisschen mit okkultem Kehlmann-Gossip und Scheinintimem über meine Mutter, natürlich auch, weil ich hoffte, dass sie, durch meine wackligen Konstruktionen eine Art von Vertrautheit entwickelte, und dann, ohne dass sie es vorgehabt hatte oder vielleicht auch nur merkte, über Dinge zu reden anfing, die nichts mit ihrem Job zu tun hatten. Ich wollte, dass sie es sagt, ES, ich wusste nicht, was ES ist, etwas, was sie bricht, das Dunkle, das Zwielicht, das durch eine Rostritze in den Frachtraum meines Schiffes sickert.

Anja Kruse lächelte, jetzt fuhr der Zug also, die einzige Bremse wäre jetzt gewesen, rauszulaufen, weglaufen, sich verleugnen, hoffentlich hat sie deinen Namen vergessen.

«Wollen wir uns nicht duzen?»

Auch das noch. Jetzt sitzt du in der Falle, vor einem Du kann man noch schlechter weglaufen als vor einem Sie. Wie heiße ich denn? Was sage ich denn jetzt? Tex Rubinowitz, das ist doch kein Name, das muss man ewig erklären, scheiße.

«Ich heiße Abdul.»

«Abdul? Ich dachte, du heißt Tex? Meine Agentin hat gesagt, dass ich hier von Tex Rubinowitz interviewt werden soll.»

«Ähm, heiße ich ja auch, aber in Wirklichkeit Abdul, Rubinowitz ist nur ein Pseudonym.»

«Abdul also.»

«Ja, Abdul.»

«Und wie weiter?»

«Wie, wie weiter? Was wir jetzt machen?»

O Gott, jetzt entwickle ich auch schon Zukunftsszenarien für uns beide, Abdul und Anja verliefen sich im Wald.

«Nein, mit Nachnamen.»

«Armandshammer.»

Keine Ahnung, wie ich da jetzt drauf kam. Irgendwas mit Hammer musste es sein, alles ist doch Hammer, «Der Hammer in der Hand des Idioten», ein Lied einer Band, deren Gitarrist stets mit einem umgestülpten Eimer auf dem Kopf auftritt, ich hörte das zu der Zeit ständig. Und Armand, ach ja, Armand Hammer, das war dieser amerikanische Industrielle, Kapitalist und Kommunist gleichzeitig. Mit Lenin persönlich wickelte er einen Deal Weizen gegen Pelze und Kaviar ab, und bekam als Provision auch noch dreizehn Fabergé-Eier dazu. Man sollte immer solche Namen parat haben, für alle Fälle, ich schreibe den unter Petitionen, wenn das Wofür oder Wogegen egal ist, und auch sonst so. Jetzt ärgerte ich mich, dass ich mit dem blöden Abdul angefangen hatte.

«Ich hatte mal einen Freund, der hieß Armand», sagte Anja Kruse. «Das war vielleicht meine schönste Zeit. Der hat sich aber umgebracht, ist aus dem Fenster gesprungen, erster Stock zwar, aber unten von einem Stahlträger erschlagen worden, der von einem Kran hochgezogen wurde und durch einen Orkan ins Schwingen gekommen ist.»

Na, guten Tag. Sie seufzt, man merkt sie hängt in der Armandgeschichte.

«Mit Armand erlebte ich eine *amour fou*, als wir uns das erste Mal sahen, hat der Blitz eingeschlagen, und wir haben nicht einen Moment darüber nachgedacht, dass wir rechts und links verbrannte Erde hinterlassen. Ich habe immer geglaubt, dass nur so eine solche, unglaublich leidenschaftliche Liebe funktionieren kann, das ist aber nicht der Fall, wie ich jetzt weiß. Im Gegenteil. Und bevor der Alltag seinen nassen Kartoffelsack über uns entleeren konnte, hat er mich geschlagen.»

Na, das wird ja immer besser.

«Warum hat er Sie, warum hat er dich geschlagen?»

«Das ist kompliziert jetzt, ich will es versuchen. Ich erzähle das aber nur, weil du mir sympathisch bist. Ich mag dich, ich hoffe, du mich auch, und wenn es so ist … es ist doch so?»

«Ist es.»

«Dann wirst du das auch nicht veröffentlichen in deinem Interview, bitte.»

«Ja, versprochen.»

«Er hat mich geschlagen. In Berlin war das, irgendwann mal in einem November, was weiß ich, Mitte der Achtziger, auf dem Bahnhof, nachts, da hat er mir eine runtergehauen, weil ich ihm Geld gegeben habe.»

«Wie bitte? Warum *das* denn?»

«Er hat mich nach diesem Geld gefragt, er musste die Nacht irgendwie rumbringen. Mein Zug nach Paris ging gleich, und er hatte noch zu warten bis zum Morgen, bis sein Zug nach Stockholm fuhr. Er arbeitete da in der Lottabewegung, ist so eine schwedische Frauenorganisation, auf Schwedisch heißt die Lotta Svärd. Die Mitglieder übernehmen freiwillig Aufgaben in der schwedischen Verteidigung, und Armand wollte das Lottamodell nach Frankreich exportieren, als Teil einer größeren Feminismusoffensive. Die haben übrigens ein Hakenkreuz als Logo, deswegen war das etwas schwierig, Franzosen reagieren bei solchen Symbolen leider schnell verschnupft. Ich gab ihm also das Geld, und dann schlug er mir ins Gesicht.»

«Aber *warum*?»

«Weil ich nachgab, darum. Er wollte, dass ich hart bleibe und ihm nichts gebe.»

«Aber du hast doch gesagt, er wollte es haben.»

«Ja, schon, aber unter anderen Umständen. Die Rollen waren vertauscht: ich war sonst die, die bettelt und bittet, komm zurück, schreib mir, ruf mich an und solche Sachen, jetzt war er es, und ich habe darum gebettelt, ihm dieses Geld geben zu dürfen, dass er durch die Nacht kommt, das hat er wohl mitbekommen, mein Betteln, mein Unterwerfen, mein Nachgeben.»

Ich fühlte mich schäbig. Was mache ich? Nichts mache ich. Das Interview – ein Vorwand. Das Buch – der Verlag will es nicht. Anja sitzt hier bei mir, sehr nahe, aber gleichzeitig auch meilenweit entfernt, ganz weit weg, in ihrer weißen Wohnung, in Paris im 11. Arrondissement, Rive Droite, Rue Oberkampf.

«Anja …»

«Ja?»

«Ich muss irgendwie gehen, es tut mir leid. So viel über deine Rollen und Oberförster Rombach und so haben wir ja gar nicht geredet, eigentlich gar nicht, wir haben nur über Sachen geredet, die du nicht in der Zeitung lesen willst.»

«Das ist egal, schreib irgendwas, erfinde etwas, ich vertraue dir. Aber schick mir's, dann kann ich, wenn's zu persönlich wird, verändern, ich mache das gerne, Falschinformationen aussäen, eine Anja Kruse konstruieren, so hält man sich lästige Schnüffler vom Leib. Mal denken sie, du bist Lesbe, mal bist du nur ‹überspannt›, mal bist wirklich so wie das Biest in diesen Scheißserien. Das hat Vorteile; wenn man eine multiple Person ist, ist man eigentlich gar nicht vorhanden. Je mehr Personen man ist, desto mehr verschwindet man, ein Paradoxon, aber praktisch.»

«Aber wie bist du wirklich?»

«Vielleicht weiß ich das selber nicht. Nein, das ist zu banal, natürlich weiß ich das, aber ich bin jetzt zu müde, ich erzähl's dir ein anderes Mal. Ciao, Abdul.»

Und sie nahm mich, packte mich geradezu und küsste mich links und rechts. Ich war in Schockstarre. Nicht die Küsse elektrisierten mich, der Griff war es. Ihre Handinnenflächen waren hart, schwielig fast, rissig, und ihr Griff drückte wie eine Schraubzwinge, das gibt's doch gar nicht, diese zarte Rehfrau mit den großen, wunden Warum-ich?-Augen hat keine Hände, sondern Rohrzangen.

Sie stöckelte in die Nacht, leicht schwankend, wie mir schien, oder mein Blick schwankte und machte sie schwankend, ich weiß nicht. Ich stand nur da und starrte ihr hinterher, so als könne ich gar nicht woanders hinschauen, als hätte sie meinen Kopf so hingeschraubt, dass ich ihr hinterherschauen *muss*, wie ein Leuchtturm sehnsüchtig einem Schiff hinterherschaut, dabei bin ich, wenn überhaupt, ein Leuchtturm mit einem winzigen, roten Stand-by-Birnchen. In diesem Moment wusste ich, dass «Der Donnerclown», mein Schiff, über keinen Ozean kommen würde, nicht mal über einen umgekippten Entenpfuhl.

2.

«Und was soll das?»

«Das ist das, was Sie bestellt haben.»

«Ich habe nichts bestellt.»

«Wenn Sie nichts bestellt haben, können Sie auch nichts bekommen, hätte ich Ihnen nichts schicken können. Wer nicht weiß, wo er hinwill, darf sich nicht wundern, wenn er nicht ankommt. Entschuldigung, aber Sie haben mir gesagt: *Schreiben Sie ein Exposé*, ich hab's Ihnen gemailt, haben Sie das nicht bekommen?»

«Das geht so nicht.»

«Haben Sie es denn gelesen?»

«Ja, habe ich.»

Ich hatte dieses Exposé geschrieben, nein, kein Exposé, einen Partikel oder so was namens «Ich heiße Abdul», weil die Lektorin sich an einem Buch von mir interessiert gezeigt hatte, aber sicherheitshalber so eine Art Arbeitsprobe haben wollte, und ich dachte, wenn ich jetzt schon mal so tue, als sei das Buch da, und sie sogar noch einbeziehe in die Geschichte, dann fällt es ihr vielleicht leichter, mich zu nehmen, also in ihrem renommierten Haus aufzunehmen. Ich weiß auch gar nicht, was das soll, warum ich das überhaupt mache. Warum soll ich ein Buch schreiben? Alle schreiben Bücher, während die Bücher gleichzeitig verschwinden. Es kommt mir sogar so vor, als sei das eine Art Torschlusspanik: Bevor die Bücher, so wie die Musik, vom Markt verschwinden, will jeder noch mal eins gemacht haben, vielleicht häng ich da mit drin, in dem Schwarm, Schwarmdemenz oder so was.

«Und außerdem: wie altmodisch von Ihnen: Arte / 3sat / Kulturzeit gegen Schwarzwaldklinik / Forsthaus Falkenau. Und die Lektorin, von der Sie schreiben, müssen Sie mir gelegentlich mal vorstellen. Ist ja kaum zu glauben, dass Sie noch jemanden haben auftreiben können, der mit spitzen Fingern in diesen E- und U-Kultur-Zauber langt. Einerlei. Am Ende sind alle Anjas / Ahmeds / Kehlmanns womöglich nur einer, nämlich Sie selbst. Anders ausgedrückt – und das schreibe ich nur, damit Sie's gegen mich verwenden –, mit Flaubert: ‹Madame Bovary, c'est moi.›»

«Kulturzauber? Sie meinen Kulturzuber? Außerdem heißt der, heiße ich Abdul und nicht Ahmed.»

«Nein, Zauber, aber egal, ich verstehe schon, wie Sie hier vorgehen. Sie werfen mir einen Brocken hin, meinen, dass eh alles schon geritzt ist, tun so, als bliebe mir nichts anderes übrig, als das zu machen, aber …»

«Und was jetzt?»

«So geht es jedenfalls nicht.»

«Wie geht es dann?»

«Das kann ich Ihnen nicht sagen. Sie sind der Autor.»

«Fragen wir anders: Was stört Sie? Was ist falsch, wo stimmt es nicht?»

«Das wird uferlos, ich weiß nicht, wo ich anfangen soll. Ich will das jetzt auch nicht am Telefon detailliert erklären müssen. Sie bekommen eine Mail.»

Ich schickte ihr weitere sogenannte *Arbeitsproben* (ihr Wort).

Die Mail kam nie. Erst auf meine insistierende Frage, ob sie ihre Erklärung vergessen hätte, ich hätte den Abdulquatsch schließlich nicht grundlos geschrieben, eine Analyse wäre sie mir schon schuldig, warum es nicht ginge, mit ihr und ihrem Verlag, selbst Gefängnisinsassen hätten ein Anrecht auf so was bei ihrer Entlassung, Führungszeugnis, Zurechnungsfähigkeitsnachweis oder so, erst da kam etwas von ihr. Eine lange Mail.

Was sie am meisten störte, waren offenbar wirklich die Namen, die der existierenden Personen, Kruse, Kehlmann, Ronja von Rönne. Warum das sein müsse, warum ich darauf so «herumritte»? Könne man die nicht verklausulieren? Und dass ich behauptete, Rönne würde gar nicht existieren, sie spiele diese Rolle, die ihr zwei Journalisten sozusagen auf den Leib geschrieben hätten, das sei am Rande des Justiziablen. Anja Kruse, was soll das, warum die? «Also wirklich».

Ich weiß es nicht, ich weiß es wirklich nicht. Muss man denn alles erklären, sich für alles rechtfertigen? Vielleicht spricht ja mein Unterbewusstsein. Ich habe kein besonderes Verhältnis zu diesen Personen, ich bin kein Fan, ich hasse sie nicht, sie sind mir egal, das sind halt so Namen, die immer irgendwie anwesend sind, was sie ja noch viel interessanter und geheimnisvoller macht, nicht bestellt und nicht abgeholt, sie sind da, also habe ich sie genommen, ich habe nicht recherchiert, gar nichts, Kenner, Freunde und Bekannte würden sie nicht mal erkennen, wenn sie anders hießen, also in der Wirklichkeit. Oder bei mir.

Aber dann könnten sie ja auch anders heißen!

Ja, könnten sie, tun sie aber nicht, das ging instinktiv, ohne dass ich erklären könnte, warum ausgerechnet die. Und ist das nicht eigentlich die beste Voraussetzung für Literatur oder Literarizität oder meinetwegen auch nur Simulation von irgendwas, was so aussieht wie Literatur, wenn etwas unbewusst und nicht mit Kalkül geschieht? Komplett überflüssig ist natürlich Satire, wer braucht denn so was noch, wenn man jenseits der vierzehn ist, verkniffen ist verklausulierte Satire, gemein ist Rache, und Groll hege ich eben keinen gegen mein Personal, ich hasse Sinn, Logik ist für Langeweiler, ich verstehe nicht, warum sie das nicht versteht.

Aber sie verstehe es ja, nur gebe es eben Regeln auf dem Buchmarkt. Man dürfe nun mal nicht einfach dahergehen, nein, daherkommen, und beschreiben, wie Anja Kruses Freund Selbstmord begeht.

«Aber er macht ja nicht wirklich Selbstmord, er wird vom Eisenträger erschlagen, den Selbstmordversuch hätte er doch überlebt.»

«Nein, Sie verstehen nicht, man darf ihn nicht in einen Kontext stellen mit …»

«Womit?»

«Mit dem eben, was Sie beschrieben haben.»

«Tod? Man darf den Tod nicht in einen Kontext stellen mit dem Tod? Was soll daran falsch sein? Das ist so wenig despektierlich wie atmen. Sind Sie prüde?»

«Nicht *wir* sind prüde, das Gesetz ist es.»

«Und Sie auch.»

«Das geht Sie gar nichts an.»

«Mir kommt es sogar vor, als hätten Sie die *Arbeitsproben* gar nicht gelesen.»

«Doch, ich habe sie gelesen. Erpressen Sie mich nicht.»

«Wenn Sie sie gelesen hätten, wüssten Sie, dass das mit dem Kuss von Anja Kruse nicht …»

«Hören Sie jetzt bitte auf. Sie sollen jetzt nicht Ihr Buch erklären. Das ist für Sie erniedrigend, davor will ich Sie bewahren. Und warum Anja Kruse?»

«Einerseits wollen Sie nicht, dass ich mein Buch erkläre …»

«Ein Buch muss sich selbst erklären.»

«Andererseits verlangen Sie, dass ich Ihnen Anja Kruse erkläre. Aber ich will es versuchen. Das ist eigenartig, auch hier interessiert mich die Person gar nicht. Sie glauben vielleicht, dass ich sie interessant finde oder so, sexy, verlebt, schmutzig, geheimnisvoll, aber so ist es nicht. Sie steht einfach nur da, mit ihren wasserblauen Augen, diesen fragenden Augen, ich hab Forsthaus Falkenau ja immer gern gesehen, ich schäme mich nicht dafür, das hat auch nichts mit Distinktionsgewinn zu tun, wie Sie vielleicht jetzt denken, Oberförster Martin Rombach, Christian Wolff, der gute Mensch von Küblbach, verwitweter Holzhändler, und da stand plötzlich SIE im Wald, in der Nacht. Wie ein Reh schaute sie mit fragendem Blick aus dem Gehölz, aus dem brennenden, ratlos, warum bin *ich* jetzt die Böse? Ich habe die Nacht nicht angezündet. Das frag ich mich, für sie, als Stellvertreter, ich bin ihr Anwalt, warum sie die Böse ist, immer, woran liegt das?»

«Sie sind ihr Anwalt? Aha.»

«Jawohl. Ich hab nämlich ein bisschen im Internet gestöbert. Es ist ihr wohl nicht so recht, dass sie immer nur auf diese eine Rolle festgenagelt wird.»

«Festgenagelt? Wird sie das, oder wünschen Sie sich das nur für sie? Beziehungsweise sagt sie es, oder wünschen Sie, dass sie das sagt? Mir kommt das so vor wie eins dieser Stellvertretersyndrome, Jesus, auch so ein Stellvertreter, wird auch festgenagelt. Ich lese das alles ganz anders, und die Leser werden das ebenfalls so lesen. Da ist die Mutter, die mit den Brüsten mahnend auf Sie deutet, das sind in Wirklichkeit Sie, Herr Rubinowitz, das ist Ihre Mutter, die Ihnen mit ihren Brüsten Ohrfeigen gibt, Sie bestraft, statt Sie zu stillen, alle sind Sie. Es ist nichts dagegen einzuwenden, dass man Traumata schreibend aufarbeitet, aber dann bitte stringenter, origineller, irgendwie *interessanter*. Denken Sie immer dran: Der Leser liest mit.»

«Aber wenn Anja Kruse meine Mutter ist, dann kann ich sie doch nicht vergöttern …»

«Ha, jetzt haben Sie sich verraten, Sie vergöttern sie.»

«Ich wollte sagen, verteidigen.»

«Aber Sie haben vergöttern gesagt! Sie wollen Ihre strenge Mutter brechen, indem Sie mit ihr schlafen, deswegen ihre Unterwäsche, die peinlich genaue Darstellung der Adermaserung ihrer schweren Brüste, wie das Nildelta, die Brüste mit den riesigen Höfen, steht das da nicht? Egal, es ist so transparent alles, warum dann auch noch über den Umweg Daniel Kehlmann? Sie scheinen ja geradezu besessen zu sein von ihm. Sind Sie neidisch auf seinen Erfolg? Gönnen Sie ihm den nicht?»

Was ritt sie eigentlich immer nur auf *diesem* Namen herum, es kommen ja auch noch beispielsweise Konrad Zuse, Jocelyn Wildenstein und Tycho Brahe vor, auch keine erfundenen Personen, aber die gehen vermutlich, weil entweder tot, zu fern oder zu abstrakt im Falle von Wildenstein. Aber sie war noch nicht fertig

«Warum müssen die ihren Namen hergeben, ungefragt? Sie laufen Gefahr, dass man Ihnen vorwirft, Trittbrettfahrer zu sein. Und was ich auch herauslese: Ihre Liebe zur Mutter, das Thema der älteren Frau, die einen jungen Mann liebt oder mit ihm ein Verhältnis eingeht, Heiner Müller und Marlene Dietrich, Karl Rossmann und Johanna Brummer, Peter Maffay und die Frau aus ‹Und es war Sommer› usw., es fällt immer wieder auf Sie zurück. Ihre Mutter, sagen Sie, ist Ihre Mutter Ihre leibliche? Ist sie jünger oder älter als Sie?»

Ich schluckte. Aber was war das denn für eine Frage? Wie kann meine Mutter jünger sein als ich? Mein Mund ganz trocken, die Lektorin rasierte mich nun kalt, symbolisch. Ich durfte mir nichts anmerken lassen, musste die Oberhand (hatte ich eine?) behalten, nein das Oberwasser, nein drei Handbreit Wasser unterm Kiel. Warum sollte ich meinen Roman verteidigen? Wenn's einer nicht versteht, wird er es auch mit erläuternden Fußnoten und Erklärungen nicht verstehen, von nichts kommt nichts, vor allem nicht, wenn der, dem man es erklären soll, am längeren Ast sitzt (Verlag). Wenn der (oder die) es aber versteht, dann kann der lästige Rest auch folgen, also die Leser, aber um die geht es ja im Verlagswesen bekanntlich nicht, das sind Hypes, Strömungen. Qualitätsparameter kann man da nicht ansetzen, denn die grauen Eminenzen im Haus, das sind die Vertreter, *denen* muss es gefallen, und die Lektorin muss denen das verkaufen. Wenn ihr das gelingt, dann können die Druckwalzen angeworfen werden, aber das ist mir jetzt egal und war es mir immer, nicht aber, was jetzt passierte, lass Mutter aus dem Spiel, Frau Lektorin, und das machte mich plötzlich kämpferisch. Wenn sie schon Traumata entdeckt, wo keine sind, zumindest keine bewussten, dann sollen das auch alle wissen, ich bin keiner, der sich im Gebüsch versteckt, ich lass mir in die Unterhose schauen, und in den Einkaufswagen, und auf die Telefonrechnung und den Arztbefund. Und ja, meine Mutter heißt Hulda, na und? Wie die Tochter von Anja Kruse, die ich ihr im «Donnerclown» angehängt habe, ist das ein verbotener Name?

«Sie können das doch zugeben, wir alle haben verknotete Biographien, das ist kein Drama, das ist normal wie Karies oder Staub unter dem Bett.»

«Karies unterm Bett? Lassen Sie das. Die ganze Geschichte, ja, vielleicht sind da Sachen von mir drin, sicher, ich weiß nicht, fünfzig Prozent vielleicht, aber das sind in erster Linie nur Details. Alle Autoren, auch wenn sie noch so fiktiv schreiben, lassen Dinge von sich einfließen, dazu ist ja der Alltag da, klopft jeden Morgen an die Tür, brauchen Sie heute was? Und, ja verdammt, ICH FINDE ANJA KRUSE EINFACH WAHNSINNIG SEXY, UND ES MACHT MICH SCHIER BLIND VOR OHNMACHT, DASS SIE MICH NICHT KENNT UND ICH SIE NIE KENNENLERNEN KANN, NIE KENNENLERNEN WERDE, UND WENN SIE DAS HIER LIEST, WIRD SIE EINE EINSTWEILIGE VERFÜGUNG ERWIRKEN, DASS ICH MICH IHR NICHT WEITER ALS 100 METER NÄHERN DARF, NICHT MAL GEDANKLICH, ODER GLEICH DAS BUCH GERICHTLICH VERBIETEN LASSEN, DAS BUCH, DAS NOCH GAR NICHT DA IST. ICH BIN EIN PERVERSES SCHWEIN, ICH WILL, DASS MICH ANJA KRUSE DEMÜTIGT, MEHR ALS JETZT, WO SIE MICH DURCH IGNORIEREN DEMÜTIGT, ICH WILL VOR IHR AUF DIE KNIE MÜSSEN UND WEINEN UND BETTELN UND BITTEN MÜSSEN, DASS SIE MIR EIN EIS KAUFT, UND DANN STEH ICH AUF, DANN BEKOMME ICH KEIN EIS, SONDERN NUR EINEN EISWÜRFEL, UND SIE SAGT, DASS ICH IHR EINE SECHS WÜRFELN SOLL, UND DANN WERDE ICH …

«Wieso schreien Sie denn jetzt? Sie brauchen wirklich nicht so zu schreien.»

«Ich schreie, weil Sie es so wollen, so ist das.»

«Aha, alles klar. Und Leander Haußmann, der soll das dann verfilmen, nicht wahr?»

«Nein, verdammt noch mal, Haußmann ist mir schnuppe, vollkommen egal. Dass ich dem die Regie bei Forsthaus Falkenau unterstelle, ist nur, weil ich ihn scheiße finde.»

«Dann lassen Sie ihn doch draußen. Bitte. Und wenn Sie ihn *scheiße* finden, ist er Ihnen eben nicht egal.»

«Nein, das kann ich nicht.»

«Warum können Sie das nicht?»

«Drinlassen ist wie draußenlassen.»

«Wie?»

«Ich interessiere mich nicht für ihn und nicht nicht für ihn.»

«Sie interessieren sich *für* ihn?»

«Nein, nicht nicht.»

«Das ist doch positiv.»

«Nein, das ist schwächer. Das ist ja das Spannende, das Uneigentliche, das Ungenaue, das sind die Grauzonen und Übergänge, Momente des Vergilbens, das sogenannte Nachtatverhalten, wie es in der Forensischen Medizin immer heißt: Was hat man noch vor mit der Leiche, was passiert mit all den nicht zueinander passenden Informationen, die da so bei einem herumschwappen, kann man daraus was bauen, bau mir ein Haus aus den abgenagten Knochen des Viertelwissens eines Halbverhungerten.»

«Also, mir brauchen Sie keins zu bauen.»

«Aber denen da draußen, denen es ähnlich so geht.»

«Wer sind ‹die da draußen›? Leichen?»

«Die Leser.»

«Herr Rubinowitz, Sie werden keine Leser kriegen. Ich will Ihnen mal etwas sagen, wenn wir den ‹Donnerclown› jetzt so veröffentlichen, wie er ist, also wie Sie ihn sich vorstellen, bekommen Sie sehr mickrige Kritiken, wenn Sie überhaupt welche kriegen, dann bekommen ‹die da draußen› gar nichts von Ihrem schönen Roman mit, und schon gar nicht Anja Kruse, an die Sie es augenscheinlich adressiert haben, dann wird es nämlich auch nicht zu dieser einstweiligen Verfügung kommen, von der Sie träumen.»

«Na, dann kann es Ihnen doch egal sein, ob sie drin ist oder nicht. Und die anderen Clowns.»

«Nein, das ist uns nicht egal. Wenn Ihre Geschichte wenigstens gut wäre, könnte man mit dem Feuer spielen, Klagen riskieren und dadurch Aufmerksamkeit generieren, aber ein schlechtes Buch UND eine Provokation, das ist ein doppelter Schuss ins eigene Knie, und zwar mit einer Erbsenpistole. Außerdem ist Daniel Kehlmann kein Clown, Sie haben kein Recht, ihn zu einem Clown zu machen. Ich glaube, wie ich ja schon gesagt habe, dass da eben viel von Ihnen drin ist, und ich meine jetzt nicht den belanglosen Plunder. Nein, das Ganze ist so angelegt, weil Ihnen die Leser letztlich egal sind, weil Sie einen so unausgeprägten Charakter haben, was Sie nicht haben müssten, Sie sind ja an sich gewandt und witzig und nicht dumm, weil Sie aber *dazu*gehören wollen, das meinte ich vorhin mit Trittbrettfahrer. Sie assimilieren sich an eine schreibende, arrivierte Liga, indem Sie so tun, als würden Sie beispielsweise Charlotte Roche kennen, und wenn das wirklich mal eintreffen sollte, also sicher nicht mit diesem Buch, dann sind Sie immer noch unzufrieden.»

Ich merkte, dass es jetzt wohl besser war, für mich zu behalten, dass ich Charlotte Roche tatsächlich mal getroffen habe, und weil ich mich nicht entscheiden konnte, wie man ihren Nachnamen ausspricht, französisch oder englisch, also Rosch oder Rootsch, sprach ich sie einfach wie Rochen ohne n an, also wie den Plattfisch. Ich interessierte mich bei ihr für das kleine Piercinglöchlein auf ihrem Philtrum und fragte sie, ob, wenn sie den Mund voller Milch hätte und stark pressen würde, eine weiße Fontäne aus ihrem Gesicht spritzen würde. Sie fand das offenbar nicht sehr komisch und gab mir eine schallende Ohrfeige, dann lief sie davon, und ich trug diese Ohrfeige und das Klingeln im Ohr danach noch eine Zeitlang stolz wie eine akustische Medaille mit mir herum und dachte, der eine oder andere Blinde kann sicher hören, was ich gerade spüre.

«Herr Rubinowitz, ich halte Sie nicht für so dumm, nicht zu wissen, dass das das Machtspiel mancher Stalker ist: so lange betteln und bitten, und wenn dann ein positives Signal von der anderen Seite kommt, dann sind Sie es, der nicht reagiert. Das ist alles sehr fischig, also Ihre Vorgehensweise, ich lese das ganz schnell heraus aus dem wenigen, was Sie mir hier präsentieren. Man kann Sie nicht befriedigen, ich meine zufriedenstellen, und ich glaube Ihnen das auch nicht mit Ihrer Fixierung auf Anja Kruse.»

«Warum nicht?»

«Was wissen Sie denn von ihr?»

«Ich brauch ja nichts zu wissen. Wenn Sie noch verzweifelter, wunder und trauriger ist als in meiner Phantasie, dann umso besser. Wenn sie allerdings frohgemut und lustig und alles ist, dann ist das die letzte Steigerung, dann vernichtet sie mich wie eine Tonne Stahl.»

«Was? Wie?»

«Eine Tonne Stahl. Ihre schiere Präsenz, ihr gepanzertes Selbst unter der waidwunden Fassade, das zerquetscht mich unter sich.»

«Machen Sie daraus eine Tonne Gartenabfälle, und ich nehme Ihnen das ab.»

«Sie verstehen mich nicht, und zwar deshalb, weil Sie eine Frau sind. Frauen haben keine Fetische.»

«Was wissen Sie denn? Sehr wohl haben Frauen Fetische.»

«Ach so? Welche denn? Schöne kräftige Unterarme mit kabelprallen Adern? Das ist doch kein Fetisch.»

«Das kann sehr wohl ein Fetisch sein, aber egal, ich will diese Diskussion nicht, das besprechen Sie vielleicht mal in einer Selbsthilfegruppe oder so, dafür sind wir nicht die geeignete Plattform. Außerdem ist Frau Kruse eine Frau, eine Person, die kann gar kein Fetisch sein.»

«Ich weiß, ich meine ja auch Anjas Aura, das ist mein Fetisch.»

«Aha, dann sind Sie also doch der Perverse, von dem ich gedacht oder gehofft habe, dass Sie es nicht wären. Kotzen und solche Sachen, das fasziniert Sie wohl auch.»

«Natürlich fasziniert mich Kotze, das ist doch ganz normal, nur interessiert mich das auf eine eher pathologische Art, der gestaltwandelnde Grad der verzögerten Verdauung, wie weit etwas schon zersetzt ist, nicht auf der sexuellen Ebene.»

«Soso, der gestaltwandelnde Grad der Zersetzung. Ich muss jetzt dringend in ein Meeting, ich sehe hier jetzt auch nicht mehr sehr viel Potenzial, und was da ist, steht auf so dünnen Beinen, dass eine weitere Kommunikation das Ganze einknicken ließe. Denken Sie mal drüber nach, bitte. Werden Sie realistisch.»

3.

«Herr Rubinowitz?»

«Wer spricht?»

«Das wissen Sie genau.»

«Ah, Sie, meine Lektorin, natürlich. Wie geht's?»

«Ich bin nicht *Ihre* Lektorin. Warum machen Sie das? Das, was Sie mir geschickt haben?»

«Eine neue Arbeitsprobe.»

«Herr Rubinowitz, ich habe keine neue Arbeitsprobe bestellt. Wachen Sie doch bitte auf. Wir machen Ihr Buch nicht, Sie passen nicht in unser Programm, lassen Sie das, wird nicht erscheinen, suchen Sie sich einen anderen Verlag, auch wenn ich bezweifle, dass das woanders geht, ich sag's jetzt einfach mal ganz direkt, weil das, was Sie da machen, *nicht gut* ist, es ist ganz einfach *zu schlecht*, das Spiel mit den verschiedenen Ebenen, Camouflageliteratur, kennen wir doch zur Genüge, das hatten wir schon bei Georges Perec, Intertextualität, das ist so eine Mode, und diese Mode *war* einmal Mode, und jetzt ist sie eben keine Mode mehr, jetzt ist das Regalblei.»

«Regalblei? Also Kassengift, wenn der ‹Donnervogel› ein Film wäre?»

«Ach so, jetzt plötzlich heißt Ihr Buch ‹Donnervogel›, soso, warum nicht gleich ‹Dornenvogel›? Wird dann auch am Inhalt etwas geändert? Und soll das, was wir hier besprechen, jetzt auch wieder in Ihren Text wandern, so wie in der letzten *Arbeitsprobe*? Ist das Ihre Taktik, jedes Mal wenn wir sprechen und ich Ihnen zu verstehen gebe, dass wir nicht ins Geschäft kommen werden, jedenfalls so nicht, ist das Ihre Art, sich bei uns hineinzudiffundieren, also Ihr Buch erzwingen, indem Sie die Grenzen semipermeabel machen, mich instrumentalisieren und das Buch so lange formen, bis gar nicht mehr auffällt, dass es nicht existiert, sondern wie Bartleby einfach da ist und sich weigert wegzugehen, wir es also machen MÜSSEN, sie also mitnehmen wie etwas Hässliches, das unter unseren Schuhen klebt? Also wenn das Ihre Taktik ist, vergessen Sie's. Ich werde mich nicht wiederholen. Wir sind nicht der richtige Ansprechpartner für Sie, das muss reichen. Sie verrennen sich da. Und eines möchte ich Ihnen noch mit auf den Weg geben» – sagt mir eine fünfzehn Jahre jüngere Frau –: «Versuchen Sie nicht, Leute zu beeindrucken oder überzeugen, indem Sie Ihr Gegenüber in Ihre Welt integrieren und glauben, diese tut es auch mit Ihnen und so kommen Sie überall rein. Anbiederung ist nur degoutant.»

«Ich habe einen neuen Titel.»

«Was?»

«‹Mutters Hände waren immer kalt›.»

«Herr Rubinowitz, was ich noch hinzufügen möchte, ist, dass auch ein neuer Titel eine Geschichte nicht retten kann. Ändern Sie die Namen der Hauptfiguren, dann müssten wir außerdem große Brocken aus Ihrer Geschichte rausnehmen, aber das haben Sie vermutlich so geplant, nicht wahr? Diese lästigen Sollbruchstellen, die ich dann wieder rausschaufeln darf. Ich beschwere mich ja gar nicht, Sie dürfen das natürlich, sei es, wie es sei, egal, dann lesen wir es eben noch einmal, und dann entscheiden wir, ob sich die Geschichte trägt, einverstanden?»

«Darf ich noch was sagen?»

«Nein.»

«Sie verbieten mir zu sprechen?»

«Nein. Natürlich dürfen Sie etwas sagen, aber nicht mehr zu dem, was wir schon hundertmal durchgekaut haben. Also, was wollten Sie sagen? Wenn es mit Ihrer komischen Geschichte zu tun hat, leg ich sofort auf.»

«Ich bin krank.»

«Sie sind krank?»

«Ja, sehr.»

«Was soll das? Ist das jetzt wieder ein Spiel?»

«Ich kann nicht drüber reden.»

«Aber Sie wollen es? Sonst würden Sie ja nicht davon anfangen, richtig?»

«Ich will Ihnen nicht zu nahe treten.»

«Ich fürchte, das ist nur eine neue Taktik jetzt.»

«Sie stehen mir nahe.»

«Nein, das tue ich nicht. Wir kennen uns kaum. Wir haben uns nur ein Mal in Duluth beim Charles-Barsotti-Preis getroffen, erinnern Sie sich? Dort haben wir zusammen Apfelbeignets gegessen, davon haben Sie ein einziges Foto mit Ihrem Zwergentelefon gemacht, dessen Fotografierfunktion ich Ihnen erst erklären musste, näher sind wir uns nicht gekommen. Wir haben ein paarmal gemailt, paarmal telefoniert, wie jetzt. Wenn das mit Ihrer Krankheit wieder eine Ihrer Taktiken ist, dann war's das mit uns.»

«Ich möchte nicht, dass Sie mich als schlechten Menschen in Erinnerung behalten.»

«Nur dann, wenn Sie mich nicht schon wieder benutzen.»

«Wissen Sie, was eine Dupuytren'sche Kontraktur ist?»

«Natürlich nicht, sagen Sie es mir?»

«Eine Kontraktur in den Handinnenflächen. Die Hände

ziehen sich zusammen, ringeln sich ein, irreversibel, das ist wie bei Schnecken, die nie wieder in der Lage sind, ihre Fühler auszustrecken. Die müssen dann verhungern, wenn man nicht rechtzeitig operiert, und das ist jetzt bei mir so, ich kann bald gar nicht mehr schreiben.»

«Das erfinden Sie.»

«Nein.»

«Ich möchte dieses Gespräch nicht. Ich glaube nämlich, dass Sie das erfinden, um mich zu erpressen. Ich lege jetzt auf.»

«Nein, ich …»

«Duuuuuuuuuuuuuu …»

Sie hatte tatsächlich aufgelegt. Das Telefon siezt einen nie, sagt immer «Du», und dann kommt gar nichts mehr und man kommt gar nicht mehr vor, man wird zu dem sauren, ungelüfteten Raum, in dem das vorwurfsvolle oder, ganz wie man's nimmt, fragende *Du* des Telefons wie eine nasse Gardine hängen bleibt.

Was mich jetzt ärgerte, war nicht der akustische Fingerzeig: DU (lügst, oder hast Schuld), sondern dass ich tatsächlich eine Dupuytren'sche Kontraktur habe, zu allem Überfluss fängt das jetzt AUCH NOCH mit «Du» an. Von einer aristokratisch klingenden Krankheit verächtlich geduzt, das ist das Einzige, was sie mir ruhig hätte glauben können, aber diese eingerollten Hände klingen so erfunden, dass ich sie sogar verstehe, es schmerzt natürlich trotzdem, auch wenn die als situationsentspannend gemeinte Analogie mit den fühlerlosen Schnecken, die verhungern müssen, doch gar nicht so weit hergeholt ist. Ich kann nichts essen, was ich nicht fühlen kann.

4.

Ich musste Anja Kruse treffen, das war ich mir schuldig, ich musste es für mich tun, für den kariösen Teil in mir, der mir noch geblieben war, nicht für den Verlag, oder für die Lektorin. Ich musste mir selbst beweisen, dass es gehen *kann*, dass sie echt ist, und nicht nur durch mich echt, sondern eher umgekehrt, ich durch sie echt bin. Und dann auch noch dieser Name, er ist zu einfach, zu schlicht, aber gerade schlicht genug, dass er ihrem Wesen GERADE deswegen diesen animistischen Glanz gibt, die Aura eines beseelten Gegenstands, die ihr aus den Augen entweicht. Und dann passierte es tatsächlich.

Ich arbeitete damals bei einer Filmproduktionsfirma, die den selten bescheuerten Namen Okay-Film trug. Ich entwickelte Showkonzepte, nichts von dem, was ich vorschlug, wurde realisiert, aber man hielt mich da, weiß auch nicht, warum, vielleicht waren ein paar Ansätze wohl brauchbar. Und einer dieser Ansätze zu einem Konzept war eben eine Art Nachmittagswohlfühlformat fürs Fernsehen namens ‹Willkommen Österreich›. Was man halt so am Nachmittag sehen will, Rezepte, Blumenarrangements («Die Diele verlangt kräftige florale Akzente»), Gesundheitstipps («Mit einem Überbein geht man nicht auf Wanderschaft»), ein paar lächerliche Zuschauerspiele, ach, der ganze Quatsch, und wir casteten, auf meinen Wunsch hin, Anja Kruse als *Host*.

Der Chef der Okay-Film, John Lüftner, eigentlich heißt er Michael, John ist sein Pseudonym, so als sei er für ein vollständiges Pseudonym zu schüchtern oder zu sparsam, John also meinte zwar, dass er sich sie überhaupt nicht vorstellen könne, aber wir könnten's ja probieren. Dann kam sie. Es ging ihr nicht gut, das wusste man. Ihr Freund, oder wie man das nennt, hatte sie kurz vorher verlassen. Sie war gereizt, fahrig, aber in der Sache trotzdem konzentriert, professionell und darauf bedacht, ihre totemistische Aura nicht entgleisen zu lassen. Die Probesendung lief ganz gut. Ich gab den Gast, als sogenannter *Stand-in*, und wir redeten ziemlich viel, ich spielte einen Plastischen Chirurgen, der spezialisiert sei auf, das war mein Vorschlag, Dupuytren'sche Kontrakturen, da kannte ich mich aus, bis zu welchen Grad der Einrollung kann man noch, ab wann sollte man operieren, und meine Figur war auch betroffen und wollte sich selbst operieren, erstmals in der Geschichte, einhändig die andere, betroffene Hand behandeln, usw. Sie spielte ihr Interesse nicht mal, vielleicht kannte sie selbst jemanden mit so einer Kontraktur. John meinte irgendwann, es würde reichen, wir könnten aufhören, wir redeten aber einfach weiter, sogar nachdem sie die Lichter ausgemacht hatten, im Dunkeln. Wir verstanden uns, irgendwann meinte sie, sie müsse jetzt weg. Ob wir uns nachher noch sehen könnten? Ich antwortete möglichst uneuphorisch: Klar, gerne. Natürlich klingt es erfunden, aber vielleicht hat sie mich in dieser Situation als einzigen Vertrauten empfunden, der sie abschirmt gegen John und den ganzen restlichen, desinteressierten Stab.

Wir trafen uns in einem italienischen Lokal, einem besseren, ich hasse das. Die Kellner sprachen ausschließlich Italienisch, die Gäste waren glücklich darüber und versuchten es auch, und für diese Demütigung zahlten sie gerne mehr als beim «normalen» Italiener, der eigentlich Albaner ist.

Egal, dieses Ding hier hieß «Fabio's», war ja ihr Wunsch, kann man schlecht ablehnen jetzt in so einer Situation, sie bot mir gleich das Du an, obwohl ich sie lieber gesiezt hätte, so wie vorher noch bei John. Wir redeten viel, zuhören konnte sie. Ich erzählte ihr, wie wenig glücklich ich da bei (der) Okay-Film (immer mit Artikel: die Okay-Film) eigentlich sei, ich müsse das machen, würde auch ganz gut verdienen, aber gleichzeitig gerade an einem Film schreiben, «Der Donnerclown» solle er heißen. Interessant, meinte sie, was das sei, ein Kinderfilm? Nein, ein Psychodings, also ein, äh, psychologischer Film, ödipale Thematik, aber anders, Sohn schnüffelt an den Unterhosen des Vaters, Mutter erwischt ihn, kastriert ihn also quasi, was rede ich da eigentlich? Ich redete mich um Kopf und Kragen, ich redete, um zu reden, um in die Vase der Zeit Wasser zu gießen, in der der Zufall mir eine Schnittblume namens Anja Kruse gesteckt hat. Ich wollte Zeit, um ihre Magie so lange auszukosten, wie es geht, und dabei diffizilerweise den Stalker in mir gleichzeitig zu unterdrücken, während ich alles in dieser bescheuerten Professionalitätsrolle abzuwickeln gedachte, ja, und warum eigentlich nicht, wenn der «Donnerclown» kein Buch werden soll, warum nicht ein Film?

Anja hörte zu, ich fragte sie sogar, ob sie sich vorstellen könne, da mitzuspielen, ja, sicher, aber dafür müsse sie wissen, was sie da für eine Rolle habe, sie mache ja nicht alles, sei aber für vieles offen. Mir wurde heiß. Ich sah sie vor mir, nein, uns, der Film ist fertig, und wir auf irgendeinem Festival, am besten Locarno, wir repräsentieren den Film, John, der Produzent kann nicht (er meinte einmal scherzhaft, er würde nur Sundance «machen»), der Regisseur ist ein Idiot, hat seinen Namen zurückgezogen, verdammt, wieso kann ich eigentlich nicht JETZT sein, im Augenblick sein? Ich muss immer planen, bin immer weiter, vielleicht ist das der Fehler, der Grund, warum mir nie was gelingt, und nichts fertig wird.

Wir aßen (Linguini mit Pfahlmuscheln), wir tranken, sie natürlich Rotwein, «der steht ihr gut» (so was steht dann in der Brigitte), weiße Haut, Lippen schwarz, ich trank Bier, das Konzept entsprach mir mehr, Massen müssen durch mich durchgeschleust werden, wie Informationen, wie Kleinstlebewesen durch die Barten eines Wals. Die blasierten Gecken schauten immer verächtlicher bei meinen Nachbestellungen, sie verachteten Bier, weil sie Bier nicht verdauen können, sie verachteten mich, Italiener verachten alle, sogar sich selbst, also die aus dem Norden die im Süden und umgekehrt, ich versteh immer nie, woher dieser dumme Stolz kommt, dieses lächerliche, ängstliche, aneinandergeklebte Volk der Waschlappen, aber je mehr ich diesen Laden hasste, desto begeisterter war ich von Anja, sie saugte mich ein, oder mein Anjabild saugte mich ein, wie ich mein Bier einsaugte, inhalierte, und auch wenn sie die Italiener hier bewunderte, wie sie sie bewunderten, so müssen Männer sein, viril, Männer halt, warum sind eigentlich Frauen so primitiv, wenn es um plumpe Rollenverteilungen geht? Trotzdem bildete ich mir ein, wir hätten eine Ebene der Vertrautheit erreicht, die der alberne Kellner nie zu erreichen imstande gewesen wäre, der war einfach zu dumm.

Ich schlug ein Bein über das andere, um den Druck zu erhöhen, auf meine Prostata, alles wurde gequetscht, verschoben, und von oben drückte die Blase, drei Bier bei mir schon, drei Wein bei ihr, aber ihre Blase war auch kleiner, Frauenblasen sind winzig, ihre Gebärmutter ist sozusagen das, was bei uns die Blase ist, und was ihre Blase ist, ist unsere

Prostata. Ich konnte nicht gehen; wenn ich ging, war sie weg, eine Fliege spaziert auch nicht so einfach aus dem Netz der Spinne, und ich war jetzt diese Fliege, ich gab mich ihr hin, nimm mich, bitte nimm mich, würge mich, wring mir die Luft aus dem Hals, ich will sie, ich muss sie haben, aber nicht auf dem normalen Weg, und nicht den normalen Verlauf, ich will sie rächen, was dachte ich da eigentlich, was dachte MICH? Rache? Ich wollte sie rächen, den Schlag Armands, aber er war doch schon bestraft worden, der Stahlträger, nur wusste der Stahlträger nichts von der Ohrfeige. Aber, du Idiot, was denkt dich denn da schon wieder, DAS HAST DU DIR DOCH NUR AUSGEDACHT, DAS FAND NIE STATT, ES GAB KEINEN ARMAND. Ich war jetzt allerdings so weit, dass ich ihr Wesen ergründen konnte, wo ist sie, wer ist sie, wo finde ich sie, wo sie mich? Ich wollte, dass wir auf einer Art Bruder / Schwester-Niveau wieder wie zwei Kinder nackt in einer Badewanne siedeten, so wie wir hier jetzt in diesem lächerlichen «Fabio's» siedeten, sie mich unter Wasser drückte, erwürgte oder was auch immer, und dann wären wir wieder auseinandergeschwebt wie beschwipste Medusen, aber vorher noch den Druck aufbauen, die Unerfülltheit, möglichst lange, dann sprudelt in einer gewaltigen Protuberanz das 8000 Grad heiße Magma aus uns wie ein kosmischer Seufzer, und beide, sie und ich, würden schwach wie Lachse im Laichgebiet auseinanderdriften.

«Trinkst du noch was?»

«Ja, Bier.»

«Per favore, noch ein Bier für den jungen Mann hier und für mich einen Valpolicella.»

WAS SOLL DAS, WARUM MACHT SIE DAS? Ein Eis für den jungen Mann, und für mich zum Frühstück bei

Tiffany's eine Brosche mit blutigen Smaragden, der junge Mann hier hat sich zwar gerade in die Hosen geschissen, aber er muss ja nicht zahlen, ihm gehört ja der Laden.

«Anja …»

«Ja?»

«Ich habe kein Geld, vergessen abzuheben und Karte gesperrt, bevor sie mir geklaut worden ist. Kannst du, ich geb dir das dann beim nächsten Mal zurück, sind ja Spesen.»

«Kein Problem, hab ja gerade vier ‹Kliniken unter Palmen› gemacht, hab ein Polster.»

EIN POLSTER. Was für ein schönes Wort jetzt, ihr Polster, Hüftpolster, Problemzonen, die getröstet werden müssen, der Zonentröster, gleichzeitig bin ich meine Finanzklemme los und habe die Option für ein weiteres Treffen, nie war für mich ein Wort wie Polster eine erotischere Verheißung, sie zahlt, aua, jetzt kommt Armand wieder ins Spiel, ich hoffe, sie erwartet nicht, dass ich sie schlage.

«Darf ich über deinen Ex reden? Warum ist das auseinandergegangen?»

«Da bin ich schon lange drüber weg. Andererseits, bin ich's wirklich?»

«Bist du's?»

«Ich weiß nicht. Ich hatte immer gedacht, ich wäre es, aber jetzt geht alles wieder auf, wie eine Blüte.»

«Aber eine Blüte ist doch etwas Schönes, ein Trauma ist das nicht.»

«Ein Trauma kann auch etwas Schönes sein. Süßer Schmerz, bitterer Honig, ich weiß nicht, man zehrt davon, es ist wie Batteriesäure lutschen, giftige Energie.»

«Doch, da ist was dran, ich kann mir das vorstellen, auch wenn ich selbst vollkommen untraumatisiert bin. Kein Trauma, keine Obsession, nichts Dunkles, nichts Unheimliches, eine reine Seele wie aus Margarine, so harm- und geheimnislos, so blöd bin ich bestrichen, ein Knäckebrot mit Margarine.»

«Das glaube ich nicht. Jeder hat irgendein Trauma. Auch ein Wespenstich kann etwas Größeres auslösen, wenn du zu dem Zeitpunkt nicht so gefestigt bist. Die Traumata sind mal kleiner, mal größer, und das kompensiert man dann mit irgendwas. Du zum Beispiel trinkst nicht wenig, vielleicht schüttest du was zu, verzeih, ich will bei dir nicht bohren.»

DOCH, BOHRE BITTE WEITER, MACH DEINE BLÜTE AUF UND BOHRE MICH AN WIE DIE SCHLUPFWESPE, UND LEGE DEINE VERGIFTETEN SMARAGDEIER IN MICH, ICH WERDE DEIN SYMBIONT SEIN. Herrje, wer spricht denn da aus mir, kommen die Donnerclowns schon aus dem nicht existierenden Buch gekrochen und impfen mich mit Eiern, bin ich jetzt schon so weit, dass ich mir mein Leben vorher aufschreibe und dann danach lebe? Ist das möglich? Das ist doch so wie dieser verblödete, milliardenfach reproduzierte Kalenderspruch: «Wer sein Leben besitzen will, muss es verlieren», was heißt denn das? Dass ich mir nicht gehöre. Aber wem denn dann? Einem Nusskuchen? Und der schreibt mein Leben auf? Na, ich hoffe, Anja sieht mir das nicht an.

«Ja, kann sein, dass da bei mir auch was ist, verschüttet unter Biergeröll, unter versteinertem Bier, haha.»

«Nicht lachen, bitte nicht lachen.»

Huch, sie fleht richtig. Vielleicht wird sie filigran vom schwarzen Wein, rücksichtsvoll jetzt bitte, nichts behaupten, keine Meinungen, nur weiches, melusinenhaftes Gesülze, zuhören, ZUHÖREN.

«Ich hab mich selbst ausgelacht.»

«Noch schlimmer! Steh zu deinen Defekten, deinem stotternden Motor, Tex.»

Scheiße, was für Defekte habe ich? Fieberhaft grabe und schaufle ich in mir, leider geht das Bild vom versteinerten Bier nicht mehr weg. Was hab ich neulich noch mit der Lektorin geredet, die Fetische, was war da? Bierfetisch vielleicht, aber das glaubt ja keiner, das gibt's ja nicht. Glasfetisch vielleicht, mal geschnitten als Dreijähriger, während die Mutter den Vater verprügelte, jetzt eine ungeheure Faszination für Glas, das glatte kalte Glas, das so schnell warm wird, warmes Glas, ja, Vorsicht, nicht zu heiß, dann springt es, warme Schuhe aus Glas, vollgekotzt, Zähne aus Glas, Glaskinn, Glaskinder, sind das nicht so Essgestörte, das ist es vielleicht, ich kann ja auch nichts essen, zumindest nicht in Gesellschaft, und schon gar nicht etwas, worauf mein Schatten fällt. Ja, das ist es, das klingt einigermaßen verkorkst.

«Ich bin ein Glaskind.»

«Wie bitte?»

«Glaskind. Essprobleme, Pica-Syndrom, kennst du das? Ich esse Sand, Steine, Papier, Glas, Münzen und … Murmeln. Pica-Syndrom und Globus-Syndrom in einem, also Schluckbeschwerden, ich kann nur mit Mühe schlucken, da ist so ein eingebildeter Kloß im Hals.»

Jetzt ritt mich wirklich der Donnerclown, so was wollte ich drin haben, hatte ich vor reinzunehmen, Ketten unentwirrbarer Defekte, herrlich, jetzt hatte mich der beschissene Donnerclown im Schwitzkasten, jetzt war ich sein Gefangener, jetzt bestimmte ER, war mir aber egal.

«Du isst Murmeln?»

«Ja, lutsche ich.»

«Haare auch?»

«Trichophagie heißt das.»

«Haare kann ich ja noch verstehen, Papier vielleicht auch, du schreibst; da ist Papier dir sehr nahe, man beißt vielleicht vor Verzweiflung rein und kaut das, so wie man auf Stiften kaut, Ersatzhandlung, Übersprungshandlung oder so. Auf Haaren habe ich früher auch rumgekaut. Ich rieche gerne Bücher, jedes Buch riecht anders, frische Bücher haben einen ganz tollen Duft. Das wird die Druckfarbe sein, vielleicht auch das Papier. Holzmischungen, das macht mich ganz weich, da werde ich schwach, deshalb liebe ich die Dichter. Ich habe mir früher, als man noch Briefe schrieb, und ich habe verdammt viel Briefe geschrieben, beim Ablecken der Gummierung des Kuverts regelmäßig in die Zunge geschnitten.»

O Gott, sie hat sich in die Zunge geschnitten und auf ihren Haaren gekaut, ihren dicken schwarzen Haaren, vielleicht hatte sie dicke Zöpfe, Anjazöpfe. Und dann eine Papierschnüfflerin, wie Daniel Kehlmann in meiner Geschichte, der nur schreiben kann, wenn er am Waschpulver riecht. Wenn ich ihr meine Ideen und Notizen jetzt zeige, dann glaubt sie, ich hätte ihr das geklaut. Wieder kommen Teile aus dem Buch gekrochen wie Molche, nein, Echsen, das Buch, das keiner kennt, nur die Lektorin, bei Steven King passieren doch solche Sachen immer. Ist es bei «Shining» nicht so, dass Jack Nicholson seine Romanfiguren erscheinen, da in dem großen leeren Hotel? Alles nicht auszuhalten, und offenbar auch nicht *auf*zuhalten, irgendetwas Seltsames passiert hier gerade. Wenn ich doch einen richtigen Fetisch hätte, es ist ja alles nur so am Rand, so vage, meine Pseudofetische und Alibitraumata. Ein Pelz muss her, Unterhosen aus Pelz, Unterhosen aus Glas, Leder, Aktentaschen, pelzverbrämt, voller Scherben, herrje, die Synapsen laufen heiß, ich kann mir auch unter Stress keine Obsession zurechtlegen.

«Aber Murmeln? Die Frage ist, was du damit kompensierst, Tex. Da muss es ein Trauma geben oder so was in der Art.»

«Bei mir ist das alles etwas anders gelagert, bei mir gab's zu Hause nie was zu essen, also Warmes jetzt. Meine Mutter konnte nicht kochen, das war alles ungenießbar. Wir haben das dann wegschmeißen müssen. Sie hat auch immer zu viel eingekauft, konnte nicht Maß halten, unfähig zu kalkulieren, wir haben immer nur Brot vorgesetzt gekriegt, und ich bin dann manchmal zum Mülleimer und hab das verkohlte Fleisch gegessen, wenn keiner zugesehen hat, oder die verdorbenen Sachen, Ruß und Schimmel. Und das war gar nicht mal so schlecht, irgendwie würzig, aber dadurch, dass ich das heimlich machen musste, also mir diese Genüsse zuführen, hab ich eben solche Ticks entwickelt, dass ich nicht essen kann, wenn jemand dabei ist. Jetzt, hier mit dir, geht's einigermaßen. Heikel ist auch, wenn mein Schatten auf den Teller fällt. Und ich esse lieber von Glastellern als von Porzellan, ich muss wissen, was *unter* dem Teller ist. Das hat vielleicht etwas von Kontrollwahn, keine Ahnung, aber letztlich würde ich es, als im wahrsten Sinne des Wortes, Küchenpsychologe darauf zurückführen, dass ich mich eben eine Zeitlang aus dem Mülleimer ernährt hab, heimlich, und das nicht, weil ich hungrig war, sondern weil es einfach besser war als das, was bei uns üblicherweise auf den Tisch kam, Käse meist, Käsebrote. Meine erste Wurst (zuerst dachte ich, dass ist roter Käse), ein Salamibrot, hab ich mit sieben gegessen. Und daraus resultiert wohl auch das Globussyndrom, dass mir sogenanntes gutes Essen sozusagen in der Kehle stecken bleibt: zu gut für diesen Weg. Und manchmal ist ja auch das Beste an einem Gericht die warme Stelle unter dem längst abgeräumten Teller, die Stelle, die so viel Trost spenden kann.»

«Interessant.»

«Ja, wenn man's interessant finden will, bitte.»

«Ich würde jetzt gerne aufbrechen, komischerweise habe jetzt plötzlich Hunger gekommen, nachdem wir die ganze Zeit über Essen geredet haben, und in diesen Läden sind die Portionen immer so klein, wie für Ameisen. Zu Hause ist noch eine halbe Lasagne, die ich mir gestern gemacht habe, ich würde dich gerne zu mir einladen, aber das geht nicht, erklär ich dir ein andermal, Ober, il conto, s'il vous plaît.»

Ich war wie betäubt. Sie will mich mitnehmen, oder sie würde mich mitnehmen. Das war zu viel, dass das so schnell ging, und die Lektorin hatte noch gefragt, was das mit Anja Kruse solle. «Also bitte», das waren ihre Worte. Und ich sitze fast bei Anja Kruse in der Wohnung und esse eine Lasagne vom Vortag, lauwarm, LAUWARM, vom Porzellanteller im Kerzenlicht, also mit jeder Menge Schatten, sogar ihrem, auf *meiner* Lasagne, und meinem auf ihrer, das schlägt sie alles zwar nicht vor, aber so verständnisvoll, wie sie ist, ist das nicht auszuschließen. Vielleicht ist sie Hobbypsychologin, eine der etwas anderen Art, am Ende kann man, statt die Sitzung zu zahlen, mit ihr schlafen. Oh Gott, mir wird schlecht, Lasagne, ich hasse diesen geschichteten Matsch, allein der Gedanke, und dann kotze ich in ihr Bett, ICH KOTZE IN DAS BETT VON ANJA KRUSE, DIE GERADE MEINEN SCHATTEN AUFGEGESSEN HAT. Ich würde gerne auf der Stelle ohnmächtig werden, tragt mich hier raus und schmeißt mich auf eine Müllkippe, vielleicht finde ich da ja was Vernünftiges zu essen, oder rollt mich in einen Teppich und schmeißt mich in den Dnjepr.

«Alles zusammen?», fragt der Kellner.

«Ja, ich zahle, die vier Bier von meinem Freund und meine vier Valpos.»

MEIN FREUND? Ich bin in diesem Moment vermutlich so käseweiß wie sie. Vielleicht bekomme ich auch ihre wässrigen Augen, aus denen mein Ich rinnt wie Margarine auf dem vierzig Sonnen heißen Aldebaran. Sie zahlt. Ich werde plötzlich ganz klein, meine Seele zieht sich mutlos zusammen, wie eine gemütskranke Seegurke am Grund des stockfinsteren Marianengrabens.

«Gehen wir.»

«Wohin?»

Was für eine saudumme Frage, wohin? Hat sie doch eben erklärt, sie geht nach Hause und isst ihre alte Lasagne, aber wohin gehe *ich* eigentlich?

«Du gehst nach Hause und schreibst dein Drehbuch, baust mich vielleicht ein, aber mail mir das vorher. Ich will mich nicht einmischen, aber es würde mich wahnsinnig freuen, wenn da etwas zustande käme und wir weiter was machen könnten. Ehrlich gesagt glaub ich nicht ganz an ‹Willkommen Österreich›, dass ich dazu prädestiniert bin, ich weiß nicht, ich kenne ja John nicht, du kennst ihn besser, aber ich kenne mich aus mit Menschen, und ich habe den Eindruck, dass der, schon während wir das Casting gemacht haben, dass der da schon kein Interesse mehr hatte, aber wie gesagt, mach mal weiter mit deinem Film und schick mir was. Tschüs, Tex.»

Betäubt blieb ich stehen und sah ihr nach. Es gab keinen Kuss oder so was, und statt «Tschüs» hätte ich jetzt ein «Ciao» erwartet, aber egal. Ich blieb noch etwas stehen, und mit mir ein ganzes Molekülbündel von ihr, an mich geschmiegt. Wie zwei frisch mit Pattex geklebte Flächen, die jetzt auseinandergezogen werden, trennten wir uns, zwischen uns die ziehenden, immer länger werdenden Fäden.

5.

Ich war betäubt. Dieses Treffen war also echt, echter als echt, was mache ich daraus? Das Erste was mir einfiel: Ich musste der Lektorin mailen, ich musste ihr erzählen, dass Anja Kruse doch nicht so aus der Luft gegriffen war, sie dachte, ich pfropf Anja Kruse da einfach auf den «Donnerclown» auf, ohne Sinn und Verstand, dabei war ich *ihr Freund*. Gleich eine Mail schreiben. Andererseits, durfte ich denn noch mailen? Jaja, geht noch, waren ja nur vier Bier, bisschen frische Luft jetzt wird meine Atome neu ausrichten, ordnen, mich nüchtern machen, auf geht's. Ich wusste, was ich der Lektorin zu sagen hatte: Hier, bitte schauen Sie, da ist die Frau, die Sie so hassen (sie hasste sie ja nicht, sie wollte nicht, das ich reale Personen fiktionalisiere, aber in diesem Moment bildete ich mir ein, weil es einfach besser ins Bild passte, die Lektorin würde sie hassen).

Ich kam an der Gaststätte W. Prassnik vorbei.

Ich mochte sie auf eine perverse Art, diese Dependance des gleichnamigen Lokals in Berlin, das selbst eine proletarische Kneipe aus dem alten Ostberlin en détail imitiert und ausschließlich von Tagedieben und Bildungsbürgern aus Westdeutschland besucht wird, Ostdeutsche gehen da gar nicht rein, denen ist das unheimlich. Die Westler, die die Fälschung gar nicht mitbekommen, glauben, dass sie im richtigen Berlin angekommen sind, am Ende eines langen Wegs nach Mitte, aber in Wirklichkeit sind sie wieder zurück in ihre Provinzen gefahren, in die schlafsackgleiche Ahnungslosigkeit von Bad Salzuflen. Das Prassnick ist ein interessanter Ort für Milieustudien, und die Filiale in Wien wird von Ostdeutschen betrieben, die angehalten sind, derbstes Sächsisch zu sprechen. Das ist also die Emulation einer Emulation, die Verdoppelung der Missverständnisse, der Laden brummt. Ich trat ein, sie spielten irgendwas von der «Liedertafel Margot Honecker».

An der Bar stand Sascha Lobo, der war hier Stammgast und wegen seiner konservativen Punkhaare nicht zu übersehen. Seit einem Jahr wohnte er in Wien, er arbeitete als sogenannter Fixer bei der SPÖ, früher sagte man Spindoctor dazu, aber seit einiger Zeit hat sich Fixer durchgesetzt, für den Mann fürs Grobe. Sascha sollte aus den Trümmern dieser einstmals so stolzen Arbeiterpartei retten, was zu retten war. In gewisser Weise hatten wir ähnliche Jobs, ich löste Probleme beim Film, er bei der Partei, wir versuchten es zumindest. Ich mochte ihn, weil er so ein Masochist war, sich selbst mit dieser furchtbaren Frisur demütigte, er mochte mich, glaubte ich, war mir auch egal, ich mochte ja nicht mal mich selber, da kam es nicht mehr darauf an, ob *noch* einer einen nicht mochte. Vielleicht demütigte er sich ja auch mit der Bekanntschaft mit mir, würde mich jetzt auch nicht wirklich überraschen.

Sascha sah nicht nur so aus wie, er *war* ein Kakadu, omnipräsent, plapperte er allen alles nach, auch sich selbst, der perfekte Fachmanndarsteller für alles, was aus dem Internet kommt, eine pataphysische Repetitionsmaschine, war dauernd im Fernsehen, das, was früher mal der Blumenschmuck in den Studios war, war jetzt eben er, er kam ursprünglich aus der Werbung, klar, wer nicht, in der Agentur *Hubrich & Reiber*, darüber hatte er ein Buch geschrieben,

«Elektrische Mayonnaise» hieß das, der Titel sollte seinen ewigen Aggregatzustand beschreiben, es war ein gutes, nein, okayes Buch geworden, aber ein gnadenloser Flop. Er begrüßte mich freundlich, ja geradezu überschwänglich, auf die amerikanische Art, den Oberkörper nach vorne gebeugt und so distanziert umarmt, mit leichter Berührung, Kopf und Hüfte aber weit voneinander weggestreckt. Von all den Dingen, die aus Amerika kamen, hätte man vieles, aber ganz besonders *das* ruhig weglassen können, aber egal, kann man nur hoffen, dass die Leute von selbst draufkommen, wie albern das ist.

«Was ist das denn, Sascha?», fragte ich und zeigte auf sein Glas, in dem eine trübe Flüssigkeit stand.

«Flibb ist das, ein ostpreußisches Warmbier mit Eiern und Salbei.»

Und ehe ich irgendetwas sagen konnte, hatte er der Kellnerin ein Zeichen gegeben und ein zweites Flibb bestellt. Die Eier waren roh.

«Die sind aus Dachbodenhaltung.»

Sascha wollte witzig sein, das war sein Problem, überhaupt das von Werbern, vielleicht funktionierte das ja in der Werbung, keine Ahnung, ich hasse Werbung, ich finde sie eklig, parasitär und lästig, Werber, Journalisten und Schauspieler sind die widerwärtigsten Berufe, ununterscheidbar allesamt, Schaumschläger, die Werbung dürfte nicht die Berechtigung haben, die sie hat, die ihr eine apathische Gesellschaft im Duldungsstupor beimisst oder die ihr die Werber einreden, und in der Wirklichkeit verpuffen die Witze noch viel deutlicher, wie Kartoffelboviste, auf die man im warmen Kiefernwald tritt, aus denen eine braune Sporenwolke dampft, so sind die Witze von Werbern. Aber Sascha war noch einer von den erträglichen, wenn man von seiner pierrothaften Aufmachung einmal absah.

«Was sagst du …»

«Zu Neuwahlen?»

«Nein, meine Frage wäre, ab wann darf man keine E-Mails mehr schreiben? Nicht Uhrzeit, sondern Betrunkenheitsgrad: Wie viele Biere sind noch zulässig? Gibt's da empirische Erfahrungen? Was sagst du, der du im Internet lebst, ja, aus dem Internet kommst?»

«Das hängt von der Konstitution ab. Was verträgt der Mensch? Dann: Wie kennt seine Umwelt ihn? Wenn er sowieso schon als impulsiv bekannt ist, ist ja alles egal. Aber keine Sorge, der Flibb hat kaum noch Alkohol, weil er warm ist, da verflüchtigt sich der Alkohol, und das Ei ist neutral, ein Ei ist ja generell ein Wunderwerk der Schöpfung, das hat genau so viele Kalorien, wie du brauchst, um es zu verdauen. Mit kaltem Wasser nimmst du sogar ab, mit Eiern bleibst du gleich.»

«Das mit dem Ei kenne ich auch, aber anders. Das bezieht sich auf ein hartgekochtes Ei, und da braucht es sogar mehr Kalorien, um es zu verdauen, also aufzuspalten. Ein rohes Ei muss ja nicht aufgespalten werden. Muss Wasser eigentlich auch verdaut werden?»

«Das weiß ich nicht, aber ich bin auf etwas anderes gekommen, dass nämlich heißes Wasser dicker ist als kaltes, das viel schneller abfließt, musst mal drauf achten.»

«Echt?»

«Ja, was warm ist, dehnt sich aus, heißes Wasser wird zäher. Das ist auch der Grund, warum viele Leute glauben, sie bräuchten unbedingt eine warme Mahlzeit am Tag, natürlich vollkommener Quatsch, braucht man nicht, aber sie fallen der Illusion anheim, sie wären voller, gesättigter, als wenn sie nur ein nasses Knäckebrot mit gefrorenem Käse gegessen hätten.»

«Das denkst du dir doch nur aus.»

«Nein. Ich schreibe gerade an einer Imagekampagne für lauwarmes Wasser, und eine andere für dieses Getränk hier. Das ist Recherche.»

«Aber Bier hat doch viele Kalorien, Eier haben gar keine oder fressen ihre eigenen Kalorien auf, und die Wärme …»

«Die Wärme erzeugt die Illusion der Sättigung und in der Folge Zufriedenheit.»

«Und was willst du damit beweisen?»

«Dass ich noch E-Mails schreiben kann, mit ein paar Flibbs. Einem Satten kann Alkohol nichts anhaben.»

«Also doch Verarschung.»

«Für dich vielleicht, für mich nicht.»

Er war betrunken, kein Zweifel. Einen Betrunkenen zu fragen, ab welchem Betrunkenheitsgrad man es besser lassen sollte, E-Mails in die Nacht zu versenden, ist genauso sinnlos wie Fische ins Meer nageln zu wollen. Saschas Unsinn irritierte mich, vor allem weil er das vollkommen ernsthaft und ungerührt vortrug, er ist eigentlich kein guter Schauspieler (er glaubt, dass er es ist; ist er aber nicht), ich dagegen kann Rollen spielen, Leute verunsichern, Sascha macht das immer viel zu durchschaubar. Man spielt das eine Zeitlang mit, um ihm den Spaß zu lassen, und dann wechselt man einfach das Thema, wenn es einem reicht. Aber jetzt drang ich nicht zu ihm vor, er war mir keine Hilfe. Nach dem ersten Eierbier gelangte ich zu der Einsicht, dass hier noch nachgeladen werden musste, und dafür würde ich dann später auf das Gemaile verzichten.

«Ich trink mal noch was, aber lieber jetzt kein Eierbier bitte mehr.»

«Trink Beck's Gold, das hat die gleiche Farbe. Man darf keine Farben durcheinander trinken, das verwirrt den Organismus, die Ordnung. Rotwein, Blue Curaçao, Milch, schön als Flagge, schlecht in dir innen drinne.»

«Rot, Türkis, Weiß, zeig mir das Land, das diese Farben hat.»

«Na ja, wenn Rotwein grün wäre, dann Sierra Leone. Die Flagge besteht aus drei gleich großen, horizontalen Streifen: oben grün, in der Mitte weiß und unten türkis. Die Farbe Grün symbolisiert dabei die Landwirtschaft, die Berge und die natürlichen Ressourcen des Landes. Weiß steht für Einheit und Gerechtigkeit, und die Farbe Türkis stellt die Hoffnung dar, dass der natürliche Hafen der Hauptstadt Freetown einen Beitrag zum Frieden in der Welt leiste.»

Das hat er eben mit einem seiner zwei iPads gegoogelt. Auf dem anderen läuft ein Film von Tarantino.

«Hä? Türkis ist die Hoffnung, dass der Hauptstadthafen Sierra Leones Frieden für die Welt bringe?»

«Genau, in Sierra Leone ist Hoffnung türkis.»

«Gut, dass Rotwein nicht grün ist.»

Meinen letzten Satz verstand ich selbst nicht, egal, hatte ja auch niemand mitbekommen, Sascha schon gar nicht. Ich bestellte ein Beck's Gold, das tranken sie hier alle, es gab nur dieses eine Bier. Ich mag ja lieber die kleine klobige Schultheissflasche, die aussieht wie ein Michelinmännchen, Steini heißt diese Form, ich trink das vor allem deswegen, weil es sonst niemand will, Mitleid mit der Form vielleicht, Abgrenzung von den Idioten sicher, die sich selbst als Hipster bezeichnen würden, aber am Ende des Tages doch nur die

Ultrakonformisten bleiben, die sie genetisch schon immer waren. Leider gab's hier keine Steinis. Eben, als Sascha seine Farbenlehre ausbreitete, kam so einer rein, der hatte natürlich einen Bart, Nazihaare, Hose unten knöcheleng, und er trug eine nagelneue Denim-Jacke, die Uniform der Turbonegro-Fans, einer norwegischen Deathpunk-Band, deren große Zeit schon lange vorbei ist. Die Jacke war brandneu, keinmal gewaschen, richtig schön steif noch, wie sie eigentlich sein soll. Auf solchen Jacken ist hinten TURBOJUGEND draufgestickt, drunter die Schwulenlederkappe, auch gestickt, und darunter, in der Hell's-Angels-Tradition, das sogenannte Chapter, also die Erklärung, wo man her ist, welche Stadt man vertritt, Mitgliederclub, deren Keimzelle ist bekanntlich das Chapter St. Pauli, und der Tölpel hatte dort statt eines Ortsnamens tatsächlich DEATHPUNK stehen, was von einer faszinierenden Schimmerlosigkeit zeugte und genauso erheiternd war wie etwa mit einem Kleidungsstück herumzulaufen, auf dem MADONNA SÄNGERIN steht, oder ein Bier mit der Aufschrift GETRÄNK zu trinken. Aber dieses Bild munterte mich jetzt etwas auf, ich dachte, ohne Esel wie diesen hier hätte ich es vielleicht noch schwerer, mich an so einem Ort zu definieren, das ist mein Tollpatsch-Bezugssystem, ich fühlte mich gut. Ich notierte auf einem Bierdeckel eine mögliche Variation seiner «Idee», vielleicht sollte ich mir das mal demnächst auf meine eigene Jacke sticken lassen: JOHANN SEBASTIAN BACH – FUCKING CHURCH SHIT. Ich überlegte, ob ich Sascha auf den Kauz mit der falsch verstandenen Jacke hinweisen sollte, aber es war anzunehmen, dass Sascha das blitzschnell umdeuten und mir erklären würde, dies sei ein Distinktionskalkül, um sich von Authentizitätsfetischisten wie mir zu distanzieren. Also verzichtete ich darauf und berichtete ihm stattdessen von meiner Begegnung.

«Sagt dir Anja Kruse etwas?»

«Sicher, natürlich.»

«Dann sag mal, wer ist das. Jetzt nicht ins Internet, ohne Googeln.»

«Anja Kruse ist, äh, Schauspielerin?»

«Genau, und spielt wo?»

«‹Tatort›?»

Er bestätigte meine Vermutung: Man kennt sie, jeder kennt sie, weil ihr Name so nichtssagend unglamourös ist, ein Dutzendname, man hat ihn gehört, im Zusammenhang mit ihren Rollen, dann wundert sich das Unterbewusstsein und speichert das ab, so wie jeder weiß, dass Professor Vitzliputzli eine Figur in einem Karl-May-Roman ist, aber niemand weiß ganz genau, was für eine Figur. Deswegen hatte mich die Entrüstung der Lektorin irritiert, die meinte, man könne den Namen im «Donnerclown» nicht einsetzen, weil Anja Kruse zu bekannt sei, es sei zu billig, eine öde Satire. Aber das war es ja gerade. Ich war mir im Übrigen sicher, dass sie gar nichts über Anja Kruse wusste: Anja Kruse ist wie ein Geist, ein Schatten, und so sieht sie ja auch aus, diese Magie, und das musste ich der Lektorin noch mal erklären, ich musste mir das auf die Hand schreiben, auf gar keinen Fall noch heute Nacht, denn dann würde das am Ende ins Obszöne abgleiten, bitte heute nicht mehr den Computer anmachen.

«Kennst du Professor Vitzliputzli?»

«Nö, wer soll das sein? Dein Handarzt?»

Er weiß das von meiner Kontraktur, aber für Karl May ist er zu jung, so was hat er in seiner Jugend nicht gelesen oder lesen müssen, weil das alle lasen, weil das die Väter schon gelesen hatten, und es ihnen aufzwangen, hier, das ist gut, das musst du lesen, dabei war man doch mit Fix und Foxi ganz gut bedient und ausgelastet. Den Vitzliputzli hatte ich mir dann mal alibihalber zu Weihnachten gewünscht, um meinen Vater zu beruhigen, gelesen hatte ich ihn natürlich nicht. Stattdessen ein Buch über Schleusentechnik, damit konnte ich ihn dann noch mehr beeindrucken, darum geht's doch eigentlich, es den Vätern zu zeigen, und meiner war über die Schleusen-Kenntnisse so beeindruckt, dass er mich zur Abwechslung mal nicht schlug, um seine eigene Verzweiflung mit blindem Zorn zu kompensieren.

«Egal. Hab vorhin Anja Kruse getroffen, ich entwickle ja gerade diese Fernsehillustrierte.»

«Du entwickelst eine Zeitung? Für welchen Verlag?»

«Nein, eine Sendung fürs Fernsehen, die so Illustriertencharakter hat, und ich möchte, dass Anja das moderiert, aber ich möchte das eigentlich nicht wirklich, beziehungsweise ist mir das egal. Es war nur ein Vorwand, um sie kennenzulernen. Ich schreib ja gerade ein Buch, aber ihr hab ich gesagt, dass das ein Film wird.»

«Echt?»

«Und ich will sie als Hauptfigur einsetzen, und, ach, das wird jetzt mühsam, ich glaube, sie mochte mich. Sie hat gesagt, ich soll ihr das Skript oder Exposé einfach schicken, sie wäre interessiert.»

«Und jetzt willst du ihr das Exposé in der Nacht noch mailen?»

«Nein, der Lektorin, äh, sagen, dass Anja Kruse existiert.»

«Bezweifelt die das denn? Soll sie sie doch googeln.»

«Nein, sie sagt, ich darf nichts über Kruse schreiben, wenn

ich sie nicht kenne, und jetzt will ich ihr eben erzählen, was ich gerade erlebt hab. Wir waren essen, und wollten bei ihr weiteressen?»

«Ist die denn immer so hungrig? Ist sie dick?»

«Nein, egal, ich will ja nur wissen, ob das noch geht, also mailen, aber egal, ich werd's eh nicht mehr tun. Schau, steht hier sogar auf meiner Hand: Computer nicht mehr anmachen.»

«Na ja, Flibb, Beck's Gold, und vorher hattest du auch schon was, hm, also geht eigentlich noch so gerade eigentlich.»

Meine Gedanken waren jetzt bei Anja Kruse, wie sie ihre alte Lasagne aß, während mir das warme Eierbier hochkam. Die im Magen zerplatzenden Kohlensäurebläschen transportierten immer wieder den Dampf des rohen Eis hoch, der mir unangenehm durch die Nase pfiff. In diesem Zustand wäre es mir gar nicht recht, wenn Anjas Gedanken auch bei mir wären. Was böte ich ihr denn als Bild an, andererseits weiß sie ja nicht, was für ein übles Gesöff ich gerade getrunken hatte, also könnte sie *doch* an mich denken.

«Ich könnte vor lauter Kraft ein Lyrikbändchen von Rilke zerreißen.»

«Wie bitte?»

«Ach nichts.»

Sascha sah müde aus, abwesend starrte er in seine Geräte. Zeit zu gehen, von dem kam nichts mehr, er wirkte irgendwie ausgetrocknet, obwohl er ja nicht wenig von diesem Eierbier getrunken hatte. Ich ersparte mir, ihm den «Donnerclown» zu erklären, wie alles zusammen- und Anja Kruse da drinhing.

Sascha hing über seinen iPads und schob irgendwas hin

und her. Im Tarantinofilm sägte gerade ein Zwerg, der aussah wie Adolf Hitler, Harvey Keitel ein Bein ab, Harvey lachte, als würde das Amputieren kitzeln, er spielte den Chef des Oberkommandos der Wehrmacht, Generalfeldmarschall Wilhelm Keitel. Diese Namenssynchronizität in Verbindung mit dem Kleinwüchsigen war wohl wieder einer dieser bemühten Topcheckerwitze Tarantinos, über die schon lange niemand mehr lachte.

«Ich muss …»

«Aufs Klo? Muss ich auch, aber nach Hause auch, ich geh zu Hause, da kann ich sitzen beim Pissen, kann nur so, hier ist ja Stehpflicht. Hab schon gezahlt, deins auch, ich hab hier so ein *Agreement in principle*, eine Art Konto, ich geb denen, wenn ich komme, 20 Eier oder so, also Euros, und am Ende wird davon dann das, was ich hatte, bezahlt oder wandert auf meinen imaginären Deckel. Gibt auch Zinsen und Treueprämien, wenn ich zum Beispiel jemanden mitgebracht hab, und wie viele, Lockpunkte, und am Ende des Jahres ist dann Auszahlung. Da gibt es ein Fischessen, der Besitzer ist ja Kroate, da kommt eine riesige Lieferung Fisch hierher, und alle Kontoinhaber werden dazu eingeladen, das ist dann meine Firmenweihnachtsfeier, also das, was ihr alle habt, und ich nicht, das Los der Nichtfestanstellung, muss jetzt aber wirklich.»

Er wälzte sich schnaufend in seine Anzugjacke und ging grußlos. Eigentlich hatte ich ja gehen wollen, er nahm mir das einfach weg, ich konnte jetzt unmöglich mit ihm mit rausgehen, denn dann hätten wir draußen das Aufbruchsritual wiederholen müssen.

6.

Also noch ein Bier. Blitzschnell stand es vor mir, so als hätte meine Wimper bestellt. Ratlos lehnte ich am Tresen, gewissermaßen von einer Wimper überrumpelt, und dachte an Anja, Anja, Anja. Konnte sie nicht die Entscheidung treffen, mich nach Hause schicken, mir sagen, ob ich jetzt noch E-Mails verschicken darf? Ich überlegte: Sollte ich weinen, warum sollte ich jetzt eigentlich nicht einfach weinen? Die Kellnerin schaute mich immer an, na, was kommt jetzt? Sollte ich ihr dieses Bild liefern? Ich behielt meine Tränen und nickte ihr zu, sie fragte: Noch eins? Nein, zahlen, das Bier war zwar noch halb voll, das stürzte ich schnell runter. Hat der Dicke schon bezahlt, sagte sie, aber woher wusste Sascha, dass ich noch eins nehme, das hat er ja nicht wissen können, Intuition vermutlich, nein, ich nehme noch zwei Flaschen mit nach Hause, muss heute noch arbeiten. «Arbeiten», was musste ich denn arbeiten? Jetzt ging E-Mail-Schreiben schon gar nicht mehr, nur lesen, nicht schreiben. Die Kellnerin stellte mir die zwei Flaschen auf den Tresen, nickte. Was? Kommt auf Saschas Konto. Ach so. Ich steckte je eine Flasche in meine Jacketttasche, das sah gut aus, wie zwei Waffen, und ging. Ich hatte es nicht weit, das war gut, aber ich hatte früher auch lange Heimwege gehabt, auch das war gut gewesen. Wenn man betrunken ist, verlieren lange Distanzen ihren Schrecken, sie schnurren zusammen wie ein Gummiband, weil man so viel denkt, im Kopf toben Pläne, Vorhaben, Ideen, alle super, alles muss gleich in

Angriff genommen werden, nur nichts vergessen, und dann ist man schon zu Hause, schließt die Tür auf, nichts klemmt, alles geht wie Butter, Computer an, und dann kommen die Fehler, die Euphorie des Heimwegs explodiert jetzt förmlich, alle Schafe stieben auf der Weide in die unterschiedlichsten Richtungen, alles muss festgehalten werden. Im Schlaf schwimmt einem alles davon, und darum macht man den Rechner an, und entdeckt ein paar E-Mails, macht die auf, die können warten, das läuft ja nicht weg, kann man morgen machen, und dann macht man *E-Mails schreiben* auf, ein neues Fenster, und anstatt, dass ich sofort den Empfänger ins Adressfeld setzte, fing ich einfach zu schreiben an. «Jetzt ist es passiert», schrieb ich ins Betreffffeld, klang schön dramatisch, und in dem Moment wusste ich noch nicht mal, wem ich eigentlich schrieb, Anja oder der Lektorin, es floss zusammen, ich konnte den «Donnerclown» oder das Treffen mit Anja Kruse ja als eine Art Erlebnisaufsatz «anlegen», um ihn dann wiederum der Lektorin zuzuschicken. Zwei Fliegen mit einem Schlag, ich fing an, es ging ohne Denken.

«Jetzt ist es passiert. Ich habe sie getroffen, und Sie können mir jetzt nicht nachsagen, ich kenne sie nicht, wüsste nicht, was in ihr vorgeht, wie sie ist. Ich muss sie mir nicht nach meinem Idealbild formen, ich hab sie kennengelernt, gut sogar. Sie hat mich zu sich nach Hause eingeladen, und wir haben Lasagne gegessen, die hat sie selbst gemacht, aufgewärmt allerdings, was es noch sympathischer macht, improvisiertes Zutrauen, und sie hat mir, ich weiß nicht, warum das so gut ging, so viel von sich erzählt. Wir waren gleich so vertraut, das ist etwas, was ich an mir habe, was ich auslöse bei mir vollkommen Unbekannten, vielleicht weil ich zuhören kann, die richtigen Fragen stelle, auch aufrichtig und unverstellt mitleiden kann ...»

Ich öffnete das erste Bier und wusste, dass das eine falsche Entscheidung war, dass ich mich gerade in etwas verrannte und das Bier kein guter Wegweiser war, ich galoppierte aber immer weiter, so tastend und ungeduldig gleichermaßen strömte es eben raus, so als wären die unstrukturierten Szenarien in Eile. Und die Lektorin war sozusagen Busfahrerin, die all die Zuspätkommenden und Gehetzten, die Unfertigen und Falschen und die mit altem Tesafilm Zusammengeklebten an den improvisierten Bushaltestellen auf der Route, die sie selbst nicht kannte, auflesen sollte.

«... sie wollte mich dann nicht mehr wegschicken, vielleicht weil sie um mich besorgt war, vielleicht weil sie in mir einen Vertrauten sah. Wir saßen da vor unserer schlammigen Lasagne, und es dröhnte in uns, so laut, dass Hunger oder Appetit, was wohl mal da war, weggedröhnt wurde, schiere Ohnmacht, wir waren jetzt der Auflauf geworden, aufeinandergestapelte Schmiere, fette lauwarme Schichten undefinierbaren Abfalls. Wir standen auf, vom Tisch, mir schnürte es die Kehle, ihr Blick erwürgte mich, ich hatte kalte Hände, wie ich sie immer beim Telefonieren bekomme, zumindest die Hand, die den Hörer hält, wird eiskalt, während das hörende Ohr gleichzeitig zu glühen anfängt. Die kalten Hände konnte ich jetzt nicht gebrauchen, und um sie warm zu bekommen, bildete ich mir ein, dass sie sich streiten, wer von ihnen links und wer rechts ist. Von wem aus? Von mir aus gesehen oder von ihr aus? Nicht mal auf diese Frage konnten sie sich einigen, bitte, bitte, lass sie ewig streiten, und den Moment, in dem ich auf Anja zugehe, einfrieren, oder in dem sie auf mich zugeht, es geht auch so, unendlich langsam, alles in mir ist jetzt in den Händen, alle Energie, Kopf und Körper vollständig taub, Blei eingepackt in Watte, schwer und dumpf, eben wie Lasagne.»

Was schrieb ich da eigentlich? Das war weder für die Lektorin noch für Anja etwas, das war ja ich, was da in mir murmelte. Ich musste das mal löschen, kurz und knapp bleiben, dass das wenigstens heute noch rausging, der Lektorin zum Beweis.

«Jetzt ist es passiert. Ich habe sie getroffen, und Sie können mir jetzt nicht nachsagen, ich kenne sie nicht, wüsste nicht, was in ihr vorgeht, wie sie ist. Ich muss sie mir nicht nach meinem Idealbild formen, ich habe sie kennengelernt, gut sogar. Sie hat mich zu sich nach Hause eingeladen, und wir haben Lasagne gegessen, die hat sie selbst gemacht, aufgewärmt allerdings, was es noch sympathischer macht. Ich mag eigentlich gar keine Lasagne, diese ölige Fleischtorte ohne Knochen, und dann ist genau das passiert, was ich immer bei Essen befürchte, und was auch nicht selten eintritt, ich weiß nicht, woher das kommt. Medizinisch heißt es Globussyndrom oder Globusgefühl.»

Vielleicht erwähnte ich das nur, um diese Dupuytren'sche Kontraktur zu relativieren, die sie mir, wie mir schien, ja auch nicht abgenommen hatte, also noch eins draufsetzen, mehr anbieten, ein Defekt davon darf dann sozusagen die Zensur passieren.

«Globusgefühl heißt es, wenn man bei einem eigentlich ungehinderten Schluckakt einen dicken Klumpen im Hals zu haben glaubt und schlecht atmen kann, man erstickt fast, ein eingebildetes Ersticken, dieser Phantomkloß kann weder hoch noch runter, weil es ihn ja gar nicht gibt, er steckt in der Mitte der Kehle, mir kommen die Tränen, ich ersticke an nichts, Anja Kruse kriegt das mit, springt auf, reißt mir meine Arme hoch, wie beim Heimlich-Manöver, ich sitze noch, sie zerrt mich vom Stuhl, zwingt mich auf den Boden, es geht alles sehr schnell. Ich liege auf dem Rücken, sie sitzt auf mir, mit einer Hand drückt sie mein Kinn nach oben, mit dem Zeige- und Mittelfinger der anderen Hand macht sie kreisende Bewegungen auf meiner Schilddrüse, also direkt unter dem Kehlkopf, ich weiß nicht, vielleicht hat sie mir das Leben gerettet, ich hab dann …»

Nein, das ging überhaupt nicht. Ich nahm einen langen Schluck aus der Flasche, lang wie eine Schlange, bei so was kann ich eigentlich am besten denken, mich sammeln, konzentrieren. Ich musste das lassen mit dem Schreiben, ich schweifte zu sehr ab. Insgeheim hatte ich wohl gehofft, dass ich aus Versehen etwas vollkommen Dummes mache, den riesigen Fehler, von dem man immer hört, intime Mails an eine Person, die versehentlich an ALLE Adressen gehen, und ich hatte mir gewünscht, so ein Blackoutreflex führt dazu, dass ich die Mail an die Lektorin «versehentlich» Anja schicke. Ihr hätte ich dann erklären können, es sei, abgesehen vom technischen Fauxpas aufgrund körperlicher Schwäche und Übermüdung (Euphemismus für Betrunkenheit), ein Akt des Unterbewussten, dass ich ihr über eine andere etwas mitzuteilen hätte, weil ich eben unfähig sei, direkt zu kommunizieren, konfliktscheu, klassisch. «Und was meinen Sie?», würde Anja sie fragen. «Dass ich Ihnen das Leben retten soll? Sie ersticken, und ich hole Sie wieder zurück zu den Lebenden? Um *was* mit Ihnen zu tun? Waren Sie denn tot? Auf welche Art tot? Muss ich wissen, um zu wissen, wie ich Sie zurückholen soll.»

Ich musste mein Buch noch mal umschreiben, noch mal von vorne beginnen, das könnte ich der Lektorin erklären, noch mal neu anfangen, geben Sie mir noch *eine* Chance, ich habe mich verrannt, aber jetzt, wo ich die Kruse kenne (die Kruse? Was für ein ranziger Artikel, aber na ja, für einen Neubeginn vielleicht eine gute Methode, jetzt wird sie zur Diva, die Dietrich, die Knef, die Kruse, Frauen ohne Frauenvornamen, jetzt werden sie endgültig zum Ding, zum *kessen Vater*).

Plötzlich holte mich die Betrunkenheit ein, verflüchtete sich die Resteuphorie, dass nur noch stumpfe Munterheit blieb, die man nicht anzapfen konnte, und was sollte ich jetzt tun?

Auf meinem Tisch, neben dem Computer, lag ein altes Aufnahmegerät, ein Kassettenrekorder. Ich hatte den früher manchmal für Interviews benutzt, aber es wurde mir dann zu lästig, immer alles abzuschreiben, abspulen, stoppen, schreiben, zurückspulen usw. Jetzt lag er da, wie eine Erinnerungsstütze: Schreib, was du aufgenommen hast, du brauchst mich nicht mehr als Gerät, das ist jetzt dein Kopf, Kassettenkopf.

Ich versuchte den Aufnahmeknopf am Rekorder so schnell zu drücken, dass er das Geräusch des Drückens mit aufnahm, (kam mir vor, als hätte ich das schon mal irgendwo gelesen, egal), das war das, was ich machte, noch machen konnte, in diesen jungen Stunden des frisch geschlüpften Tages, ich wollte mich schneller als der Schall müde klicken, und es ging. Die Freude, nichts weggeschickt zu haben, wurde langsam größer, denn mit dem Kater am nächsten Tag kommt immer auch das schlechte Gewissen, und dann werden im Laufe des Tages die ganzen Puzzleteile herangeweht, und es entsteht ein weiteres Bild der Selbstdemontage: Leute beflegelt, sich selbst beflegelt, Brandflecken in der Unterhose, Blut am Hals der Katze, Schmierereien im Schuhschrank,

Erbstücke, die man aus dem Fenster geschmissen hat, literweise Agavendicksaft im Internet bestellt, auf der Stirn steht als Tätowierung «Käptn».

Ich ließ alles, die Flaschen, den Aschenbecher, so stehen und liegen, wie eines dieser Fallenbilder von Daniel Spoerri, damit ich, wenn ich aufwachte, ein paar Hinweise hatte, Fingerzeige auf mich: Du warst da, das warst du, das BIST du, das Chaos, der Müllhaufen, der Donnerclown von eigenen Gnaden. Guten Morgen, du Idiot.

7.

Als ich am nächsten Morgen aufwachte, fühlte ich mich wie der Mann, von dem ich kürzlich in der Zeitung las. Er hatte seine drei Monate alte Tochter missbraucht, und um sich vor dem zu schützen, was ihm im Gefängnis drohen würde, wo Pädophile auf der untersten Hierarchiestufe stehen, zur Ablenkung einen unmotivierten Mord an einer vollkommen fremden Frau begangen. Danach hatte er sich zu allem Überfluss seiner bevorstehenden Verhaftung durch Einnahme von Gift entziehen wollen. Er klebte sich vier Nikotinpflaster auf die Haut und kroch im Kohlenkeller in seinen Schlafsack. Zynisch kommentierte der ihn verhaftende Polizist, mit fünf Pflastern hätte es vielleicht geklappt. Ich fühlte mich wie dieser Mann, alles war irgendwie vielfach aus dem Ruder gelaufen, und das fünfte Pflaster wirkte nicht. Na gut, ganz so schlimm war es nicht, trotzdem dachte ich: BITTE NICHT.

Das hatte einen Grund: Ich war gefesselt, verschnürt wie ein Paket, Hände auf dem Rücken, Füße zusammengebunden. Noch dazu war ich nackt und saß in einem engen Raum in völliger Dunkelheit. Der Raum war wohl ein Schrank; von oben baumelten Kleider, deren Längen, Texturen und Geruch auf einen weiblichen Besitzer schließen ließen.

Wieso sitze ich hier? WAS HABE ICH GETAN? WEM HAB ICH DAS ANGETAN, DASS ER MIR DAS HIER ANTUT? Bin ich ein Traum? Mein Traum? Der eines anderen? Hat mich Anja Kruse hier eingesperrt? Hat sie mich überwältigt, verschnürt und hier abgelegt, bis ich zur

Vernunft komme? Oder existiere ich gar nicht, sondern bin wieder ein Hirngespinst aus dem Scheißdonnerclown? Hat die Fiktion jetzt gewonnen? Ich will mein richtiges Leben wiederhaben! Mein richtiges, langweiliges Leben, jeden Tag bei der Okay-Film rumsitzen und Konzepte schreiben, für den Mülleimer.

«Hallo?»

Ich frage zögerlich, erst mal nicht so laut, wenn ich schon laut beginne, denken sie, man ist wahnsinnig, und lassen einen erst recht schmoren. Also erst mal besonnen tun, hallo, Verzeihung, hier liegt ein Missverständnis vor. Hüsteln wäre in solchen Fällen auch angebracht, oder Räuspern. Keine Antwort. Mir geht's nicht gut, Wellen der Depression branden mich an, typisches Zeichen einer Verkaterung und Übersäuerung, aber die existenzielle Angst kann das noch immer wieder zurückdrängen. Kann ich mich hier selbst rausfummeln? Ich habe sehr dünne Handgelenke und kann meine Hände ganz schmal machen, das heißt, ich konnte es mal, durch die Dupuytren'sche Kontraktur sind sie nicht mehr so beweglich, sie sind erstarrte Klauen geworden, zieh mal einem toten Mann die Schuhe aus, ich will hier raus, ich will sehen, wie mein Leben draußen aussieht, also meine Wohnung ist da ja nun mal nicht, oder es hat jemand einen Frauenkleiderschrank in meine Wohnung gestellt.

Mir fällt der Kung-Fu-Darsteller ein, David Carradine, der Selbstmord begangen hat, beziehungsweise zu Tode kam, beim Masturbieren in einem Hotelschrank in Bangkok, ein Unfall bei einem sogenannten *autoerotischen Erstickungsspiel.* Prima Abgang eigentlich, diese Ihr-könnt-mich-alle-mal-Attitüde, denn nach dem Tod sind Scham und Peinlichkeit ja keine Währung mehr, mit der sich die Seele etwas kaufen könnte, aber ich will weder sterben noch etwas riskieren, und meine Libido ist auch nicht so ausgeprägt (warum eigentlich nicht?), dass ich mir solche exotischen Plätze aussuchen müsste. Für den Fall, dass ich unbedingt ein Erstickungsgefühl brauche, hätte ich ja immer noch mein Globussyndrom, das kommt zwar nicht auf Zuruf, man kann auch seine Uhr nicht danach stellen, aber es tanzt immer dann an, wenn man es gerade gar nicht braucht, was vermutlich auch der Grund dafür ist, Überraschungseffekt, und das ist doch viel spannender, als wenn man es planen könnte. Es wäre sogar vorstellbar, dass ich es jetzt bekomme, dafür müsste ich allerdings etwas essen. Die derzeitige Situation, eine ungnädige Mischung aus Angst, Hilflosigkeit und Vereinsamung, auf heroische Weise unnütz und ganz wund vor Trauer, gerade so was ist der ideale Nährboden für den unsichtbaren Globus im Hals, aber erst müsste Essen da sein, damit Essen nicht da sein könnte, versteht das jemand? Na ja, wie soll das auch jemand verstehen, wenn keiner da ist? Was ich stattdessen bekomme, ist eine dicke Erektion. Mir bläht's den Hosenbruder, und das überrascht mich nun wirklich sehr. Was soll das denn nun wieder? Das ist nicht bestellt worden, und das wird auch von niemandem abgeholt, vermutlich eine Übersprungsreaktion, so wie alle Übersprungshandlungen natürlich auch komisch, vielleicht will mich der Hosenbruder zum Lachen bringen. Ich war mal bei einem Urologen, zwei Schwestern mussten einen Abstrich aus meiner Harnröhre nehmen, sie meinten, so, das würde jetzt ein bisschen weh tun, es tat dann aber so *wahnsinnig* weh, dass ich lachen musste, vielleicht den Schmerz weglachen, oder eher lachen über die Empfindsamkeit eines Gegenstands, der sich für stark und mächtig hält, und dann auch noch mit zwei Krankenschwestern als Zeuginnen, die das gar nicht komisch fanden oder irritierend (ein Perverser). Ich fand die Situation dafür sehr komisch, na ja, aber ich finde ja auch mein Globussyndrom komisch, andere verzweifeln daran, und das ist natürlich ihr eigentliches Problem.

Meins ist jetzt ein anderes.

«Haaaaaallo? Jemand da?»

Dem Schall meiner Stimme nachhörend, wie meine Frage wohl ankommt, reiße ich in der Dunkelheit meine Augen auf, synchron zu den Ohren, die man natürlich nicht aufreißen kann, aber man kann alle Aufmerksamkeit aufs Ohr konzentrieren, lauschen heißt das wohl passender. Doch hier ist nur alles schluckende Schwärze.

Wie komme ich hier raus? Ich könnte den Schrank zum Wackeln bringen, dass er umfällt. Ich werfe mich gegen die linke Wand, er schwankt sogar, aber was, wenn er auf die Türseite kippt? Dann fällt mir das überhaupt Allerdümmste ein: Koppen. Ich könnte mich freikoppen, beschäftigungslose Pferde, denen langweilig ist oder die die Enge ihrer Box stresst, tun das. Sie nagen an irgendwas in ihrem Stall und beißen sich fest, dabei wird der Hals stark gebogen, dass sich ihr Schlundkopf öffnet und Luft in ihre Speiseröhre einströmen kann, die wieder mit einem Rülpser entweicht. Ich könnte mich hier rülpsend freinagen, Pferd und Nagetier in einem, der Mann, den sie Nagepferd nannten. Natürlich werde ich das nicht tun, und mir ist ja auch nicht langweilig, ich bin eher in Panik ratlos, oder ratlos in Erschöpfung, ich muss hier raus, meine verschnürten Hände werden kalt, so wie eigentlich alles an und in mir.

«Ober, zahlen bitte!»

Natürlich auch nicht toll, jetzt witzig sein zu wollen, aber es ist ja egal, was ich schreie, es müssen nur Geräusche sein, und tatsächlich höre ich, dass eine Tür aufgeht, Schritte auf einem Holzfußboden nähern sich, jemand dreht an einer Seite meines Schranks an einem Schlüssel, übrigens die linke Seite, die, auf die ich fallen wollte, Tür geht auf, vor mir steht im Tageslicht Anja Kruse. Mich hätte nicht gewundert, wenn sie eine SS-Uniform angehabt hätte, mit Breeches und allem, das ist jetzt auch schon egal. Ich seufze, sie schaut mich angewidert an, meine Füße sind blau, meine Hände auf dem Rücken vermutlich auch, die Übersprungserektion bin ich schon lange los, ich frage mich, ob das gut oder schlecht ist, gut vermutlich, eine Belastung des Angeklagten weniger. Ich bin sie wohl losgeworden, als ich gedanklich beim Pferd in der Box war. Langsam bewegen wir uns in die Richtung einer verfluchten Franz-Kafka-Geschichte oder zumindest einer Persiflage davon (vergriffene Taschenbuchausgabe).

«Danke! Endlich!»

«Endlich was?»

«Dass Sie, dass du mich hier rausholst.»

«Tu ich das?»

«Nicht? Was mache ich hier eigentlich?»

«Du sitzt gefesselt in meinem Kleiderschrank.»

«Gut, dass es kein Kühlschrank ist.»

«Pass mal auf, Abdul, oder wie du heißt, Tex, natürlich weiß ich, wie du hier reingekommen bist. Du hast mich doch darum gebeten. Du wolltest ja nicht mehr weg.»

«Aber wie komme ich in deine Wohnung?»

«Ja, das ist mein Fehler, ich hätte deinem Drängen natürlich nicht nachgeben sollen, und dann war da plötzlich die Flasche Grappa, die steht hier ja schon lange, ich hab Gott sei Dank nicht viel getrunken, aber bei dir ging das flott, du hast das runtergestürzt wie Wasser, und dann konntest du ja nicht mehr gehen. Ich habe angeboten, dass du hier auf dem Sofa schläfst, aber du hast auf diesem Schwachsinn bestanden, mit dem Fesseln und so. Weil du vom Sofa fallen würdest, wenn man dich nicht anbände, und das Sofa könne aus dem Fenster fallen. Und ich habe mir dann gedacht, gut, ist zwar verrückt, aber so kann er immerhin nichts anrichten.»

«Und wenn ich aufs Klo gemusst hätte?»

«Du hast ja gesagt, du hättest eine große Blase, das sei deine ‹schwimmende Festplatte›. Habe ich zwar nicht verstanden, aber egal, ich wollte nur schlafen, ich war müde. Ich schneid dich mal los jetzt.»

Ich schämte mich. Nicht wegen meiner Nacktheit, die war mir schon lange egal, eher wegen meiner nackten Seele. Wie kann man sich nur so demütigen? *Nackte Seele*, Gott, wie das schon klingt! Nach einer gebrauchten Obszönität aus einem Gogolbuch. Sie schnitt mit einer Schere die Stricke durch, die Schere war stumpf, und sie musste ein bisschen fummeln, meine Hände und Füße hätten aufgeatmet, wenn sie hätten atmen können, sie waren taub, Taube atmen anders, das habe ich mal irgendwo gelesen, kann auch sein, dass ich das selbst mal geschrieben hatte, Blinde hören diffiziler, Stumme küssen besser, Taube atmen anders. Ich konnte kaum stehen, klaubte meine überall im Raum verteilten Sachen zusammen und stolperte quasi in meine Hose und den Rest, angezogen, also fertig, spürte ich jetzt sogar noch stärker, wie mich die Scham flutete. So kannte sie mich, nackt war ich unsichtbar gewesen, ich stand dann da, gnädigerweise hatte sie dem Anziehen kaum Aufmerksamkeit gezollt, weil sie ihre Schere schliff, mit einem Wetzstein. Von allen Dingen, die man nicht im Haushalt einer Frau vermutet, ist wohl ein

Wetzstein eines der unvermutetsten. Sie war sehr beschäftigt, vielleicht auch, um mir die Chance zu geben, mich zu restaurieren. Die herumliegenden Seilreste sammelte ich auf und steckte sie in meine Hosentasche, die dumme Fessel sollte mit mir verschwinden, so wie ich vorhatte, endgültig aus Anja Kruses Leben zu verschwinden, ich war hier einfach zu weit gegangen, es reichte. Ich wollte ihr das morgen auch mailen, und der Lektorin ebenso, ich war fertig, ich musste mir was anderes ausdenken, musste woanders ansetzen, vielleicht ein Reisebuch, irgendwelche kleinen Reisegeschichtchen, das machen doch viele, scheint ein Trend zu sein, Roger Willemsen, Kracht, Kerkeling, genau, das mache ich, damit habe ich die Lektorin wieder auf meiner Seite, puh, so lässt sich das hier am einfachsten lösen.

«Anja, ich geh dann mal.»

Sie schaute kaum auf, wetzte wie verbissen an ihrer Schere, murmelte etwas, was so klang wie: «Ja, salü.»

Das war wohl ihre Taktik, kein letzter Blick, das Letzte, was bleibt auf Netzhaut und in Erinnerung, ist das Bild eines Verrückten. Andererseits, so was blieb doch eigentlich länger haften als das Normale, Abwaschbare. Egal, es war ihre Entscheidung, ich durfte hier nicht mehr länger sein, das verbot ich mir selbst. Ich ging leise, machte die Tür auf, auch noch eine falsche, die zu ihrem Schlafzimmer, in ihrem Bett schnarchte, ach du lieber Himmel, das jetzt auch noch: Daniel Kehlmann!

Natürlich nicht, aber für eine Mikrosekunde bildete ich mir ein, dass mich das nicht im Geringsten überraschen würde. Das habe ich manchmal, wenn ich auf jemanden warte und angespannt zur Tür sehe, wenn sie immer mal wieder aufgeht, mein Bild ist dann schon fertig, und je gespannter ich bin, desto sicherer schiebt sich dieses erwartete Bild über das von dem, der tatsächlich reinkommt, egal ob Frau oder Mann, alt, klein, groß, dick, Chinese, die Erwartung ist so groß, dass sie die Wirklichkeit ignoriert. Aber, wie gesagt, das ist sehr flüchtig, das ist der Ångströmflash, wie ich ihn nenne, eine winzige Maßeinheit eines falschen Bildes, und so ist das jetzt auch, da liegt Daniel Kehlmann, obwohl da ja überhaupt niemand liegt. Nur kommt jetzt noch dazu, dass meine Wahrnehmung ohnehin so fransig ist, da gibt's in diesem Moment nichts Konkretes, man weiß nicht recht, folgt hier der Geist den Augen oder andersrum? Eine amorphe Masse quillt aus der Wohnung einer Schauspielerin namens Anja Kruse, die ich mal vergöttert habe, aus ihrer Wohnung, aus ihrem Leben, das war's dann, das kurze Glück. Glück? Für sie nicht, für mich auch eher Leid, eine Idee zumindest, eine Idee, die nicht sein durfte.

8.

Als ich aufwache, ist mein erster Gedanke: Jetzt bitte, bitte ganz schnell, alles Dumme von gestern soll jetzt bitte hier neben meinem Bett aufgereiht stehen, ich will die Parade der Demütigungen abnehmen. Woran erinnere ich mich noch?

Sascha weiß ich noch, im Prassnik, Anja Kruse vorher, war ich noch bei ihr? Nein, nur kurz getroffen, nein, lang, und dann Sascha und dann nach Hause. Ich stehe auf, auf meinem Tisch, o Gott, vier Bierflaschen, hatte ich nicht zwei mitgenommen, wo kommen die anderen zwei her? Und eine Rotweinflasche, auch nur noch ein Schluck drin, für wen denn den? Für mich wahrscheinlich, zur Beruhigung, schau, war doch gar nicht eine ganze. Und der Computer ist aufgeklappt, bleckt wie ein silbernes Krokodil sein grinsendes Maul, bitte nicht gestern noch irgendwas gemailt, bitte nicht! Ich traue mich nicht, ihn anzumachen, laufe stattdessen in die Küche. Auf dem Fußboden liegt eine Schüssel in Scherben, alles voller Milch und Cornflakes, ach, das wollte ich gestern wohl noch essen, auf die Pfahlmuscheln, an die ich mich erinnern kann, brauchte ich wohl noch was, und da wird mir die Schüssel aus der Hand gerutscht sein, mach ich morgen sauber, habe ich wohl gedacht, nachts nichts mehr saubermachen, wühlt nur zu sehr auf, als Belohnung für diese weise Entscheidung stattdessen, nein, als Ersatz fürs Essen dann wahrscheinlich der Rotwein, ich spüre den Rotweingeschmack im Mund, das ist das Tannin, oder wie das Zeug heißt, ich trinke nie Wein, Bier hinterlässt keine

Rückstände, auf der Seele schon, dann das Fett natürlich, bei mir schlägt Bier aber nicht an, wahrscheinlich weil ich nie was esse. Das wird auch der Grund sein, warum ich noch nie gekotzt habe nach Alkoholsitzungen, als Kind natürlich schon, dreimal vielleicht, aber das war's dann auch, gut so? Oder nicht gut? Ich kann den Computer nicht anmachen, ich muss aus dem Haus, mir geht's ganz schlecht, ich lebe nicht, ich bin ein Kadaver auf der Flucht. Solche Sachen wie Duschen oder so, das mache ich nie, man muss stinken, damit man immer daran erinnert wird, woher man kommt und wer man ist, anders als die Drogensüchtigen, die immer so frisch gewaschene Haare haben, wirklich wahr, muss man mal drauf achten, wahrscheinlich glauben sie, sie könnten ihre inneren Verwüstungen abwaschen oder den reinen Schein gegenüber anderen wahren, wahren, wahren, wahren, was für Scheißwörter, ich sag das sonst nie, vielleicht will ich ja meine Sprache wahren, eine reine Sprache kommt aus einem verrotteten Körper. Hass, Hass, Hass, so gehe ich aus dem Haus, muss was essen, aber bin, wie immer, zu traurig, um was runterzubekommen, und ich weiß JETZT schon, dass ich schlingen werde, und auch wenn ich nicht schlinge, reibt sich der Globus die Hände.

Ich resigniere vor dem Lokal, geht nicht, ich müsste es, aber kann es nicht. Ich wüte durch die Straßen, niemand kann gehen, alle torkeln, taumeln, wie dumme, egoistische Ichpinzetten. Warum hat die Menschheit eigentlich nie gehen gelernt? Zeit hatte sie doch genug. Immer steht sie einem im Weg, beziehungsweise sich selbst, aber das merkt sie ja nicht, sie muss ja ununterbrochen telefonieren, lauwarme Pizzakeile in sich rammen und dumm aussehen, dumm und peinlich und aufgeblasen, hässlich, sie merkt nicht, wie hässlich sie ist, und kindisch und angeberisch, und wie abgrundtief rücksichtslos sie ist, und dann muss alles auch noch fotografiert und gefilmt und kommentiert werden, immer reden, HALTET DOCH ENDLICH MAL DIE FRESSE, immer labern und quaken müssen sie, alles vollkommentieren, alle müssen sie Kolumnen schreiben und rummeinen, diese Brut, wie die Körperfresser kommen sie aus Schoten aus dem All und fressen alles auf, fressen die Erde auf, und mich, und ich bin der Einzige, der nichts essen kann, dem bleibt die ganze Erde im Hals stecken, das liegt an ihrer Rücksichtslosigkeit, warum haben sie eigentlich NIE Zweifel, warum gehen sie nicht EINMAL vernünftig, und warum müssen sie einen immer so ungeniert anstarren, WAS GLOTZT DU SO DOOF?

Und dieses ganze Umarmen und Küssen, das bringt doch nichts, das ist doch nichts als Lüge, Betrug und Zeitvernichtung. Und diese Verlogenheit von «Schönen Tag noch, schönen Abend noch», was bilden die sich eigentlich ein, was geht sie das an, was mit meinem Tag ist, was ich an meinem Abend mache, warum müssen sie sich in ALLES einmischen? Sie, die immer rechtzeitig zu Hause sind, wenn es zu regnen anfängt. Manchmal bin ich ganz nahe dran, einen von ihnen anzuschreien: GEH VERDAMMT NOCH MAL RICHTIG! KANNST DU NICHT NORMAL GEHEN, HAST DU DAS NICHT GELERNT, IN VIERZIGTAUSEND JAHREN? MEHR GEB ICH DIR UND DEINEM SPATZENHIRN NICHT. Ich bin immer knapp davor, die vierzigtausendjährigen Bewegungsparalysierten anzuschreien, Tourettesyndrom ist mir ein völlig verständliches Konzept, total klar, ich weiß schon, was da rauskommt, und warum, das muss herrlich entkrampfend sein? Die können das ja leider nicht steuern, das wäre was, so auf Knopfdruck, kleine Touretteattacken, oder noch besser: Elektroschocks austeilen. Was ich stattdessen mache, ist lächerlich: Wenn ich jemanden ins sogenannte Auge fasse, versuche ich, ihn richtig böse anzusehen. Der Idiot versteht das natürlich nicht, aber ich bilde mir ein, meine Blicke sind kleine Elektroschocks. Leider gehen die eher gegen mich selbst, weil SIE KAPIEREN ES JA NICHT, ABER IHR KRIEGT AUCH NOCH EUER FETT WEG, VERLASST EUCH DRAUF!

Ich bin der wütendste Mann der Welt, in der Hand eine spitze Gabel, in einer Suppenwelt. Voller Wut gehe ich wieder nach Hause. Mein Magen muss büßen, kriegt heute nichts, ach scheiße, der ganze Fußboden eingesaut, ich muss weinen vor Rührung plötzlich, wie dumm und armselig ich da auf dem blau-weißen Plastikfußboden knie und die milchtriefenden Scherben aufsammle, so als wären sie vollgesogen, das bin ich, das mache ich für EUCH, ihr Arschlöcher, Tränen der Wut vermutlich. Ich schaffe das nicht, ich sammle nur die größten Scherben zusammen, alles tut mir so leid, Mitleid mit dem Objekt, Stellvertretermitleid, diese armen weichen Cornflakes, der Plastikboden, der rührt mich so, er fragt: Warum ich? Wie Anjas Augen, warum ich? WARUM? Ich schiebe den ganzen Porzellan-, Milch- und Cornflakesmatsch zu einem Haufen zusammen, muss jetzt halt immer um ihn rumgehen, soll so bleiben, als Strafe, soll mal ankleben und zu stinken anfangen, Mahnmal der Dummheit. Gammlige Milch, das rieche ich gerne, Fäulnis, Zorn und Süße, verschimmelte Milch, ich habe früher mal Milchpackungen gesammelt, in einer Duschkabine, weiß auch nicht recht, warum eigentlich, da war ich so sechzehn, sollte wohl ein Kunstwerk werden, eine olfaktorische Skulptur, in meiner ersten Wohngemeinschaft, mit so einem Jugendfreund namens Jens, der war fünfzehn, vielleicht weil es sich so gut anfühlte, endlich verwahrlosen zu können, ohne sich rechtfertigen zu müssen, und seit dieser Zeit ist mir der Geruch vergammelter Milch nicht unangenehm, löst er was aus. Noch dazu habe ich tagsüber in einer Molkerei gearbeitet und Joghurt abgefüllt, diese nasse Fabrik, innen alles gekachelt, rhythmisch klopfende Chrommaschinen, alles abwaschbar, und der eigenartige Milchgeruch, überall heißes Wasser und Dampf und warme Mich, Joghurtbakterien, blaue Gummistiefel, weiße Anzüge, labbriges weißes Hemd und Hose, auf dem Kopf ein Wegwerfschiffchen aus Papier, all das löst bei mir irgendwie Milch in verschiedenen Aggregatzuständen aus, das Herzklopfen der Maschine, eine frühe Form der Geborgenheit, möglicherweise dem Uterus nicht unähnlich. Und ein bestimmtes Datum verbinde ich mit dieser Zeit: den 8. Dezember 1980, als John Lennon erschossen wurde, ich hörte das morgens im Radio. Sie spielten fast jede halbe Stunde abwechselnd das weinerliche «Imagine», das musste ich sofort ausmachen, und das sehr erträgliche, gerade veröffentlichte «(Just Like) Starting Over», und bedrückt schlich ich mit diesem Lied zur Spätschicht um vierzehn Uhr in die Fabrik und füllte Joghurts ab, an der Maschine 61. Es wurden an dem Tag Rumrosinen abgefüllt. Ich kippte von ca. fünfzehn Bechern die warme, noch nicht feste Joghurtbrühe weg und die Rumrosinen in mich rein, ich wollte mich vor Trauer mit Rumrosinen besoffen essen, und bildete mir ein, dass ich tatsächlich blau war am Ende der Schicht. Leider hatte ich dadurch auch wieder das labbrige «Imagine» im Ohr und nicht das gute Lied des Toten, aber das war auch schon egal, ich war ja von den Rosinen betrunken. So wurde ich erwachsen, am 8. Dezember 1980, knülle von Rosinen, den Milchgeruch nahm ich noch aus der Kindheit mit. Noch mit einem einlullend naiven Lied im Ohr, aber draußen stand schon ein anderes Lied und holte mich ab, ein hartes Lied, verschrieben von Dr. Feelgood:

I decided eventually
This ain't doing a thing for me
They got him on milk and alcohol

Aber es ist lange her, dass ich mich am süßen Geruch von verfaulter Milch laben konnte. Jetzt kann ich mit so was meine Wut nicht mehr abkühlen, diesen Hass auf alles und jeden, vor allem auf mich selbst.

Und ich weiß ja ganz genau, wo die Quelle des Hasses ist, sie ist im Nebenraum, das ist der silberne, aufgeklappte Computer, der mich immer reinzieht, runterzieht, in die Hölle, in meine Hölle, der mir zeigt, das bist du, dieses hässliche Gesicht, dieses verlogene, versoffene Stück Scheiße, du stinkst, du Arschmakrele ernährst dich von deinem eigenen Gestank, du Wrack. Hasswrackprämie gibt's heute keine. Alles, was ich tue, ist lächerlich, lachhaft, nur dass es nichts zu lachen gibt, stattdessen Wut, ratlose Wut, wie und wo, kann man die abladen? Altwutcontainer. Ach scheiße, keine Lust auf blöde Wortspiele, hau ab, raus aus meinem Kadaver, Donald Duck.

Mal durchatmen. Wut ist peinlich, Hass ist pubertär, Grämlichkeit macht das Blut dünn, nein, dick, außerdem weiß ich ja, wo es herkommt. Du bist selbst schuld, das ist Selbsthass, also geh zum verdammten Computer und mach ihn an, und verfolge die Schneise der Verwüstung, die du da möglicherweise in die Nacht gefräst und gekotzt hast, vielleicht ja auch nicht, kann ja auch sein. Vielleicht hab ich ja auch nur reingestarrt, vor Stumpfsinn, fassungslos, unfähig, IRGENDWAS zu machen. Frommer Wunsch, die Wut hört ja nicht auf nach Einbruch der Dämmerung.

9.

Zittrig ging ich ans Postfach, öffnete mit bis zum Hals pochendem Herzen den Ausgang, und fand was? Eine einzige Mail, puh, und die auch nur an Sascha Lobo. Wenn ich ihn beleidigt oder irgendwie Scheiße gemailt hätte, wäre es leichter, das aus der Welt zu räumen. Sascha ist zwar empfindlich wie eine Zibetkatze, kann aber so schnell verzeihen wie ein Seebarsch.

Ich hatte ihm lediglich eine etwas eigenartige Geschichte geschickt, aus der man aber vielleicht irgendwas machen konnte, irgendwo einbauen oder so, keine Ahnung, warum ich sie ihm geschickt hatte. Vielleicht sollte er sie beurteilen, es hatte aber sicher auch mit seinen komischen Theorien von gestern zu tun, Eierbier und so, warmes Wasser ist dicker als kaltes, Farben nicht durcheinandertrinken. Vielleicht war diese Mail eine Art Vortraum, ein Prolog zu dem, was ich im Schlaf zu träumen erhoffte:

Der Mann, der zeit seines Lebens Apfelsaft mit Speiseöl verwechselte. Er trank das Öl, wenn er durstig war, und briet mit dem Saft, hatte sich richtig daran gewöhnt. Es funktionierte nicht gut, aber irgendwie ging es doch. Dann, mit 35 oder so, lernte er eine Frau kennen. Er lud sie zu sich ein, bot ihr, als sie Durst hatte, Öl an. Die Frau wies ihn entsetzt darauf hin, dass man Öl nicht trinkt. Er verstand das zunächst nicht. Sie gingen ins Bett, und versuchten da etwas, was nicht klappte. Resigniert versuchten sie einzuschlafen. Sie dachte, ich kann keinen Sex haben mit einem, der Öl trinkt. Er dachte immer an ihren entsetzten Blick, der wohl bedeutete, dass er etwas falsch gemacht hatte, und das spiegelte sich dann in seiner Libido wider. Am nächsten Morgen, sie schlief noch, wollte er ihr ein Rührei machen. Er verquirlte das Ei und goss es in den kochenden Apfelsaft, es stockte natürlich, hatte die Konsistenz von verlorenen Eiern, und das brachte er ihr ans Bett, was sie natürlich irritierte. Sie ließ sich zeigen, wie er es gemacht hat, sah den Apfelsaft, und jetzt wurde ihr klar, dass er aufgrund der gleichen Farbe das Öl und den Saft verwechselt hatte.

Der Mann war verzweifelt. Wie sollte er jetzt sein Leben neu ausrichten, seinen Geschmack, seinen Alltag neu ordnen? Das war wie bei einem Blinden, der nach 35 Jahren plötzlich sehen kann. All das, was er sich vorgestellt hat, Himmel, Straßen, Bäume, bekommt plötzlich eine irritierend strenge, farbliche Ordnung, vorher gab es so etwas wie Farbe gar nicht, nur Gefühl, Wärme, Kälte, Schall, Stufen, bergauf, bergab, Ecken, oben, unten, Vögel sahen in der Vorstellung vielleicht aus wie fliegende Kartoffeln, und Rosen waren blau, und Blau war keine Farbe, sondern nur ein Wort für Trauer, weil das in den Liedern immer so behauptet wird. Und so fühlte der Mann sich jetzt, blau und irgendwie ertappt. Nein, Öl trinkt man nicht, das eine Gelb der einen Flüssigkeit muss mit dem anderen Gelb der anderen Flüssigkeit getauscht werden. So wie immer wieder einmal ein Mensch mit einem anderen getauscht werden muss. Damit es irgendwie weitergehen kann. Sonst bleibt alles stehen.

DER KOPF

1.

Was war das eben? Ich hatte es gelesen, aber es war nicht von mir, auch wenn es so klang. Es war komprimiert auf diesem kleinen Ameisenstecker, den ich in einem Spind in einer Lagerhalle gefunden hatte. Ein Mann namens Abdul hatte das geschrieben. Wer war dieser Abdul? Er gab vor, ich zu sein, nein, falsch, er hatte das ja nur geschrieben. Und wie kam er auf Anja Kruse? Gut, möglich, dass ein paar Menschen mehr von Anja Kruse begeistert waren, das durfte jetzt nicht nur mein Privileg sein, bei mir war das Obsessive ja nun auch augenscheinlich ein bisschen milder als bei diesem Abdulirren, bei mir konnte man das nicht mal Obsession nennen, eher, na ja, distanziertes Fantum vielleicht. Ich vermutete, dass er gar keine Lektorin und keinen Verlag hatte, das war alles

Phantasie, Wunschdenken, und er benutzte mich als Stellvertreter, um an Kruse zu kommen.

Ich verstand das alles nicht. Stalkte der Typ mich und gab sich als Tex Rubinowitz aus, um an Kruse zu kommen, oder stalkte er Kruse, um an mich zu kommen? Und am Ende bringt er sich in Kruses Kleiderschrank um, tja, um was damit zu bezwecken? Um mir die Schuld zu geben? Nein, außerdem war es ja laut Ermittlungsprotokoll ein Unfall mit tödlichem Ausgang, wie kam der denn überhaupt in ihre Wohnung, hatte er sie wirklich getroffen, wie er im Text behauptete? Was stimmte denn davon überhaupt? Also, dass er bei der Okay-Film war, das wusste ich ja jetzt. Offenbar hatte er auch in derselben Agentur wie ich gearbeitet und dort wohl auch das Apfelmädchen aus Sylt kennengelernt, aber vorher war er kurz mit dieser Irma zusammen, die er im U4 kennengelernt hatte, während ich das Licht machte. Meine Güte, das konnte man sich doch alles gar nicht ausdenken, das würde einem doch kein Mensch glauben. Vor allem, wie sollte man das beweisen, wenn einer der Beteiligten, der Hauptbeteiligte nämlich, tot war, und es bei mir im Kopf auch nicht mehr so richtig stimmte? Man konnte den Text natürlich mit Hilfe des Ellegård-Tests untersuchen, das ist ein Computerprogramm der Linguistischen Forensik, bei dem verschiedene Idiolektmuster analysiert und verglichen werden. Ich hatte mir diese Software mal installieren lassen, um Plagiatsfälle schneller zu enttarnen, das geht in Sekundenschnelle.

Beim Abgleich von Abduls mit meiner Syntax ergab sich eine hohe Übereinstimmung. Ich vermutete stark, dass Abdul dasselbe Programm benutzt hatte, um meinen *Sound* zu imitieren. Das Biographische im Text, der aristokratische

Handdefekt, das Globussyndrom, die Molkerei, Lennon und die Rumrosinen, all diese Partikel, das waren keine wirklichen Geheimnisse, wer sich wirklich in meine Biographie hineinwühlte, konnte das irgendwo im Netz finden. Vielleicht hatte Abdul auch mit Leuten geredet, die das wissen konnten, und Sascha Lobo, ja, ich kannte ihn, wenn auch nicht sehr gut, das hatte Abdul wohl rausgefunden, allerdings lebte Sascha nicht in Wien, auch nicht mehr in Berlin, er leitete ja jetzt das Goethe-Institut auf den Färöern. Und in Wien gab es auch keine Gastwirtschaft Prassnik wie in Berlin. Hier hatte mein Stalker wohl die dichterische Brechstange angesetzt, und was über Fakten und Syntax hinausging, das mochte er sich zusammenkonstruiert haben. Er hatte versucht, wie ich zu denken, etwa ab welchem Trunkenheitsgrad man in echolosen Nächten nichts mehr ins Internet schreiben sollte. Vielleicht hatte ich genau dieses Thema irgendwo schon mal erörtert, einen Text darüber für eine Zeitung geschrieben? Oder in einem Internetforum irgendwo was ausgekippt? Ich hatte ja mal so ein Forum gegründet, das am Ende sektiererische Züge annahm, auch Sascha war da emsiger Zuträger gewesen, ja, er hatte es regelrecht aufgegessen, weil er unbedingt dazugehören wollte. Konnte es sein, dass Abdul Sascha getroffen und interviewt hatte? In diesem Forum stehen Abertausende Einträge von mir, zu allem Möglichen, in allen möglichen Bewusstseinszuständen geschrieben. Ob er das destilliert und sich daraus ein Bild von mir gebaut hatte, um dieses Buch zu schreiben, aus dem dann wohl doch nichts wurde, und das Ganze dann sozusagen als Abschiedsbrief benutzt hatte? Hatte er das unter den Tisch in Johns Firma geklebt, in der Hoffnung, dass das mir dann hinterbracht würde?

Allerdings war es ja offenbar kein Suizid gewesen, also brauchte er auch keinen Abschiedsbrief. Aber vielleicht hatte er den Tod einkalkuliert, als Möglichkeit, hatte mir das alles vermacht, also mich mir vermacht, mich als Autor eines nie veröffentlichten Buches namens «Der Donnerclown». Wollte er mir das am Ende gar schenken? Ein Ghostwriter im wahrsten Sinne des Wortes? Ich war jetzt etwas ratlos. Sollte ich das mal meinem Lektor schicken? Dass der sich das ansieht? Ganz beruhigend war ja, dass er eine fiktive Lektorin hatte, wenn er mich gut gekannt hätte, hätte er ja leicht herausfinden können, dass mein einziges Buch, also «Virna», von einem Mann lektoriert wurde, hm.

Ich hatte Glück, nicht ich musste meinem Lektor schreiben, es kam etwas von ihm.

> Sehr geehrter Herr Rubinowitz, wie geht's denn unserem Buch? Kommen Sie voran? Kann man schon absehen, in welche Richtung sich das entwickelt? Ich bin demnächst in Wien, vielleicht können wir uns kurz treffen. Was halten Sie davon?

Ich schrieb gleich zurück:

> Ja, das ist wunderbar. Ich habe Ihnen einiges zu erzählen und zu zeigen. Via Mail geht das schlecht und Telefon «geht gar nicht», wie Sie wissen, also bitte melden Sie sich rechtzeitig, dass ich irgendwo etwas organisieren kann, also zum Sitzen und Reden und Trinken.

Und ich dachte da natürlich sofort an die Kneipe gegenüber dem Lagerhaus. Dort würde ich ihm alles erzählen, ihm den

Text von Abdul zeigen können, ihn um eine Expertise bitten, wie er es fände, wenn man Abduls Text in meinen einpflegte, ob das ginge, ob das überhaupt statthaft wäre, und dann könnte man rübergehen, und ich könnte ihm den Spind zeigen, sozusagen als Beweis. Und jetzt hatte ich sogar noch ein bisschen Zeit, um mich zu strukturieren und zusammenzusammeln, was ich hatte, ich hatte ja inzwischen selbst «keinen Kopf» mehr für all die Dinge, die da zusammenkamen. Das mit dem Gesicht hatte sich auch nicht entspannt, es glühte nach wie vor. Inzwischen schmierte ich eine Teersalbe drauf und wusch mir die Haare mit Teershampoo, aber auch das half nichts, roch aber immerhin sehr gut. Ich dachte, wenn ich wenigstens etwas Gutes rieche, ein guter Geruch mich umweht, kann man vielleicht darauf etwas aufbauen, erst mal ein solides olfaktorisches Haus, in das dann später die verhuschte Seele wieder einziehen kann.

Was ich aber unablässig umkreiste, gedanklich, war, wie eigentlich Anjas Verhältnis zu Abdul ausgesehen hatte. Was stimmte denn aus dem Text mit dem überein, was dann in Wirklichkeit stattfand? Kannten Sie sich? Und wenn, wie gut? Wie war er in ihre Wohnung gekommen, in Ihren Schrank? Durch Sie selbst? Oder war das alles Fiktion, zusammengestalkte Informationen? Bei unseren Treffen mit John hatte ich mich nicht zu fragen getraut, das war mir etwas zu heikel gewesen, ich musste sie mal alleine treffen, sie sogar unbedingt vorher treffen, also bevor mein Lektor nach Wien kam, vielleicht war sie ja gerade nicht in Paris. Also schrieb ich John eine Mail, ob er mir die Mailadresse von Anja rausgeben oder eine Mail von mir weiterleiten könne.

Ich schrieb:

Liebe Anja, es hat mich sehr gefreut, dich letztens im Café Ritter gesehen zu haben, auch wenn die Umstände unseres Treffens in Genf erfreulicher waren. Ich kann mir denken, dass viele Leute etwas von dir wollen. Nun, da wir an einem gemeinsamen Projekt arbeiten, also ich ein bisschen am Drehbuch, du in der Rolle, kann ich dich vielleicht auch einmal konsultieren. Es geht um ein Detail, das ich gerne eingearbeitet hätte: Wäre es möglich, sich in Wien zu treffen, weil ich irgendwie machulle bin, à bientôt, Tex»

Ich schrieb tatsächlich *machulle.* Sollte das auf prätentiös jiddische Art «pleite» bedeuten? Gerne hätte ich ihr gleich auch noch die Genfer Marillenepisode erzählt, aber das ging natürlich nicht, das wäre flegelhaft gewesen. John leitete das weiter, er meinte, er könne ohne Anjas Einverständnis ihre Mailadresse leider nicht rausgeben, «auch nicht dir, mein Lieber».

Bereits am nächsten Tag hatte ich ihre Antwort. Sie sei noch ein paar Tage in Wien, ja, wir könnten uns treffen, ob ich das italienische Lokal «Fabio's» kennen würde, in der Innenstadt? Ich schrieb, ja, gut, ich war dort zwar noch nie gewesen, wusste aber, wo es ist. Dass ich es aus Abduls Text kannte, wollte ich ihr jetzt nicht sagen, vielleicht später, aber das musste man anders anlegen, da würde mir schon was einfallen, mir fällt in solchen Situationen immer irgendwas ein. Stress und Druck generieren Ideen, auf die man sich in Zeiten der Zufriedenheit und Langeweile selten verlassen kann.

Wir trafen uns an einem Donnerstag, an einem Frühabend in ebenjenem Lokal. Sie hatte reserviert, auf den Namen Haneke, ich glaube, das sollte ein Witz sein. Ich nahm den Zettel von meinem Küchentisch mit, wusste aber noch nicht, was ich damit machen sollte. Vielleicht in ihre Tasche schmuggeln, wenn sie mal am Klo ist, sie würde ihn finden, und sich so wundern, wie ich mich gewundert hatte. Vielleicht hatte ich das ja auch deshalb mit verstellter Schrift geschrieben, damit ich später nicht als Urheber zur Verantwortung gezogen werden konnte, für eine vollkommen lächerliche «Tat». Aber im Grunde genommen liebe ich ja so was, es macht irgendetwas, will aber nichts, verdammter Fluch des Fluxus, einmal infiziert, wird man das schlecht wieder los. Keinen Sinn machen, das scheint schon immer mein Motto gewesen zu sein, ist ja auch recht bequem und hilfreich beim allgemeinen Durchschlängeln.

Wenn mich Anja auf mein heute prachtvoll wie eine Seeanemone blühendes Gesicht anspräche, könnte ich ja auch sagen, ich mache nur gerade eine Transformation durch, das ist so wie Häuten, alle sieben Jahre habe ich das.

Aber sie sprach mich nicht auf mein Gesicht an, sie kam mir mit etwas anderem zuvor. Sie sprach mich auf Abdul an.

«Der Grund, warum wir hier sitzen, ist Abdul, nicht wahr?»

«Ich geb's zu, ja. Mich beschäftigt das eben. Beschäftigt es dich nicht, wenn da ein Toter in deinem Schrank liegt?»

«Das schon, aber ich bin relativ entspannt. Erstens hab ich ihn nicht gefunden, das war die Frau, die bei mir die Pflanzen gießt. Ich drehte ja gerade ‹Klinik unter Palmen›, diesen üblichen Mist, und dann bekomme ich den Anruf von der Frau über den Fund, und gleich war die Klinik nicht mehr ganz so schlimm. Kann alles auch etwas Gutes haben.»

«Aber die Frau, wie hat die den Mann denn gefunden? Du hast doch sicher keine Pflanzen im Schrank, oder?»

«Nein, das nicht, aber ich habe sie gebeten, mir ein paar

Sachen zu schicken, weil wir die Klinik verlängern mussten. Da war ja dieser Taifun in der Karibik, wir hatten Drehausfälle, deshalb ging sie an den Schrank, und dann passierte es eben. Das war natürlich ein Schock für die Ärmste, sie tut mir leid. Ich selbst habe das relativ entspannt genommen, weil der Tod ja zum Leben dazugehört, und wir haben auch gleich die Wohnungsschlösser ausgetauscht. Andererseits ist er jetzt tot, er kann ja nicht ein zweites Mal rein, ach, egal, das ist eben ein psychologischer Schlossaustausch.»

Anja bestellte sich einen Gin Fizz. Hätte ich jetzt gedacht, sie trinkt Rotwein wie in Abduls Text, weil es auch zu ihr gepasst hätte? Ich trank Bier. Wollte sie etwas essen? «Ja, bitte», sagte sie dem Kellner, den sie Alberto nannte und also offenbar kannte, «ein veganes Vitello tonnato.» Der Kellner schaute irritiert, sie wiederholte die Bestellung: «Vitello tonnato, machst du mir das vegan, Alberto?» Der Kellner verstand immer noch nicht: «Allora, cosa è vegano?» Sie lachte: «Ach, Alberto, war doch nur ein Witz, bring den normalen Rindfischmatsch.»

Ich bestellte das Gleiche, das ist immer für alle Beteiligten, also Koch, Kellner, Gäste, am einfachsten abzuwickeln. Außerdem mochte ich das Wort Rindfischmatsch, ihr Wort, Vokabular vom anderen übernehmen, als vertrauensbildende Maßnahme.

Ich fragte Anja, ob sie noch Kontakt zu der Finderin hatte. Ja, klar, das sei eine Freundin von ihr. Wie es ihr ginge, fragte ich dann, ob sie traumatisiert sei. Ja, schon, sehr, sie habe Abdul ja gekannt. Wie bitte? Das war ja interessant, dann hätte er ja über sie an den Schlüssel kommen können. Ja, das wäre die naheliegende Erklärung. Aber was war denn der Grund, dass er so etwas ausgerechnet in ihrer Wohnung macht? Sie schloss mal aus, schon aus Selbstschutz, dass sie, also Anja, etwas damit zu tun gehabt haben könnte, sie glaubte, wie jeder an der Ermittlung Beteiligte auch, dass Abduls Handeln eigentlich der Finderin galt, um sie subtil zu bestrafen. Ich warf ein, dass Abdul doch gar nicht sterben wollte. Anja meinte aber, er habe es doch darauf angelegt, und diese Masturbationssache sei nur vorgetäuscht, um den Tod noch abstoßender zu machen, es sollte wie ein Unfall aussehen. So wie es in den Mafiafilmen immer heißt: Bring ihn um, aber lass es wie einen Unfall aussehen.

Das erzählte sie mir, während sie diese zugeschmierten Rindfleischscheiben aß. Ich kriegte keinen Bissen runter und kaute an dem trockenen Brot. Anja war wirklich bewundernswert fatalistisch, oder einfach nur hart. Als sie fertig war mit ihrem Essen, fragte sie mich, ob es mir denn nicht schmecke. Nein, sagte ich, ist schon gut, mir reichten schon das Brot und das Bier, mehr brauche ich echt nicht, das hätte ich vor der Bestellung bedenken sollen. Ohne zu fragen, nahm sie mir den Teller weg und schaufelte das Zeug in sich hinein. Sie schlang wie jemand, der gerade mit Fasten aufgehört hat. Ich bestellte derweil noch ein Bier und trank so schnell, wie sie aß, mir einbildend, dass ich dadurch etwas wettmachen würde.

«Anja, ich hab eine Frage. Du musst mir das nicht beantworten. Wäre es möglich, dass ich die Frau, die Abdul gefunden hat, mal treffen könnte? Weil ich über ihn etwas schreiben möchte. Also, ich weiß, das ist heikel für sie und so, aber ich würde da schon gerne mehr recherchieren, was meinst du? Macht die das, wie schätzt du sie ein? Könntest du da einen Kontakt herstellen?»

«Ja, klar, kein Problem. Sie heißt übrigens zufälligerweise

auch Anja. Soll ich sie gleich anrufen, soll sie hierherkommen?»

«Ich glaub, das wäre jetzt ein bisschen zu schnell. Ich hatte zuletzt so viele eigenartige Sachen, ich muss das langsam angehen. Du kannst sie ja anrufen, sagen, was ich so vorhabe, und dann vielleicht Anfang kommender Woche, so was in der Art. Ich kann eigentlich immer.»

«Aber dann bin ich schon wieder in Paris. Brauchst du mich denn dabei? Kannst du die Anja vielleicht alleine treffen? Soll ich für dich mit ihr irgendwas ausmachen? Irgendwo, im Alt Wien oder so, Montag um acht, ich beschreibe sie dir, und sie weiß Bescheid?»

«Perfekt.»

«Gut, dann mach ich das nachher. Sag, das war jetzt aber nicht der eigentliche Grund, warum du mich treffen wolltest, oder? Hat das mit dem Film vom John zu tun? Das wollte ich jetzt aber nicht drin haben, ich möchte damit eigentlich nicht in Beziehung gebracht werden. Das ist für mich ein erledigter Fall, kannst du das akzeptieren?»

«Klaro.»

Sie war mit dem Essen fertig, tupfte sich die Lippen ab, bestellte noch einen Gin Fizz und sagte: «Gut, dann ruf ich nachher die Anja an, und wenn du noch Fragen hast, machen wir das weiterhin über Mail, ja?»

Wir sprachen noch ein bisschen belanglos, das heißt, nichts war belanglos angesichts dieser Tragödien und wie wir beide teilweise in ihnen steckten, dann fragte sie etwas, was ich eigentlich sie hätte fragen wollen, wenn ich mich getraut hätte, nämlich ob ich in einer Beziehung wäre. Ich verneinte, erklärte, ich lebte zölibatär, und das sei wohl auch der Grund für den Zustand meines Gesichts (Spontanerklärung zur Entspannung, in erster Linie für mein Gesicht). Sie lachte: «Ja, das muss wohl irgendwo raus.» Ich lachte mit, vermutlich gequält, und meine Ampeln im Gesicht gingen spürbar auf Rot, vielleicht wäre ich ja eines Tages in der Lage, nur noch mit dem Gesicht zu kommunizieren, ohne den Mund aufmachen zu müssen, Zunge und Zähne liefern sich ja sowieso dauernd ihre Kleinkriege und wollen dabei unbeobachtet sein, und dann signalisiert das Gesicht durch Farbveränderungen, was ich zu sagen habe. Der *Psoriasisflüsterer*, so nannten sie ihn, diese schwach glimmenden Witze behielt ich aber für mich. Man muss aufpassen, was man sagt, denn eine Krankheit ist leicht beleidigt und rächt sich dann, sie hat die Macht, deshalb muss man immer gut und nett zu ihr sein.

Wir zahlten, das heißt, sie zahlte, sie lud mich ein und meinte, sie würde nachher die andere Anja anrufen und mir dann einfach eine Mail oder SMS schicken, ob das mit dem Montag um acht im Alt Wien ginge.

Wir verabschiedeten uns vor dem Lokal voneinander, sie wollte mich küssen, also auf die Wangen, aber ich wich zurück, ich mag das eigentlich nicht, wollte sie auch vor meiner Haut schützen, die kann man doch niemandem zumuten, möglich, dass das überspringt, obwohl ich ihr jetzt gerne durch diese Geste nähergekommen wäre. Als sie merkte, wie ich mich zierte, wich sie ihrerseits zurück, zu spät, denn ich hatte es mir anders überlegt, dachte, diese Gelegenheit kommt vielleicht nie wieder, also küss sie, und natürlich verfehlte ich sie. Das muss für Außenstehende eine alberne Slapsticknummer gewesen sein, dieses kokette Hin und Her, am Ende gingen wir beide kusslos in entgegengesetzte Richtungen, und als ich mich umdrehte, um ihr nachzublicken, drehte auch sie sich um, so als wollte sie die Symmetrie wiederherstellen, die durch das einseitige Vitello-tonnato-Essen verrutscht war. Den Zettel hatte ich ihr nicht unterschieben können, ich leckte ihn von hinten an und klebte ihn an eine Verkehrsschildstange, sollen Spucke und der Wind darum rangeln.

Schon eine halbe Stunde später bekam ich eine SMS: die Bestätigung des Termins mit der zweiten Anja.

2.

Ich war fast noch aufgeregter, die neue Anja zu treffen, weil ich hoffte, in noch tiefere Abgründe schauen zu können. Was bringt jemanden dazu, sich in Möbelstücken in fremden Wohnungen umzubringen? Ich wollte mich sicher nicht an dem Fall weiden, keine Ahnung, na ja, ich brauchte ja Stoff für mein Buch, aber so wie ich gerne «Medical Detectives» sehe, weil dort immer wieder bewiesen wird, wie die Fiktion der Wirklichkeit unterlegen ist, so kann man durchaus auch in der Realität süchtig werden nach diesen dunklen Koordinaten des Schreckens, weil sie einem vor Augen führen, wer man ist und wo man sich befindet.

Bevor ich ins Alt Wien kam, trank ich mir an einem Würstelstand mit einem Schnaps Mut an, weil ich dachte, jetzt bin ich nahe dran, jetzt könnte sich etwas auflösen. Im Lokal musste ich nicht lange nach ihr suchen. Ich erkannte Anja auf Anhieb, und sie mich, sie saß unter einem Plakat von Martin Kippenberger, das hier seit seiner Zeit als Stammgast hing, ANSPRACHE AN DIE HIRNLOSEN, so hieß ein Vortrag, bei dem ich sogar gewesen war, weil ich mich angesprochen fühlte, da saß also Anja.

Auf ihrer Hose hatte sie interessanterweise etwas, was ich erfunden hatte, ich habe dafür sogar ein Patent angemeldet: aufnähbare Simulationen von Löchern, für Leute, die es zu albern finden, ihre Jeans absichtlich kaputt zu machen oder absichtlich kaputt gemachte zu tragen, oder denen die kaputt gemachten Hosen peinlich sind. Die nähen einfach diese falschen Löcher über die anderen falschen Löcher. Ich nenne mein kleines Unternehmen «Sea of Holes», nach dem Lied aus «Yellow Submarine», ich lasse in einer kleinen Fabrik in Bangladesch diese Flicken sticken, da zahle ich meinen Stickern doppelt so viel, wie in der benachbarten Hosenfabrik gezahlt wird, wo sie Löcher in die Hosen schneiden und schaben müssen, ohne zu wissen, warum, sie können es nicht verstehen. Und so einen von meinen Aufnähern hatte sie auf ihrem linken Knie. Das rührte mich, das verband uns jetzt unausgesprochen, die Kritik an einem Loch.

Es war so lange her, aber wenn etwas unaufgelöst ist, bleibt ein Moment oder ein Bild immer auf Abruf gespeichert, für den Fall, dass es mal zu einer Lösung kommt, und der Moment saß jetzt hier unter diesem Plakat, und in diesem Moment schob sich für mich, ohne noch ein einziges Wort mit Anja gesprochen zu haben, einiges zusammen. Ich hatte sie wohl dreißig Jahre nicht gesehen, zuletzt in diesem bulgarischen Restaurant, aus dem ich so fluchtartig Reißaus genommen hatte.

Ich sagte: «Hallo.»

Sie sagte: «Hallo, Tex.»

Ich konnte ja schlecht damit anfangen, dass ich von ihrem Namen überrascht war, dass sie so hieß wie die, die uns hier zusammengebracht hatte. Wir tauschen halbexplizite Fotos aus, sie zieht nach Wien, möglicherweise wegen mir, arbeitet in derselben Werbeagentur wie ich, war mit jemandem zusammen, der offenbar von mir besessen war, das war alles zu viel, da musste ich ein bisschen Grundwissen mitbringen, auch wenn ich ihren Namen vergessen hatte. Ab jetzt würde ich ihn nie wieder vergessen. Ich fragte, was sie trinken wolle.

«Ein Bier.»

Wir bestellten zwei Bier, die schnellste Sprache, die ein Kellner versteht.

Das musste jetzt diplomatisch angegangen werden, neben dem Kippenbergerplakat hing auch etwas Unbehagliches über unserer Situation. Ich stellte mir, um mich zu beruhigen, vor, hier mit Josef Matula, Dr. Mark Benecke und Klaus Meine, dem Sänger der Scorpions, zu sitzen, eine gemütliche Runde, ich stelle mir oft solche Tischrunden vor, für zwei Jahre hatte ich sogar mal eine wöchentliche Serie in einer Zeitung, die «Rat mal, wer zum Essen kommt» hieß. Ich befragte Prominente nach ihren idealen Tischrunden, mit lebenden oder toten Gästen, die Serie war sehr beliebt, wurde mir aber weggenommen, und zwar einzig und allein, weil ich für die Texte nur 80 Euro bekam. Die Chefredakteurin schrieb mir, dass sie mich leider aus wirtschaftlichen Gründen entlassen müsse, es wird immer an den Rändern gespart, es werden immer zuerst die Fransen abgeschnitten, als ob die das Problem wären, wenn der Teppich die Motten hat.

Aber natürlich konnte ich hier in der beklemmenden Kleinrunde mit Anja nicht über idealere Runden reden, dann hätte ich sie vielleicht vertrieben, wie sie mich schon einmal vertrieben hatte. Das Bier kam.

«Anja, ich … wie soll ich anfangen? Damals in dem bulgarischen Restaurant, tut mir leid, dass ich dich dort sitzengelassen habe, aber ich hab eine Panikattacke bekommen, das hab ich ab und an, jetzt zum Beispiel auch, kannst du ja in meinem Gesicht sehen. Aber ist nicht so schlimm, wie es aussieht.»

Schlimmer war, dass sie mir dabei gar nicht ins Gesicht schaute, sondern die ganze Zeit fasziniert auf meine verkrümmten Finger starrte. Früher schrieb sie mir immer, ich hätte so schöne Hände, ich machte dann das absolut Falsche, fuchtelte wild mit den Händen, weil ich hoffte, dass sie sie durch die Bewegung nicht mehr im Detail sehen konnte, wodurch ich aber das genaue Gegenteil erreichte, sie wurden *noch* interessanter.

«Schon gut.» Verzieh sie mir? Oder war das nur so ein hingesagtes Sozialgeräusch, um zum Eigentlichen zu kommen? Davon ging ich eher aus.

Und jetzt begann sie, ich musste nur aufmerksam zuhören.

«Abdul, über den willst du doch etwas wissen, nicht? Dann erzähle ich dir das mal.»

Und es begann eine Rede, die mich daran zweifeln ließ, ob ich mich jetzt nicht doch lieber in einer geschützten Fiktion aufhalten würde.

Sie wollte eigentlich, nachdem sie nach Wien gezogen war, Kunst studieren, wurde aber nicht aufgenommen. Um Geld zu verdienen, fing sie in der Werbeagentur an, aus der ich zuvor rausgeschmissen worden war.

Ich hatte dort ein paar Jahre gearbeitet, bis dem Creative Director auffiel, dass nichts von dem, was ich da machte, realisiert wurde, oder kaum etwas, nur irgendwelche Texte, die sowieso kein Mensch liest, also zitierte er mich zu sich und meinte, er hätte den Eindruck, ich sei nicht ganz bei der Sache und würde ihre Agentur wohl nicht ernst nehmen, er vermisse eine gewisse Grundseriosität bei mir. Ich sagte, das sei richtig, wie solle man das denn ernst nehmen, was hier produziert werde, Werbung sei eine parasitäre Lebensform, die es verstehe, Leuten oder Einrichtungen mit zu viel Geld ebendieses auf die schamloseste Weise zu stehlen und sie dazu zu bringen, auch noch dankbar zu sein, dass man sie bestohlen hat. Ja, das wisse er, sagte er, das wisse jeder, nur behalte man das eben für sich, das sei die einzige Abmachung in der Werbung, ich könne machen, was ich wolle, aber es müsse den Anschein haben, dass man diesem abgekarteten Schmierentheater nicht hinter die Kulissen blicke. Das seien die Spielregeln, und wenn ich nicht gewillt sei, dieses Spiel mitzumachen, dann müssten wir eben getrennte Wege gehen. Und so kam es. Ich fragte, wann ich gehen solle, es war Anfang Oktober, er sagte, ich könne es mir aussuchen, Ende des Jahres, Ende des Monats oder Ende der Woche. Ich entschied mich für Ende der Woche.

Ich hatte Anja in den Briefen von der Agentur erzählt, dass man viel Geld verdienen würde, aber unempfindlich gegen Gier, Lügen, Korruption und Kompromisse sein müsse und deshalb nicht sehr alt in der Werbung werde. Sie bewarb sich trotzdem, und zwar mit ihrer Schreibtischschublade. Sie ging mit einer vollgemüllten Schublade hin und behauptete, dieses Chaos sei Ausdruck ihrer Kreativität, und sie wurde genommen. So funktioniert das dort eben, zu dem Zeitpunkt schrieben wir uns immer noch Briefe innerhalb Wiens, erst später kam es dann zum Treffen beim Bulgaren.

Abdul lernte sie im Alt Wien kennen, der war hier Stammgast zu einer Zeit, in der ich schon nicht mehr herkam. Abdul kam aus Graz, studierte an der Filmhochschule Projektentwicklung und arbeitete nebenbei, um Geld zu verdienen, bei verschiedenen Produktionsfirmen, auch mal für einen Sommer bei einer in London, die auf Werbefilme für Margarine spezialisiert war. Er schloss sein Studium nicht ab und wurde von der Okay-Film übernommen. Anja und er waren fünf Jahre lang ein Paar, aber das basierte mehr so auf einer geschwisterlich unsentimentalen Ebene, am Ende sei es zu einer einvernehmlichen Trennung gekommen, er habe sich, wie sie glaubte, nie wieder danach auf eine dauerhafte Beziehung eingelassen. Sie selbst habe «viel ausprobiert», sei aber auch nie länger mit jemandem zusammen gewesen, nie mehr als ein halbes Jahr. Sie brauche ihre Freiräume, wie sie sagte. Sie und er seien danach gute Freunde geblieben, die sich regelmäßig trafen, auch ins Bett gingen, wenn man besonders einsam war, und jemanden brauchte, um die Nacht auf eine pragmatische Art und Weise zu überbrücken, aber wie gesagt, es sei ja aus gewesen, beide hätten auch den alten Zustand nicht zurückersehnt. Niemals habe es bei ihm Anzeichen *dafür* gegeben, also für das, was da in Anjas Wohnung passiert sei.

Sie hatte jetzt etwa eine Stunde geredet, wir hatten noch zwei Bier nachbestellt, also ich, mit Handzeichen, um ihren Redefluss nicht zu unterbrechen, inzwischen erzählte sie nicht mehr sehr flüssig, was bei dem, was jetzt kam, nur verständlich ist, deshalb half ich ihr mit Fragen. Ich wolle mich nicht einmischen, sie müsse auch nicht antworten, aber habe er über mich gesprochen? Was hielt er von mir? Anja schwieg. Ich fragte, ob sie wisse, dass ich da etwas gefunden hätte, also eine Art Kassiber über mich. Sie schaute überrascht. Ich wollte es nicht so dramatisch, beruhigte sie und sagte, in seinem Schreibtisch bei der Okay-Film hätte man ein paar Zeitungsausschnitte über mich gefunden. Ob sie sich daran erinnern könne, dass wir uns früher Polaroid-Fotos geschickt hätten? Sie nickte. Ja, könne sie. Abdul habe die mal bei ihr gefunden und gefragt, wer da drauf sei, man sah ja keinen Kopf. Ach, nur ein Freund, habe sie geantwortet, von ganz früher von Sylt, das sei so ein Kunstprojekt gewesen, sie beide seien Fans von den Torso-Polaroids von Andy Warhol gewesen. Sie wollte mich da raushalten, doch irgendwie bekam Abdul dann doch alles heraus. Vielleicht hatte sie auf eine Rückseite meinen Namen geschrieben oder irgendeinen Hinweis. Jedenfalls sei er wahnsinnig eifersüchtig geworden, aber auf eine ganz eigenartige, autodestruktive Weise nämlich, sie habe gespürt, dass er mich absorbieren wollte, er wollte ich werden, sich auslöschen, so pathetisch würde sie das zwar nicht sagen, aber er habe langsam immer mehr eigene Persönlichkeit verloren, stattdessen wusste er alles über mich, er sei richtig besessen gewesen.

Anja deutet auf meine Hand. Das da, also meine Kontraktur, das wusste er auch, konnte er fehlerlos aussprechen, Dupuytren'sche Kontraktur, sie hatte immer geglaubt, dass sei nur ausgedacht. Und dann faselte er von einem Buch, er wolle eines über mich schreiben. Ob er denn einen Verlag dafür hätte, ob das eine Biographie werden würde, und ob er mich denn dafür nicht treffen müsse, er kenne mich doch gar nicht, aber er meinte nur, nein, das müsse man nicht, er könne auch eine Biographie über Salvador Dalí schreiben, ohne ihn treffen zu müssen, das mache man heutzutage nicht, bei Dalí gehe das ja auch gar nicht, oder Daniel Kehlmann, der habe ein Buch über Alexander von Humboldt und einen Zahlenrastelli namens Carl Friedrich Gauß geschrieben, rein fiktiv, die hätten sich nie getroffen, also müsse er mich auch nicht treffen, um dieses Buch zu schreiben. In seinem Buch kämen unter anderen auch Franz Kafka und Elvis vor, Elvis als Lkw-Fahrer und Kafka als Autostopper: Elvis nimmt Kafka mit, das ist eine Geschichte in der Geschichte, Parallelstrang, und dann schreibt Kafka für Elvis die Texte («You Ain't Nothing but a Mistkäfer»), so wie er, Abdul, die Texte für mich schreibe. Ich sei eben eine öffentliche Figur, da dürfe man das; er wolle das aber so aussehen lassen, als sei ich eine fiktive Figur. Anja glaubte, er habe vorgehabt, mich dadurch «auszulöschen».

Für einen Moment dachte ich, sie verarscht mich, das wird ja immer irrer, sie hatte bis jetzt doch nur zwei Bier, das kann man sich doch nüchtern gar nicht ausdenken, aber sie erzählte weiter.

Und dann sei Anja Kruse gekommen. Die war mit dem Creative Director der Agentur zusammen, für die sie, die andere Anja, arbeitete, also nachdem sie praktisch meinen Job übernommen hatte, kraft der Schublade. So lernten sie sich kennen, Anja und Anja, und wurden Freundinnen. Abdul mochte Anja Kruse auch, aber er sei zu schüchtern gewesen, um mal mitzugehen, wenn die beiden Anjas ausgingen, er wollte danach nur immer ganz genau wissen, wie es war, wie Anja war, was sie so macht und so weiter. Mich beschlich plötzlich der Verdacht, dass unter Umständen sogar dieser Job in Genf von Abdul eingefädelt worden war, aber das mochte jetzt auch meine Paranoia sein. In diesem Fall wollte ich lieber paranoid sein, aber ich würde trotzdem mal John fragen.

Es stand schon das dritte Bier vor uns, und ich war überrascht über Anjas kräftigen Zug. Dass die eine Anja bei der anderen regelmäßig Blumen goss, das wusste ich ja inzwischen, aber dennoch: Was dachte sie denn über diese Aktion im Schrank? Wen sollte das treffen? Sie glaubte, dass Abdul im Grunde niemanden habe treffen wollen. Das alles habe einfach zur Inszenierung seines Buches gehört, ein dramatisches Schlusskapitel. Sie bedaure nur, dass dieses Buch ja gar nicht existiere. Sie sei sich sicher, dass er nichts geschrieben habe, dass alles nur ein Plan geblieben sei.

Ich konnte ihr nicht sagen, oder noch nicht, dass ich das

Buch gelesen hatte, oder das Fragment. Ich wollte erst mit meinem Lektor besprechen, was man damit machen könnte, denn Abdul hatte es ja offensichtlich darauf angelegt, dass ich es lese und mich darum kümmere, sonst hätte er mir nicht den Schlüssel zum Spind überlassen, zu dem von ihm angelegten, nun ja, Archiv über mich.

Auch war ich jetzt nahe dran, Anja auf den Apfel von damals anzusprechen, vielleicht konnte man ja jetzt nachholen, wozu es vor so vielen Jahren nicht gekommen war. Aber auch nach der Bestellung des vierten Bieres traute ich mich nicht und war realistisch genug, einzusehen, dass das in einer Katastrophe enden würde, man hätte sich den Apfel nicht mehr schön trinken können. Also sagte ich, ich müsse noch ins Kino, lass uns gehen, es habe mich gefreut, sie mal wiedergesehen zu haben, ich würde jetzt alles zahlen, auch weil ich damals im bulgarischen Lokal getürmt sei. Ich zahlte, schaute noch mal kurz rauf zum Kippenbergerplakat, ANSPRACHE AN DIE HIRNLOSEN, das war mein Motto, das ich in die Nacht mitnahm. Sie blieb sitzen, meinte, sie müsse noch etwas aufschreiben, und bestellte sich noch ein Bier, diesmal ein kleines.

3.

Mein Lektor war in der Stadt. Er hatte einige Termine, ein paar Autoren treffen, ich glaube, solche Trips nennen sich Autorenpflege. Und auch ich bekam einen Termin. Ich schlug, wie geplant, dieses Lokal gegenüber dem Lagerhaus vor, «Die Rippe». Dort wollte ich ihm das Paket überreichen, also meine eher suchenden Teile kombiniert mit den schier unglaublichen Texten Abduls. Den Ansatz mit dem Kopf hatte ich abgelegt, das wurde nichts und passte nicht, das hob ich mir auf für Johns Okay-Film.

Ich wollte dem Lektor das Konvolut schmackhaft machen, erklären, was das alles soll, wie man das lesen könne, auch wenn ich ahnte, dass er das nicht akzeptieren würde, *die Geschichte muss für sich sprechen*, entweder man sei bereit zu folgen, oder man steige aus. Ich fürchtete, er würde Letzteres attestieren, aber unversucht lassen wollte ich es nicht, man hätte dann, nach ein paar Bierchen und ein paar Vorträgen über Musik, die ich ihm halten würde, rüber zu Abduls Spind gehen können, der noch bis Ende des Jahres angemietet war, und ich hätte ihm das von Abdul angelegte Archiv zeigen, mit ihm 30 Jahre tief ins Gurkenglas meines Lebens tauchen können, denn ich ging davon aus, dass er mir die Geschichte, samt Text von Abdul, erst einmal nicht abnehmen würde. Ich musste ihn davon überzeugen, dass es diesen Abdul gegeben, und dass er, bevor er starb, es drauf anlegt hatte, ich zu sein. Wenn der Lektor dennoch weiterhin Zweifel gehabt hätte, hätte ich John, die zwei Anjas und eventuell Irma in den

Zeugenstand rufen können. Ja, warum eigentlich nicht eine kleine Gerichtsverhandlung inszenieren? Mit Staatsanwalt, Verteidiger, Kreuzverhören, Beweisen, Alibis, falschen wie wasserdichten, Forensikern, Gerichtsdienern, Schöffen, den Richter würde er spielen, das müsste man nur zusammentragen als Appendix, sozusagen als Auflösung.

Staatsanwalt: Woher hätte Abdul das mit der Kontraktur in der Hand wissen können?

Verteidiger: Mein Mandant hat Fotos von seiner bandagierten Hand nach einer Operation bei Facebook eingestellt, es ist ein Leichtes, die nötigen Rückschlüsse zu ziehen.

Staatsanwalt: Wenn Ihr Mandant, wie Sie dem Gericht in ihrem Eingangsplädoyer dargelegt haben, zu behaupten nicht müde wird, dass es heutzutage nicht leicht ist, ein Nichts zu sein, weil die Geheimnisse aus der Welt verschwunden sind, dadurch, dass wir uns etwa durch Organisationen wie Facebook freiwillig für eine billige Klickwährung zu gläsernen Menschen machen, warum breitet er dann trotzdem inkonsequenterweise sein Leben dort aus? Mir kommt es so vor, als habe er es geradezu darauf angelegt, kopiert und verzerrt interpretiert zu werden.

Verteidiger: Einspruch, Euer Ehren, es geht hier nicht um Allgemeinplätze und kulturpessimistische Mutmaßungen. Mein Kollege, der Herr Staatsanwalt, will den Fokus vom eigentlichen Fall auf einen Nebenschauplatz verlagern.

Richter: Einspruch abgelehnt.

So in diesem Stil.

Als es zum Treffen kam, das heißt kommen sollte, schrieb mir mein Lektor allerdings in einer SMS, er müsse sich entschuldigen, er schaffe es zeitlich nicht, jetzt «auch noch» mich zu treffen, ein anderer Termin sei dazwischengekommen. Das «auch noch» verletzte mich, aber noch mehr verletzte mich, als er mir, auf meine dezente Frage, wen er denn da noch zu treffen gedenke, schrieb: Jürgen Bonaventura. Den piepsenden Riesen, der mir Eva ausgespannt hatte, der etwas im Keim erstickte, was noch nicht mal in der Petrischale angesetzt war. Soso, der wurde mir also vorgezogen. Meine Aktien waren im Keller, ich dachte kurz daran, ebenfalls einen Krimi zu schreiben, Titel hatte ich bereits, die Titel sind immer recht schnell da: «Die Bank zahlt nicht im Keller aus», aber ich ließ es und schrieb für John den Kopf.

Abdul, Anja und Irma, das war somit Geschichte, ich hatte sie verloren, nun war ich am Kopf, und wie es mir schien, hatte sich mein Gesicht auch wieder beruhigt, es pochte nicht mehr. Entweder hatte der Teer gewirkt, oder die Belastung der verknoteten Geschichte war von mir jetzt abgefallen, diese ganzen Kraftanstrengungen zuletzt, das ungesunde Gründeln im Dunkeln, weg war es, jetzt nur noch Fiktion, die fröhliche Kopfgeschichte, Kopf, ich komme!

Vielleicht konnte ich jetzt ja auch schon wieder zaghaft damit beginnen, «Cocteau Twins» zu hören, ohne dass mir gleich wieder die Flechten ins Gesicht sprangen wie Frösche in den Teich. Mal sehen, vielleicht rollten sich ja sogar meine Finger wieder auf, oder ich prügelte sie mit dem Hammer wieder gerade, manchmal muss man eben radikal werden, der Krankheit ins Gesicht schlagen, tolerante Milde und Verständnis war gestern. Krankheit wie einen Freund behandeln? Dass ich nicht lache. Sie will Ärger? Den Ärger kann sie gerne haben.

Ich konnte John ja auch empfehlen, die Rolle der Barbora mit Anja zu besetzen und Adam mit mir. Aber wollte ich das?

Das eine mit dem anderen verbinden? Nein, wollte ich nicht, dieses Buch war zu, das Kopfbuch wurde geöffnet, und es tat gut, dass ich jetzt eher in Bildern dachte. Für die Frau stellte ich mir eher so eine leicht irr Aussehende mit Diastema wie Elizabeth Fraser vor, für den Mann den nicht minder geistesgestörten Crispin Glover. Aber das WAR natürlich illusorisch, ich mischte mich jetzt in nichts mehr ein, ich hatte mich zu oft eingemischt, den Lektor hatte ich mit meiner Einmischgier bereits in die Arme von Jürgen Bonaventura getrieben, ach, Eifersucht wollte ich mir jetzt nicht auch noch leisten müssen, also her mit dem Kopf. ICH BIN JETZT FREI.

4.

Im Wald wird ein menschlicher Schädel gefunden, bereits stark skelettiert, nur ein paar Hautfetzen und Haarbüschel hängen daran. Anhand des Gebisses können keine Rückschlüsse auf den Toten abgeleitet werden, weil alle Zähne komplett ausgeschlagen oder gezogen worden sind. Die Gerichtsmedizin kann aber den Kopf durch die Rekonstruktion der sogenannten Weichteil-Schichtdicke mit anschließendem Nachbau der Physiognomie durch Plastilin ungefähr wiederherstellen («Die Toten sprechen durch die forensische Medizin zu uns», wie der sich selbst spielende Kriminalbiologe Dr. Mark Benecke erklärt (mein Besetzungswunsch)). Das Bild wird publik gemacht, und es stellt sich schnell heraus, dass der Name des toten Mannes Adam Skrlov ist.

Der lebt aber. Mit seiner Frau Barbora Skrlova in einer Reihenhaussiedlung. Beide sind Mitte vierzig, offenbar Osteuropäer, sie sprechen gut deutsch, wenn auch mit Akzent, untereinander aber in einer fremden Sprache, sie erklären das einmal als einen tschechischen Dialekt. Es ist aber eine Phantasiesprache, mit eigenartigen Klicklauten, so wie sich autistische Kinder manchmal unterhalten, um unter sich zu bleiben. Sie sind freundlich, doch stets distanziert, leben offenbar in freiwilliger Isolation.

Als sie die Fotos des rekonstruierten Schädels in der Zeitung sehen, zeigt sich Barbora entsetzt und verstört. Auch Adam ist verblüfft, aber gleichzeitig erregt, fasziniert, er versucht seine Aufgeregtheit mit gespielter Gefasstheit zu kaschieren. Wie kann das denn sein, dass er einerseits lebt und andererseits jemand seinen abgetrennten Kopf im Wald findet?

Ein ermittelnder, junger Polizist will wissen, ob Adam einen Zwillingsbruder habe oder ihm stark ähnelnde Verwandte. Adam verneint das.

Adam und Barbora hatten selbst einmal Zwillingssöhne, der eine ist bei der Geburt gestorben, der andere verschwunden, entführt vielleicht, und nie wieder aufgetaucht. Dieser doppelte Schicksalsschlag ist auch der Grund für die innere Emigration des Paares und die Aufgewühltheit Barboras. Der junge Polizist findet das sukzessive heraus. In der Wohnung gibt es viele Fotos des verschwundenen Jungen. Wenn Barbara durch die Stadt geht, meint sie ihren Sohn immer wieder zu sehen. Einmal quält einer eine Katze, aber es stellt sich heraus, dass es ein anderer Junge ist.

Als sie den Vorfall Adam erzählt, gibt der zu bedenken, dass ihr Sohn jetzt natürlich nicht mehr so aussehe wie ein Zehnjähriger, sein Verschwinden ist jetzt bereits zehn Jahre her.

Barbora beginnt auf eigene Faust Nachforschungen anzustellen, während sich ihr Mann gleichzeitig psychisch von ihr entfernt. Er verhält sich seltsam, so als ob er sich im Haus nicht auskennen würde, viele kleine Details sind ihm unbekannt, er findet den Kaffee nicht, sucht nach dem Badezimmer, einmal liegt seine Brille im Kühlschrank. Auch verschwindet er immer wieder für längere Zeit. Der Sex zwischen den beiden ist roh, kaum ein Unterschied zu Vergewaltigungen, Adam schlägt ihr ins Gesicht, spuckt sie an und pflügt sie wie einen Acker, Barbora liegt in Duldungsstarre unter ihm, er zwingt sie, ihn zu beißen, bis aufs Blut, sie beißt ihm widerwillig in den Rücken, danach muss sie sich übergeben. Man hat den Eindruck, als gehe es ihm gar nicht so sehr um körperliche Befriedigung oder Bestrafung, sondern darum, zu ihrer Seele vorzudringen.

Einmal schläft sie nackt in der Sonne ein, irgendwo im Hochgebirge im Winter, holt sich einen fürchterlichen Sonnenbrand, sie ist knallrot, sonnenverbrannt und schneeblind, Adam vergewaltigt sie darauf, während er seinen kratzigen Anzug anbehält, er macht ihr dabei Vorhaltungen, dass sie nicht in der Sonne einschlafen dürfe, Schlaf sei Schwäche, die Sonne sei die eigentliche Vergewaltigerin, er wolle Barbora nur noch einmal zeigen, wie unvernünftig sie sei.

Im Haus ihrer Schwiegermutter findet Barbora in deren Abwesenheit einen Karteikasten, darin lauter Polaroids von jungen Gesichtern mit Initialen auf der Stirn. Sie bleibt an einem Bild hängen, auf dem ein Jugendlicher zu sehen ist, der ihrem verschollenen Sohn auf gespenstische Weise ähnelt.

Barbora wendet sich an den Polizisten, der mit den Fotos des Kopfes bei ihnen war. Ihm vertraut sie sich völlig an. Es entwickelt sich eine kleine Affäre, der Polizist ist sehr fürsorglich, aufmerksam und zärtlich mit ihr, etwas, was sie schon lange vermisst hat und zu genießen scheint, aber er ist impotent, wägt ratlos seinen Penis in der Hand wie einen kleinen toten Maulwurf, entschuldigt sich, es gehe nicht, zu viel Stress. Sie sagt, das mache doch nichts, es sei doch auch schön, so wie es ist, und das macht ihn plötzlich aufbrausend und aggressiv, aber nicht gegen Barbora, die das erwartet hat und ihre Arme schützend über ihren Kopf hält, sondern gegen sich selbst. Er schlägt in einem beängstigenden Furor immer wieder seinen Kopf gegen die Wand und schreit: «Wie dumm ich doch bin.»

Ein paar Tage später wird im Wald ein Toter gefunden, ohne Kopf. Auch diese Leiche ist unidentifizierbar, wo sollen bei einem fehlenden Kopf die Zähne sein, im Magen? Barbora erkennt die in der Zeitung beschriebenen Merkmale, so ist die Rede von einer Tätowierung der rechten Hand, dort steht auf jedem Finger ein Buchstabe, zusammen ergibt es: LEFTY. Es war der teilnahmsvolle Polizist, mit dem sie die Affäre hatte. Sie ruft anonym bei der Polizei an, man weiß dort aber weder etwas von einem verschwundenen Kollegen, noch wer diese Tätowierung hatte oder gemacht haben könnte. Als man fragt, wer sie sei, legt sie auf.

Nun sucht Barbora Adams Mutter in einer Klinik auf, in der sie wegen ihrer Wasserbeine kurt, und konfrontiert sie mit den Fotos der Kinder mit den Initialen auf der Stirn. Die Mutter erklärt ihr behutsam, dass sie und ihr verstorbener Mann mit einer Gruppe von Leuten, der «Wahrheitsgesellschaft», Studien über Seelenwanderungen anstellen, insbesondere an Zwillingen. Das Geheimnis des Vril, die Wahrheit, könne entdeckt werden, wenn man sich in Bilder der Synchronizität versenke, etwa in die Betrachtung der Struktur eines in zwei Hälften geschnittenen Apfels. Sie hätten ein Heim für traumatisierte Waisenkinder aus Krisenregionen geleitet, das auf Zwillinge spezialisiert gewesen sei, und dort Untersuchungen angestellt, wie man Traumata minimieren könne.

Barbora ist außer sich, ihr kommt ein furchtbarer Gedanke. Sie fragt, ob auch ihr verschwundener Sohn Teil dieses Versuchs war. Adams Mutter verneint halbherzig. Da rastet Barbora völlig aus und wird von hereinstürmenden Pflegern sediert.

Sie wird in eine andere Klinik überführt. Ein verständnisvoller Arzt hat eine Akte über sie. Er erklärt ihr, sie habe nach der Geburt der Zwillinge eine posttraumatische Depression gehabt, die so stark war, dass sie mit dem einen Kind nichts anzufangen wusste, man habe es ihr wegnehmen müssen, es sei bei ihrer Schwiegermutter aufgewachsen, und jetzt trete bei ihr eine Art immer wiederkehrender Phantomschmerz auf, verstärkt durch den Verlust des toten Zwillingsbruders. Sie schreit und behauptet, man habe ihre Kinder entführt.

Und es gelingt ihr, aus der Klinik zu fliehen.

Sie dringt in die Wohnung des vermeintlichen Polizisten mit der LEFTY-Tätowierung ein, durchwühlt hektisch Schubladen, sucht etwas, stößt dann auf eine Kiste mit Polaroids, in denen exakt die gleichen jungen Leute zu sehen sind wie in der Kiste der Mutter, nur ohne Initialen auf der Stirn. Auch der «Polizist» scheint also involviert gewesen zu sein bei der ominösen Vril-Gesellschaft. Während sie in der Wohnung stöbert, wird sie von jemandem beobachtet. Es ist Adam.

Im Wald wird ein ausgebranntes Auto gefunden, in ihm eine weibliche Leiche, es ist Adams Auto. Polizisten suchen die Skrlovs auf, fragen Adam, ob er Adam Skrlov ist. Er verneint sich verhaspelnd, aber sein Auto sei gestohlen worden, in ihm sei auch sein Pass gewesen. Die Polizisten werden immer stutziger, nun erscheint auch Barbora und mit ihr ein junger Mann. Die Polizisten fragen, wer das sei. Barbora sagt: Unser Sohn, er studiert in London und ist gerade zu Besuch hier. Die Polizisten nehmen Adam zwecks Überprüfung seiner Personalien mit.

Im Präsidium konfrontieren die Polizisten Adam mit dem verkohlten Auto und der Frauenleiche darin, Es ist seine Mutter. Er stehe in dringendem Tatverdacht, sie umgebracht zu haben, ob er ein Alibi habe? Er sei zu Hause gewesen, seine Frau und sein Sohn seien Zeugen. Die Polizisten erwähnen eine eventuelle Schizophrenie Barboras, die über die Jahre stärker geworden sei. Adam nimmt sie in Schutz, das Trauma habe sie längst überwunden. Die Polizisten entlassen ihn vorläufig, unter der Auflage, sich zur Verfügung zu halten.

Inzwischen beginnt in der Wohnung ein eigenartiger Kampf zwischen dem Sohn und Barbora. Beide sitzen am Küchentisch, schweigend, es ist eine Art hypnotisches Kräftemessen. Die Mutter scheint stärker zu sein, der Sohn windet sich vor Schmerzen, mit letzter Kraft reißt er ihr den Kopf auf die Tischplatte und rammt ihr dadurch ein Glas ins Auge. Barbora bleibt reglos liegen, auf der Tischplatte sammelt sich ein See aus Blut.

Ein Polizeipsychologe lässt sich von dem Barbora behandelnden Arzt den Fall schildern. Er fragt, ob es sein könne, dass sie die Mutter umgebracht hat? Nein, sie sei dafür viel zu labil.

Adam kommt nach Hause, findet Chaos und Blut, aber nicht seine Frau vor. Er sieht erstaunt und gleichzeitig abwesend aus. Apathisch nimmt er ein Messer aus der Schublade und irrt durch die Wohnung. Der Sohn lauert ihm auf, schlägt ihn nieder, entwindet ihm das Messer und schneidet ihm die Kehle durch, dann trennt er Adams Hand ab, die sich in Todesstarre um seine Fußfessel gekrallt hat, die Hand bleibt aber trotzdem am Bein. Dabei wird er von einer schemenhaft sichtbaren Barbora beobachtet, die sich mit einer Hand das geblendete Auge zuhält.

Die Polizisten haben bei der Recherche nach der Mutter unterdessen herausgefunden, dass Adam und Barbora unter falscher Identität leben und Geschwister sind, die in einem

Waisenhaus in der mährischen Ortschaft Kuřim aufgezogen wurden, deren Leiter, die Mutter und eine Reihe von Leuten, regelmäßig Kinder misshandelt hätten. Viele davon hätten später Selbstmord begangen oder seien drogensüchtig geworden, andere hätten neue Identitäten angenommen, um von ihrer Vergangenheit loszukommen.

Sie folgern, dass Adam die Wahrheit über den Inzest zu vertuschen sucht.

(Rückblick) Adam und Barbora, etwas jünger nun, fahren mit dem Auto, auf der Hinterbank sitzt ein etwa zehnjähriger Junge, sie fahren in der Nacht. Plötzlich springt ein Reh aus dem Wald. Barbora, die Fahrerin, macht eine Vollbremsung, das Auto überschlägt sich, der Junge fliegt durch die Scheibe, seine Kehle ist aufgeschlitzt. Beide stehen schreckstarr um den Toten. Sie verständigen sich in ihrer Phantasiesprache mit den Klicklauten darüber, dass sie die Leiche bestatten müssen. Kein anderer dürfe das tun, weil keiner ihr Geheimnis kenne. Sie vergraben den Toten, fahren das demolierte Auto in den Wald und zünden es an.

Die Polizisten stürmen die Wohnung der Skrlovs. Sie ist vollkommen leer, so als hätte hier nie jemand gewohnt.

Jemand kommt zur Wohnung, mit Koffer und Rucksack, offenbar von einer längeren Reise. Er will klingeln, doch die Tür ist nur angelehnt, also schiebt er sie auf, und da stehen Polizisten, die ihn fragen, wer er sei. Sein Name sei Skrlov, und er wolle seinen Bruder besuchen. Die Polizisten wollen von ihm wissen, wo denn seine Eltern seien? Die seien schon lange tot, bei einem Verkehrsunfall gestorben. Aber wo ist sein Bruder?

5.

«Ich versteh das nicht. Was soll das sein?»

«Das ist ein Exposé. Für einen Film.»

«Wer soll das machen? In welcher Galaxie?»

«Hast du kein Interesse?»

«Warum sollte ich daran Interesse haben? Kannst du mir das erklären?»

«Aber wieso? Könnte doch funktionieren, ist doch alles drin, Schizophrenie, Inzest, Geister und rollende Köpfe.»

«Mal grundsätzlich und abgesehen davon, dass mir das ein bisschen *zu viel* Blut und zu wenig Logik ist und mir die Passage mit dem Sonnenbrand irgendwie bekannt vorkommt: Es funktioniert schon vieles nicht mehr so, wie du dir das vorstellst. Einen Film zu produzieren, der von einem elitären Festival zum nächsten durchgereicht wird, was hab ich davon? Ein paar Preise, mit denen ich mir die Prostata stimulieren könnte, also da wüsste ich auch was Besseres, wenn du verstehst, was ich meine. Was ich sagen will, Arthouse funktioniert nicht mehr, wenn selbst Woody Allen nur deswegen nicht total in den Miesen landet, weil sein Personal sich darum reißt, in der Kommie-Tradition als Subbotniks ohne Gage bei ihm mitzumachen, gemeinschaftliche, unbezahlte Arbeit zum Nutzen des nächsten Films von Woody. Ich kenne ihn ja, willst du eine Rolle bei ihm? Kann euch gern mal vorstellen, aber gibt nicht viel, symbolische 80 Euro am Tag.»

«Ja, ich weiß.»

«Tex, ich weiß, dass du das weißt, aber du musst das verstehen. Du *kannst* das nicht, du wirst das niemals können, also das bei Woody ginge ja unter Umständen, aber ich muss jetzt mal wirklich direkt sein, weil du es sonst nicht kapierst. Du kannst vielleicht Volten erfinden, Drehs und Wendungen, hier jetzt zwischen uns, in der guten alten Kohlenstoffwelt, das ist wirklich eine Binnenbegabung bei dir, aber du HAST NICHTS ZU ERZÄHLEN, nichts Essenzielles, nichts Existenzielles, dir fehlt der lange Atem, und wie gesagt, der Inhalt, der große Kuchen. Es ist schade, dass sich offenbar niemand traut, dir das zu sagen. Deine Geschichten, sind, hm, zu disparat, sie wirken einfach zu *aufgepfropft*, und das Aufgepfropfte hinkt dann einer Idee hinterher wie ein einbeiniger Storch. Verstehst du, was ich meine? Das verhinkt sich im Irgendwo und findet dann keinen Bogen und kein Ende. Ich könnte das jetzt, auch wenn das nicht meine Aufgabe ist, so, wie es jetzt ist, in die entsprechenden Abteilungen schicken, aber ich bezweifle, ob das gut wäre, vor allem für dich, ob da Potenzial rauszuholen wäre, ich will nicht Rendite sagen, das soll dich nicht interessieren und belasten, anyway, das, was ich von deinem Kopf da gelesen habe, ist nur angedacht oder angedaut, da ist so viel willkürlich zusammengewürfelt, was nicht zusammenpasst, man muss ganz viel rausschmeißen, man muss zu viel Energie aufwenden, da eine Struktur reinzubringen, und dann ist noch nicht mal gewährleistet, dass am Ende irgendwas Originäres rauskäme, ich sehe nur eklektizistische Splitter, ich sehe weder Handschrift noch Relevanz. Ich glaube, selbst wenn Abdul das begutachtet hätte, würde er sich im, na ja, Schrank umdrehen.»

«Du willst das nicht?»

«Nein.»

«Aber ich kann weiterhin für euch arbeiten. Für Volten und so?»

«Leider eher nicht, mein Lieber. Ich hab nämlich den Eindruck, dass du das, was wir hier machen, nur parodistisch betreibst. Ich merke ja, dass du alles hier verachtest, wir lassen uns deiner Meinung nach von ewigen Kompromissen korrumpieren. Ist auch völlig okay, dass du das so siehst, weil wir ja nun mal auch so sind und leider auch sein müssen, um zu überleben. Aber du tust ja nicht mal so, als würdest du an die Seriosität glauben, die wir hier zu verkaufen versuchen.»

«Ja, gut, dann mache ich das in Zukunft.»

«Nein, so geht das nicht. Ich merke ja, dass du nicht mit dem Herzen dabei bist.»

«Sondern? Mit der Milz?»

«Ach, lass es doch einfach. Uns geht's ja auch nicht grad superprächtig, wie alle anderen müssen auch wir outsourcen.»

«Also *mich* outsourcen. Und ich dachte immer, ihr würdet insourcen, aus eurem affigen Distinktionskalkül.»

«Kein Grund, spitzfindig zu werden, Tex. Schau, das ist ja nicht persönlich gemeint, nur …»

«Noch persönlicher?»

«Bitte, das führt doch jetzt zu nichts, auf diesem Niveau. Du solltest Romane schreiben, also, wo du für das selbst verantwortlich bist, was du da machst, niemandem verpflichtet als dir selbst. Aus deinen Romanen könnte man dann vielleicht etwas destillieren, ich hab ja ‹Virna› nicht gelesen, also *noch* nicht, das war doch dein letztes Buch, oder? Magst du davon nicht mal eine Drehbuchversion schreiben, dass ich mir das mal unverbindlich anschaue? Oder bist du jetzt eingeschnappt?»

«Nein, geht nicht, ist jetzt nicht direkt filmisch erzählt, da kommen Außerirdische vor, die aussehen wie Pferde und in einer Frostschuttwüste einzelne Reiskörner bemalen.»

«O–kééé.»

«John, schau, mir geht's nicht gut. Ich bin verzweifelt, ich brauch den Job und …»

«Aber dafür brauchst du uns doch nicht. Du hast so viele Talente. Schreib doch einfach. Hast du nicht letztes Jahr den Bachmann-Turner-Overprize gewonnen?»

«Nein, das war der Barsotti Award. Ach komm, lass es, warum geht das denn jetzt auf einmal nicht mehr?»

Ich spürte, dass meine Psoriasis sich wieder meldete, mein Gesicht war glühend heiß, es pochte wie eine Abrissbirne gegen ein vollkommen leeres Hochhaus in Antofagasta mit nur einem Telefonanschluss, und ausgerechnet dieses Telefon klingelte jetzt, ich hob ab, und wer war dran? Klar, wer sonst? Anja Kruse. Warum wunderte mich das jetzt nicht?

«Hallo, Tex.»

«Hallo, Anja.»

«Es ist aus, oder?»

«Scheint so.»

«Traurig?»

«Geht so, eher erleichtert.»

«Dass du nicht mit mir geschlafen hast?»

«Ich hab doch mit dir geschlafen.»

«War ich dabei?»

«Nur weil du um den Höhepunkt herumgeritten bist?»

«Ach, Tex.»

«Hallo? Jemand zu Hause? Geht's dir nicht gut?» Johns Stimme klang fern und zynisch besorgt wie die von Biff in «Zurück in die Zukunft», während er dem neben sich stehenden McFly an die Stirn klopft. Ich war wohl kurz «in

Gedanken» gewesen, offenbar weil ich mich wieder mal vor der beklemmenden Situation verstecken wollte. Abtauchen in der bekannten zähen Ablenkungsmelasse, weil er mich soeben entlassen hatte, toll, aus der Melasse entlassen. Hm, also jetzt ist alles komplett, ich bin definiert, reduziert auf das, was ich bin, ein Klumpen aus Eisen und Mehl, ich bin von allen entlassen worden, kein Buch, kein Film, Irma antwortet nicht, Anja ist auf und davon, beide Anjas sogar, na toll, alle vertrieben. Abdul tot, in seinem Spind vergammelt mein Leben noch bis Jahresende.

War ich jetzt WIRKLICH FREI? Selbst Sterben bedeutet Freiheit, siehe Abdul, ich hatte diese Freiheit nicht. Ich war tot, bevor ich überhaupt die Chance bekommen konnte zu sterben. Ohne den Umweg über das Leben, selbst dein Kopf findet dich eines Tages im Wald, und versucht dich zu reanimieren, aber ohne Resultat. Vielleicht bin ich ja ein Apfel?

«Das Ende ist ganz gut so.»

«Sagt wer?»

«Kennst mich nicht mehr, Alter?»

Ich hatte ihn im ersten Moment wirklich nicht mehr erkannt, auch weil er irgendwie verändert aussah, ah, ja, jetzt fiel es mir auf, die Flecken in seinem Gesicht waren weg.

Er fragte: «Bier?»

Ich sagte: «Gerne.»

Und ging mit Abdul einen heben. Ich wusste, das würde jetzt sehr lang werden.

EFFEKT-GESPINST

1.

Die Jahre des Lügens und der ständigen Angst vor dem Verrat und der Enttarnung, die Dämonen meiner Paranoia haben mich zu dem gemacht, der ich bin, ein puddingwackliges Plagiat meiner selbst, einer, der seine Biographie zurechtradiert, eine kaputte Lüge, die am Ende auch wieder nur eine Metapher ist, allerdings eine, die nicht mehr funktioniert. Ich hoffe nur, dass die anderen das auch so sehen, mich so akzeptieren, ach, müssen sie gar nicht. Ignorieren reicht ja. Ich will nichts entschuldigen, das stumpf gewordene Bild soll nichts entschuldigen, ich will nur, dass es endlich mal vorbei ist, dass niemand wieder etwas von mir will, auch ich nicht, dass ich nichts mehr abzuliefern gezwungen bin.

Ich habe mir vorgenommen, nicht mehr, nie mehr wieder

mit mir selbst zu sprechen, nie wieder etwas von mir zu wollen, um mir im gleichen Atemzug selbst zu antworten, dass *ich* den gleichen Gedanken gehabt hätte, *ich* derjenige sei, der nicht mehr mit mir redet. Es fing schon wieder an: Wer war zuerst da, wer sagt zuerst nichts, das ewige Gerangel, es nervt, es ist schwer, aber ich will es versuchen, ich will versuchen, keine Erwartungen mehr zu erfüllen, nichts zu fragen, nichts zu antworten, nichts zu wissen, einfach in Langweiligkeit zu verkleben. Sie sollen denken, mit mir brauchen sie gar nicht mehr zu rechnen, ich bin das mumifizierte Nichts, was ich ja eigentlich schon immer war, nur habe ich so getan, als sei ich es nicht, als sei ich irgendwie *brauchbar*. Brauchbar wie ein beleuchteter Stopfpilz.

Komm, Wort, weiche dem Bild, Erklärungen und Lösungen sind schon ausgegeben worden, du bist zu spät, alle Wörter sind bis zur Bedeutungslosigkeit rundgelutscht, alle Argumente und alle Zähne, Buchstaben und Bisse haben aufgehört zu wirken, jetzt muss ein letztes stummes Bild her. Halt den Mund, oder soll ich ihn dir mit meiner Faust stopfen? Aber es sind ja auch keine richtigen Wörter mehr, es ist nur der Mund, der auf- und zugeht wie bei einem sein Leben aushauchenden Karpfen, Eifersucht im dunkelsten Grün, bevor auch die Eifersucht an sich selbst erstickt. Alles vergeben und vergessen. Aber ist es nicht lustiger zurückzuschlagen? Womit denn? Wenn der Faust der Saft ausgegangen und sie in Resignation verdorrt ist, etwa über der dauerhaften Beschäftigung mit der sie knechtenden Kontraktur.

Auf dem Zuckertütchen in meiner Tasche steht: «Danke für Ihren Besuch». Gern geschehen. Ich bin immer gerne hergekommen, aber jetzt sprechen die Tütchen, jetzt haben sie das Kommando übernommen. Wenn der Zucker mit mir spricht, bin ich eben auch Zucker. Es soll Leute geben, die frieren Zucker ein, das bin ich noch eher, eingefrorener Zucker.

Es gibt eine Band von den Kapverdischen Inseln, fünf Brüder, die Tavares Brothers, die hatten nur einen einzigen Hit, das phantastische «Heaven Must Be Missing a Pot-Holder», ein hedonisch-melancholischer Phillysoundtrack aus dem Jahr 1976, kommt auch in «Saturday Night Fever» vor, dem Discofilm, der Himmel vermisst einen Topflappen. Wenn ich mir nur noch eine Sache wünschen könnte, wäre es, als Topflappen vermisst zu werden. Aber ich glaube, für Wünsche ist es zu spät.

2.

Vor Abdul liegt ein Knäuel Effektgespinst auf dem Tisch, Effektgespinst ist ein elastisches Garn aus der DDR, das glitzert. Der Tisch wackelt, das Effektgespinst ist nicht mehr sehr dehnbar, kraftlos.

Abdul schaut in den Spiegel. Kann man da mehr erkennen als einen zweidimensionalen Klumpen Interpretationsmasse? Und wer interpretiert da wen? Die eine Dimension die andere? Und wie dehnbar ist diese Interpretation eigentlich noch? Er schließt die Augen, aber was macht die Interpretation, schließt sie sie ebenfalls? Geschlossene Augen können ja nicht im Spiegel sehen, ob sie wirklich zu sind. Wenn Abdul das Bild wäre, würde er einfach so weggehen, ganz schmerzlos, man muss ja nicht immer alles begründen. Einfach weggehen und sagen: Ich könnte schwören, nicht dabei gewesen zu sein.

Er macht die Augen wieder auf. Das Gespinst ist noch da, und er ist noch da. Man müsste den Spiegel ausschalten oder anhalten können, ausknipsen wie eine Lampe, aber das geht nicht, das Bild bleibt da, auch wenn er geht, die Gewissheit bleibt, dass immer wenn er wiederkommt, das Bild schon da ist, als würde es auf ihn warten. Warum nicht andersrum, warum funktioniert es nicht, sich zu halbieren, dann zu vierteln, achteln, sechzehnteln und immer so weiter? Keinen Schatten, kein Spiegelbild, kein Echo, und dann mit der gleichen Salamitaktik die Seele loswerden, zuerst Teile davon, Erinnerungen, Instinkte, Traumata, Namen, scheibchenweise den ganzen Ballast von gestern runterfiedeln, weg damit, um am Ende vollkommen befreit, gefühlsunecht, unelastisch, teilnahms- und leidenschaftslos, nur noch zu atmen, ein und aus, schlussendlich nur noch aus, alles, was drin ist und keine Miete zahlt, muss raus, hier drin braucht man nichts mehr. Denn alles Kommende ist doch nur das Vergangene in klangloser Form.

Ich bin der Letzte, der davon erfährt
Dass Erfahrungen nichts nutzen
Um Erster zu sein
Warum glauben alle
Wenn sie hübsch wären
Wären sie glücklich?
Glücklicher als eine Selleriestaude?
Glück haben nur Menschen ohne Phantasie
Pech wird gewöhnlich durch mangelnde Ernährung
 verursacht
Zumindest in Sierra Leone

3.

Mit etwa sieben Jahren lag ich wegen Diphtherie zwei Monate in einem Lungensanatorium auf der Insel Föhr, in Nieblum, so hieß der Ort. Ich konnte nichts schlucken, ich konnte nicht schlafen, es gab auch niemanden, der mir etwas Einlullendes vorgesungen oder mir Märchen erzählt hätte. Ich kotzte jede Nacht, alle Kinder taten das, nächtelang nur Würgen und Weinen im Schlafsaal. Dann wurde das flackernde Neonlicht angemacht und die Bettwäsche gewechselt. Meine Lieblingsschwester hatte blonde Haare, die aber gefärbt waren, das wusste ich damals natürlich nicht, ich sah nur am Mittelscheitel dunkel eine andere Haarfarbe. Dass das Blond langsam rauswuchs, verstand ich nicht, die unterschiedlichen Haarfarben waren für mich einfach natürlich und normal, wie ein Zebra ja auch zwei verschiedene Haarfarben hat, für mich war das die glamouröseste Haarfarbe, so muss eine richtige, erwachsene Frau aussehen. Ich liebte das Gesamtbild so sehr, sie hatte sehr kleine Brüste, ihre Haut war rosa, und ihre Beine waren dick und borstig, mit seltsam wund aussehenden Knien. Im Dienst trug sie einen weißen Kittel, außerhalb einen grauen Faltenminirock. Sie hatte den klassischen sogenannten Bohnenkörper, also Brust nach vorne gewölbt, Rücken durchgebogen, sodass durch das ausgestellte Hinterteil der Torso eine Bohnenform bekommt. So, in der Kombination mit den Haaren, dachte ich, müsste die Frau aussehen, die eines Tages meine Frau werden würde. Unmöglich, dass zu diesem Konzept eine Alternative existierte, Angelika hieß sie, der Name war von da an ein Synonym für verlässliche Barmherzigkeit, ich starb jede Nacht ein bisschen, aber wenn Schwester Angelika kam, konnte ich weiterleben. Zum Frühstück gab es warme Vanillebreisuppe, so dick, dass der Löffel stand, mit einer Haut und stark gesüßt, weil alle Kinder so mager waren, wir sollten gemästet und mit Zucker getröstet werden, die Haut wohl deshalb, dass wir auch was zu beißen hatten.

Einmal war meine Mutter da, aber nicht direkt bei mir: Weil alles so hochinfektiös war, gab es zwischen uns eine Scheibe, und wir mussten schreien, damit wir uns verstanden. Es war anstrengend. Anstrengend vor allem, weil mir in dem Moment gar nichts einfiel, was ich ihr mit meiner wunden Kehle hätte zuschreien sollen. Jede Nacht zappelte mein knochiger Körper, als hätte ich Krämpfe, dann war mir wieder ganz heiß, als würde ich brennen, und ich sah an der Wand einen winzigen Bergsteiger, der auf der Tapete hochkletterte und mir zuwinkte. Ich nannte ihn Abdul, weil mein Bettnachbar Abdul hieß, der kleine Bergsteiger sah auch so aus wie er, er war vielleicht zwei Jahre jünger als ich, dünn und blass wie Papier. Abdul bekam manchmal Postkarten von seinen Eltern, da stand aber nichts drauf, weil er ja sowieso noch nicht lesen konnte, da war nur ein einziger Kugelschreiberpunkt. Ich fragte ihn, was der Punkt bedeute. Das sei ein Kuss, sagte er.

Mit der einen Hand hielt sich der kleine Abdul an der Wand am Seil fest und mit der anderen wedelte er wild herum, so als ob er mich zu sich holen wollte. Ich konnte nicht zurückwinken. Ich lag nämlich auf der Erdkugel, die klein wie ein Apfel war, manchmal sogar noch kleiner, wie eine Murmel, ich lag so über diese kleine Erde gewölbt auf dem

Rücken, einerseits spürte ich sie unter mir, andererseits sah ich mich selbst aber auch genau, wie ich da auf dieser Erdkugel lag. Und jeden Abend musste ich mit Desinfektionsmittel gurgeln, kein Wunder, dass man da nicht schlafen kann, da ist man ja putzmunter, die Kehle glüht, und man selbst brennt hellwach, und mit Schuhen musste ich ins Bett, die Schnürsenkel wurden mir von Angelika zugebunden, damit ich nicht weglaufen konnte, wie sie mir erklärte, flüsternd und mich streichelnd. Ich ließ es geschehen, weil das das Zweitintimste war, was sie tat, neben dem nächtlichen, sanften Kotze von meinem zitternden Körperchen abwaschen. Dabei zappelten doch nur meine Beine, ich hätte auch gar nicht gewusst, warum ich ausgerechnet von meinem Schutzengel weglaufen sollte und wohin, aber vielleicht ahnte sie, was ich selbst noch nicht mal wissen konnte, dass nur ein Teil von mir wegwollte, der Teil, den ich noch gar nicht kannte.

Angelika wird jetzt vielleicht 75 sein. Ich betete damals so sehr, dass sie mein weinendes, fiebriges Ich entführt, mich in ihren kühlen Armen fortträgt, aus dem keuchenden Kindersaal, und ich immer, immer mit ihr zusammen bin. Ach, Angelika, ihr tröstlicher Bohnenkörper und ihre gemischten Haare und ihre Anwesenheit waren das Versprechen auf eine bessere Welt, in der die Krankheiten ihre Kriege alleine unter sich führen, und die Kinder gar nichts mehr machen müssen, aber Angelika gehörte ja allen siechen Kindern, und nicht nur mir alleine. Dabei hatte nur sie den Schlüssel zu meinem kranken Herzen, und die anderen Kinder, hm, deren Türen waren ja nur angelehnt. Das wusste sie, und sie ließ mich wissen, dass sie es wusste, denn sie wusste alles.

Ach, am Anfang ist Egoismus lebenserhaltend, am Ende doch nur eine zusammengebrochene Illusion.

4.

Ich habe kürzlich mal herauszufinden versucht, was aus Angelika geworden ist, und aus Abdul: beide tot. Angelika an Diphtherie gestorben, an einer besonders bösartigen Form dessen, was aus unseren Kinderskeletten dampfte und was sie liebevoll aus uns rauszuwaschen versuchte. Abdul – ich habe das tatsächlich in den Unterlagen des Kindersanatoriums Nieblum gefunden – ist im Alter von sechs Jahren an seinem Erbrochenen erstickt, da war ich schon mehr oder weniger als geheilt entlassen, röchelnd zwar noch, aber zumindest nicht mehr Blut hustend und kotzend, wie die zwei Monate davor. Abdul lag wohl noch länger, es war in jener verhängnisvollen Nacht keine Krankenschwester in der Nähe, der Zufall wollte es wohl so, dass Angelika Dienst hatte, tragisch, und deswegen verachte ich und nerven mich ja Synchronizitäten und Symmetrien so sehr, ich kann mich bei Abdul nicht mehr entschuldigen. Nicht dafür, dass in der Nacht Angelika nicht für ihn da war, sondern weil ich ihn, bei einem früheren Ausflug in diesem heißen Sommer, wir gingen Hand in Hand, er drückte meine so fest und grub so sehr seine Fingernägel in meine Hand, dass es weh tat, in einen Graben stieß, der voller Brennnesseln war. Er hatte nur eine Badehose an und schrie wie wahnsinnig, die anderen Kinder weinten mit ihm, ein paar nässten sich empathisch ein, aber ich war seltsam erregt. Ich glaube, ich drückte meinen kleinen Hosenbruder in dieser Erregung, eine diffuse Protomasturbation vielleicht. *Ich* war schuld, dass Abdul im Graben landete, ich war böse, dass ich nicht mitlitt und stattdessen Lust empfand, dafür muss meine Hand dann natürlich sukzessive verdorren, die er doch nur deshalb so fest umklammert hielt, weil er eben nicht in diesen Brennnesselgraben fallen wollte. Ich sollte ihn beschützen und tat das Gegenteil. Er hatte nur so eine schreckliche Angst. Und als er wimmernd, enttäuscht von mir und über und über mit roten Brennnesselbrandflecken übersät aus dem Graben kroch, kam Schwester Angelika angerannt und gab ihm eine heftige Ohrfeige. Sie vermutete offenbar, dass er da absichtlich reingesprungen war, um in einer Art idiotischer Mutprobe die anderen Kinder zu schockieren. Mit der Hand, mit der sie ihn schlug, streichelte sie mich, sie lobte mich, dass ich so umsichtig gewesen sei und mich nicht von Abdul habe verführen lassen, mit in den Graben zu springen.

Und jetzt muss ich eben Abduls Schmerz und seine Angst und die ungerechte Hand Angelikas weitertragen, wenn ich schon nichts mehr für ihn tun kann, außer die Erbschaft dieser Schuld vielleicht in einem Schrank sterben zu lassen. Die Angst bleibt bei mir. Und geht nie weg, ich kann machen, was ich will. Ich werde Abdul nie los und niemals frei sein.

5.

«Und Anja?»

«Welche Anja?»

«Kruse.»

«Wer soll das sein?»

«Die Schauspielerin, wo ist die denn geblieben, hast du die verloren?»

«Wie kann ich etwas verlieren, was ich nicht kenne?»

«Aber du benutzt sie doch.»

«Indem ich sie verliere?»

«Ach, spiel doch jetzt nicht den Naiven. Du verwendest sie, du beutest sie aus, du kennst sie nicht. Das darfst du nicht.»

«Wer sagt das?»

«Jeder sagt das, der Verstand sagt das. Jeder sieht doch, dass das nicht richtig ist und nicht in ihrem Sinne, und es auch nicht richtiger wird, wenn du sie sprechen lässt, wenn sie sich verteidigt, wenn sie sich wehrt, weil es immer noch du bist, der da spricht.»

«Aber ich hab sie doch getroffen! Ich kenne sie!»

«Jetzt geht *das* wieder los. Lüg dir doch nicht selbst etwas vor. Warte mal ab, sie wird dich verklagen, darauf wette ich.»

«Warum?»

«Warum, warum, was soll das jetzt? Das war doch nur so hingesagt, das sagt man so.»

«Warum willst du wetten? Sag irgendeinen Einsatz.»

«Gut, wenn du es unbedingt willst. Ich wette, dass sie dich

verklagen wird, damit die Geschichte nicht erscheint, dass das Buch indiziert wird, sie macht Persönlichkeitsrechte geltend. Wenn ich gewinne, gehst du zu ihr hin, entschuldigst dich und wirst ihr alles erklären, oder schreibst ein großes Porträt in einer überregionalen Zeitung über sie, in dem du Abbitte leistest.»

«Und wenn ich gewinne? Wenn sie erkennt, dass ich ja gar nichts von ihr will, dass das alles doch nichts weiter als eine nette Hommage an sie ist?»

«Nette Hommage? Du stellst sie quasi als ‹Ilsa, She-Wolf of the SS› dar und erwartest, dass sie das *nett* findet? Na, du hast Nerven.»

«Hab ich die? Egal, was machst du, wenn sie nicht reagiert, was machst du als Verlierer, was ist dein Einsatz?»

«Dann schreib ich dein Buch noch mal neu.»

«Wieso? Das brauchst du doch gar nicht, sie wird ja nichts dagegen haben, es wird doch erscheinen.»

«Nein, ich meinte, ich schreibe das gleiche Buch, aber anders, sodass jeder denkt, Moment, das kenn ich doch von irgendwoher.»

«Du willst es kopieren?»

«Nein, nur so tun. Das ist ja die Kunst, es nur so aussehen zu lassen, als sei es ein Plagiat, und als Steigerung wird man *dir* vorwerfen, dass *dein* Buch das Plagiat sei.»

«Aber dann wäre das ja eine Strafe für mich, obwohl ich gewonnen hätte.»

«Jede Belohnung ist auch immer eine Bürde. Wenn du etwas geschenkt bekommst, musst du dich unterwerfen und bedanken, so will das die Gesellschaft, das erwartet sie. Sie will für ihre Generosität etwas zurückbekommen, du musst dich erklären, warum ausgerechnet du das bekommen hast, wirst deine Erwartungen beim nächsten Geschenk höher schrauben, wirst am Ende nie zufrieden sein, wirst hochmütig, und fordernd, bist beleidigt, wenn ein anderer dir vorgezogen wird, deswegen ist eine Strafe der bessere Gewinn.»

«Dann sollte ich also dankbar sein, wenn mich Anja Kruse verklagt?»

«Ja, natürlich, das sag ich doch die ganze Zeit. Das ist doch praktisch ein Adelsschlag, wessen Buch wird denn heutzutage noch verboten? War das letzte nicht etwas von Thomas Bernhard, und liegt das nicht schon 30 Jahre zurück?»

«Biller war auch noch.»

«Der zählt nicht.»

«Wieso zählt der nicht?»

«Weil er irrelevant ist.»

«Inwiefern?»

«Er hat nichts zu sagen, er ist nur eine dieser leicht entzündlichen Meinungshupen. Inhaltlich ist da ja leider noch weniger vorhanden als bei dir, und wenn man etwas Nichtssagendes verbietet, tut man dem Autor eher einen Gefallen. Der Verlagschef war damals jedenfalls heilfroh, dass das nicht erscheinen durfte.»

«Du meinst, Kruse würde mir einen Gefallen tun, wenn sie mich anzeigt?»

«Das hast du jetzt gesagt.»

«Ja, hab ich, und? Ist das deine Meinung?»

«Schau mal, ich habe dein Buch gelesen. Ich wollte es ja gut finden, ich mag dich, deinen Stil, dieser ‹rücksichtslose› Bewusstseinsstrom, aber wenn du all die Stimmen da einbaust, die ununterbrochen durcheinanderplappernd dieses mörderische Konstrukt sabotieren, indem sie alles und sich selbst anzweifeln und nichts ernst nehmen, dann ist das als devote Immunisierungsstrategie auf Dauer ermüdend, weil vorhersehbar und also redundant. Alles Vorhergehende ununterbrochen nur so halbkritisch reflektieren und relativieren, um auf den Trümmern immer *noch* dreistere Lügen aufzubauen, ist eine echte Kapitulation vor dem ganzen konzeptualistischen Zeug, das du offenbar nicht aufrichtig zu vertreten in der Lage bist. Wenn du es stattdessen vorziehst, mit einem Spiegel zu fechten, dann denkt man als Außerirdischer, Entschuldigung, ich hab mich versprochen, ich meine als Außenstehender, ja, oké, hab's verstanden, macht die Geschichte trotz dieser bilanzierenden Resignation nicht besser, sondern das wird in all seiner Milchigkeit zu einer Karussellbremserattitüde, mit der du vielleicht im Zirkus die Leute beeindrucken kannst …»

«Im Zirkus gibt's keine Karussells.»

«Du weißt schon, was ich meine. Mit solchen Taschenspielertricks kannst du in der Werbung die Kunden blenden, deren Aufmerksamkeitsspanne so kurz ist wie die von Fischen in der Bratpfanne. Wenn du nicht selbst zu deinem, nun ja, Gebilde stehst, warum sollen es andere? Das ausgestellte *Scheitern als Chance* zu begreifen, das ist auch wieder so ein schlabbriger Slogan aus der Werbung, oder aus dem schlechten Theater, mit dem man verfaulte Kartoffeln verkauft. Das ist vielleicht ein Mal gutgegangen, beim zweiten Mal essen die Leute dann eben Reis.»

«Reis?»

«Und vor allem mögen die Leser und die Rezensenten es nicht, wenn der Autor sie spüren lässt, dass er sich für schlauer hält und sie hinters Licht führen könnte, sie wollen keine doppelten Böden und ständigen Perspektivwechsel, keine Belehrungen von Besserwissern, das wird alles *too much*. Du bist zu sehr damit beschäftigt, ein Klugscheißer zu sein. Ich möchte, dass du nachdenkst und aufhörst, ein Klugscheißer zu sein, versuchst du das für mich?»

«Hör mal, wo soll das hinführen? Was willst du von mir?»

«Denk mal an einen Bus, wie viele Fahrer hat der Bus? Was sagst du?»

«Einen.»

«Also stellen wir uns vor, ich fahre den Bus, und wenn du deine Einstellung änderst, kannst du mit mir fahren.»

«Bus? Welcher Bus? Wohin fährt denn der Bus?»

«Wir sitzen alle im Bus und nicht im Taxi, du sitzt im Taxi, aber du solltest besser Bus fahren. Ein bisschen Demut stünde dir gut, auch wenn ich weiß, dass du lieber im Taxi weinst als im Bus.»

«Ich steig aus.»

«Du bleibst sitzen, mein Freund, und hörst mir zu. Die Leser, oder nennen wir sie einfach Passagiere, wollen von A nach B kommen, und vielleicht auch wieder zurück, aber sie wollen nicht bevormundet und nicht verarscht werden, verstehst du das?»

«Klar, sie wollen natürlich nicht nach O.»

«Das Genre, an dem du dich hier abstrampelst, heißt *Unzuverlässiges Erzählen*. Das erfordert eine hohe erzählerische Kunstfertigkeit und großes psychologisches wie syntaktisches Wissen, aber du bringst das nicht, weil du immer mit dem eitlen Glöckchen klingeln musst, um anzukündigen, Achtung, jetzt kommt wieder so ein Bruch, und den erklär ich euch jetzt erst mal lang und breit. Versteh mich nicht falsch, alles hat seine Berechtigung, auch du hast deine Berechtigung, aber das musst du mit dir selbst ausmachen, die Schublade ist dafür vielleicht der bessere Ort als das Universum. Alles was passieren wird, ist bereits passiert, nur besser, da kannst du nicht einfach kommen und so tun, als hättest du von nichts gewusst, und dann deinen Trotz mit Arroganz zu kompensieren versuchen. Das machst du zu hölzern, da läuft dir jeder weg.»

«Was ist das überhaupt für eine Alternative: Schublade gegen Universum? Eine Schublade kann auch ein ganzes Universum beinhalten, und ein Universum kann gar nichts sein, weil es nur so tut, als sei es etwas, es kann ja nicht mal beißen oder so was. Und warum sagst du mir das denn alles erst *jetzt*?»

«Das sag ich dir andauernd, das willst du aber nicht hören, das hab ich dir schon bei ‹Virna› gesagt.»

«Genau, das hast du mir auch schon beim Text für den Barsotti Award gesagt, deshalb hab ich ihn ja auch gewonnen.»

«Ja, und was hast du davon gehabt? Nichts als Neid, Missgunst und dass die Leute dich noch weniger akzeptieren. Dass sie sagen, ach der, das hat er nicht verdient, das hat ein anderer geschrieben, hüstel, hat ja auch jemand.»

«Mein Gott, was soll denn das jetzt schon wieder? Ich hab dir gedankt, ich hab dir zwei Drittel der Preissumme gegeben, ich bring dir immer ein Bier.»

«Darum geht's doch gar nicht.»

«Worum geht es denn dann?»

«Darum, dass, ach komm, lass es.»

«Spuck's aus. Worum geht's, was kann ich tun, was soll ich deiner Meinung nach machen? Abdul wiederauferstehen lassen? So tun, als hätte es Abdul nie gegeben, Abdul zu Kruse ins Bett von Rainer Hunold legen und sich von beiden zu Tode kitzeln lassen, welchen Abdul, den Kleinen aus dem Sanatorium oder den Ausgebufften aus dem Kleiderschrank?

Die Krankenschwester am Ende von Kruse spielen lassen, dass Kruse Abdul auf dem Gewissen hat, ihn an seiner Kotze ersticken lässt, weil er vorher ihre vergiftete Lasagne gegessen hat? Oder gleich direkt ins Biblische? Hätte der kleine Abdul die schlagende Hand Angelikas küssen sollen?»

«Nein, keine Kruse. Verstehst du es immer noch nicht?»

«Nein.»

«Es geht nicht um diese marginalen inhaltlichen Details, es geht darum, dass das alles zu biographisch klingt. Das darfst du nicht, das nehmen dir die Leute übel, die glauben dir das nämlich, und dann werden sie zornig, wenn sich herausstellt, dass das hinter der nächsten Ecke fiktional verbogen ist, und zwar heftigst. Das ist Betrug, und der wird eben dort am augenscheinlichsten, wo du Kruse auf unfaire Art instrumentalisierst, weil dir die Trauer über den Verlust deines eigenen kleinen Lebens im Hals stecken bleibt. Das Biographische wird dadurch langweilig, und das Ausgedachte ebenso, und dass das Bedauern über diese Langeweile im Text auch noch hartnäckig ausgestellt wird, diesen Selbstzweifeln ziehst du ja förmlich die Hose runter, das nervt die Leute. Sie denken, na, wenn das so ist, dann soll er ruhig jammern, aber ohne uns, wir hören nicht mehr zu, oder lesen einfach an ihm vorbei, soll er wen anderen frotzeln. Mach doch einmal etwas richtig! Führ doch einmal eine Sache zu Ende! Alles wird immer nur kurz angedacht und dann fallengelassen, sobald du das Interesse daran verlierst, dadurch hängt alles so hilflos im Raum wie ein halbabgerissener Duschvorhang.»

«Hätte ich denn deiner Meinung nach die Geschichte irgendwo enden lassen oder in eine andere Richtung lenken sollen, oder die einzelnen Blöcke umbauen sollen? Den Schluss an den Anfang und den Tod im Schrank ans Ende?»

«Puh, da bin ich überfragt.»

«Kennst du John Lüftner?»

«Nein, wer soll das sein?»

«Weißt du, was eine Bezoarkugel ist?»

«Sorry, weiß ich nicht.»

«Schon mal was von einer Dupuytren'schen Kontraktur oder dem Globussyndrom gehört?»

«Was soll das hier sein, ein Verhör?»

«Ach nichts weiter, ich stell nur grad fest, dass du mein Buch offenbar gar nicht gelesen hast. Du hast auch keinen Schimmer, was Doo Wop und was Vril ist und wer den Schwammkopf spricht, ist es nicht so?»

«Jetzt hör doch bitte auf. Du machst dich doch lächerlich.»

«Tu ich das, oder tust eher du das?»

«Du bist doch nur beleidigt, dass ich es gewagt habe, dein Buch zu kritisieren. Mach einfach mal die Augen auf: ich nehm doch nur das vorweg, und will dich davor schützen, was dann andere daran kritisieren werden. Ich will dich nur auf den harten Fall vorbereiten. Du machst es den anderen einfach zu leicht, dich zu hassen.»

«Du kannst nicht etwas kritisieren, was du gar nicht kennst. Soll ich dir mal was sagen? Ich weiß gar nicht, wie du darauf kommst, dass Anja Kruse im Buch vorkommt.»

«Kommt sie doch, oder? Du hast doch gesagt, Anja Kruse würde eine tragende Rolle im Buch spielen, und wenn das mal verfilmt werden sollte, könnte sie sich gleich selber spielen.»

«Das habe ich niemals behauptet.»

«Ach so?»

«Tja, mein Lieber, was jetzt?»

«Worum geht's denn dann in dem Buch? Ich frage nur,

vielleicht für eine neue Wette, ich wette ja ganz gerne, natürlich nur um andere gewinnen zu lassen, kleine Sozialtechnik, um am Ende der moralische Gewinner zu sein.»

«Ich weiß.»

«Kannst du zumindest ein bisschen was verraten?»

«Warum sollte ich? Damit du die Gelegenheit hast, mir das Buch wieder schlechtzumachen und auszureden?»

«Nein, tu ich nicht, ich verspreche es. Also, worum geht's?»

«Um ein Pferd namens Schlawini, das in einem Zinnbecher auf dem Mond lebt und einzelne Reiskörner in den Landesfarben Sierra Leones bemalt.»

«Sehr lustig.»

«Findest du? Ist am Lustigen jetzt auch schon wieder was auszusetzen. Mache ich mich damit auch *redundant und milchig*?»

«Na ja, Humor hat halt nicht jeder.»

«Aha, wusste ich's doch, dass das jetzt kommt, solche Argumente kommen ja verlässlich IMMER. Ich darf kein lustiges Buch schreiben, weil ich es nicht kann, das können andere besser, Thomas Bernhard, nicht wahr? Deswegen ist er ja auch verboten worden. Mann, du bist so vorhersehbar.»

«Du auch.»

Quellen

S. 5 Tracy Emin, Strangeland. Deutsch von Sonja Junkers, München 2009, S. 231

S. 19 ff. Thomas McMullan in: Unreal City: Constructing the Capital. Cours de Poétique, London 2016, S. 23 ff., frei übersetzt von Tex Rubinowitz

S. 22 Johann Wolfgang von Goethe, Howards Ehrengedächtnis, in: Johann Wolfgang von Goethe: Berliner Ausgabe. Poetische Werke [Band 1–16], Band 1, Berlin 1960 ff., S. 551–553

S. 57 Prefab Sprout, The List of Impossible Things (Paddy McAloon)

S. 123 Knut Hamsun, Hunger. Deutsch von J. Sandmeier / S. Angermann. München 1982, S. 19

S. 128 The Fall, The Man Whose Head Expanded (Mark E. Smith / Paul Hanley / Craig Scanlon)

S. 146 Mickey & Sylvia, Love is Strange (Mickey Vanderpool / Sylvia Baker / Ethel Smith)

S. 148 New York Dolls, Trash (David Johansen / Sylvain Sylvain)

S. 153 Iris Radisch, Der Amoklauf der Liebe. Martin Walsers wunderbar verwilderter Altersroman «Ein sterbender Mann», in: Die Zeit, 23. Januar 2016

S. 224 Dr. Feelgood, Milk and Alcohol (Nick Lowe / Gypie Mayo)

S. 281 Leicht abgewandelter Dialog aus «Mulholland Drive» von David Lynch

Tex Rubinowitz
Irma

Eine Freundschaftsanfrage per Facebook. Sie kommt von Irma. Die hat der Erzähler zuletzt vor 30 Jahren gesehen. Und alles begann und endete mit einem Zettel auf dem Küchentisch. Derart angestoßen, beginnt er sich zu erinnern: an zwei verwirrte junge Menschen, erotische Suchbewegungen, Niederlagen anderer Art, Missbrauchserfahrungen, Reisen in die Welt: Ein ganz und gar eigensinniger, sprunghafter, komischer, sehr unterhaltsamer und zugleich verstörender Versuch über Vergänglichkeit und Erinnerung, über das, was zurückschaut, wenn man autobiographisch hinter sich blickt.

Mit diesem Roman gewann Tex Rubinowitz den Bachmann-Preis 2014.

240 Seiten

Ro 494/1

MIX
Papier aus verantwortungsvollen Quellen
FSC® C083411

Das für dieses Buch verwendete Papier ist FSC®-zertifiziert.